UND DANN KAM LEON

Rohna Buehler

Und Dann Kam Leon

TWENTYSIX - Der Self-Publishing-Verlag

Eine Kooperation zwischen der Verlagsgruppe Random und Books on Demand
© 2020 Buehler, Rohna
Herstellung und Verlag: BoD – Books on Demand, Nderstedt
ISBN: 9783740767457

Mit Dank an Heike
für die Initialzündung zu dieser Geschichte

Sie fror. Mit einer hastigen Bewegung schob sie den Schal höher bis zum Kinn. Sie saß bewegungslos, den Blick auf das noch nächtliche Flugfeld gerichtet. Sah auf die Flugzeuge, wie sie da standen, in Reih und Glied, sie sahen aus wie Haie. Lauerten auf das Startsignal zum Angriff. Spitze Nasen und steile Heckflossen würden sich in den Himmel bohren.

Sie verzog die Mundwinkel. Angreifen. Nein, gleiten würden sie, sich geschmeidig ihrer Umwelt anpassen. Das hatten sie ihr voraus. Und genau deshalb saß sie hier, weil Anpassen nicht ihr Ding war. Nicht in dieser Angelegenheit. Im Beruf schon, da gehörte es zum Erfolg, geschmeidig zu reagieren, Gesetzeslücken zu finden, Präzedenzfälle aufzutun, Schwächen des Gegners zu nutzen, da musste man kreativ sein. Aber angesichts der Fakten, die diese verschlagene Person präsentiert hatte, gab es keine Kreativität. Aushalten auch nicht. Im Moment nur Flucht.

Warten, warten, nur nicht nachdenken. Nur hinaus starren in die Dunkelheit, sich selbst da draußen sitzen sehen in den Spiegelbildern des Drinnen. Das Rollfeld unter kalt weißem Neonlicht, darüber der schwarze Himmel, gerastert von der Stahlkonstruktion der Hallendecke hoch über ihrem Kopf, ein verirrter Mond zwischen Deckenlichtern, ab und zu irrlichternde Leuchtspuren von Fahrzeugen, rote und weiße Linien zwischen Himmel, Flugzeugen und Eisenträgern.

Sie straffte die Schultern, widersetzte sich dem Sog der Bilder. Weit draußen hinter dem Flugfeld der erste Dämmerstreifen. Ein neuer Tag, ein Anfang. Anfang wovon? Vor einem Anfang musste es ein Ende geben. Wie würde es sein, wann? Alles war so verknotet, es ließ sich kein Faden finden, den sie einfach nur herausziehen musste und alles würde sich wie von selbst lösen. Vielleicht in einer anderen Umgebung, in der nichts an ihr Leben erinnerte, nicht an das richtige, nicht an das falsche. Einfach alles auslöschen, die Gedanken verbrennen, schwarze Asche. Ihr Leben, zerbröselt, in den Abfluss gespült. Von dieser Person, diesem Nichts.

Ihr verhuschtes, devotes Immer-bereit-Sein, ihre heuchlerischen Schmeicheleien und dann, plötzlich, so herausfordernden Blicke und selbstsicheres Gehabe!

Sie stand auf, griff nach ihrem Bordcase und ging zum Schalter, ihr Flug war aufgerufen worden. Das Wissen um die Blicke, die ihr folgten, wo auch immer sie erschien, tat ihr gut, sie genoss das Gewicht ihres schweren, schwarzen Haars, auf dem Hinterkopf zu einer voluminösen Rolle gedreht zog es ihren Kopf in den Nacken und verlieh ihrem Profil die beabsichtigte elegante Strenge.

Aufrecht, mit erhobenem Kinn, ging sie die leicht geneigte Gangway hinunter, die Zehnzentimeterabsätze hackten ihren Rhythmus in den metallenen Bodenbelag, das Geräusch gefiel ihr. Beim Einstieg zog sie ein Exemplar der Süddeutschen Zeitung vom Stapel, entschlossen, Grübeleien mit Lesen zu überlisten. Der Flug würde nicht lange dauern, eineinhalb Stunden von Münster bis München.

Sie hatte einen Fensterplatz gewählt, wollte auf die entschwindende Stadt hinuntersehen. Sie blickte hinaus, bis die zurückgelassene Erde sich unter schwebenden Wolkenlandschaften ins Blaue aufgelöst hatte. Sie hütete sich, der Versuchung nachzugeben, mit Erinnerungen darin einzutauchen. Nicht Zeit, nicht Ort. Auf dem Sitz hinter ihr schrie ein Baby aus purer Lust am Schreien, seine Stimmbänder fanden nach mehrmaligem Anlauf eine Frequenz, die sie wie mit dem Messer angeritzt zusammen fahren ließ. Eine Nervenprobe für die zunächst sitzenden Passagiere. Da war sie froh, nicht die Mutter zu sein. Eine Mutter hatte sie nie sein wollen.

Und schon hatten die Grübeleien sie wieder im Griff, die Zeitung lag ungeöffnet auf ihrem Schoß, der Blick ging nach draußen ins nun milchige Grau.

Teil I

GERLINDE

Ein wenig Herzklopfen hatte Gerlinde schon. Donnerstag, der fünfte April, ihr Geburtstag und ihr erstes Vorstellungsgespräch! Eine Premiere, sozusagen, und die Kanzlei, in der sie sich um die Stelle einer Rechtsanwaltsfachangestellten bewerben wollte, eine der renommiertesten in Münster. Eigentlich d i e renommierteste. Fang ganz oben an, hatte sie sich gesagt, deine Qualifikation ist gut, zurückstecken kannst du immer noch. Die Sozietät Krogen & Partner in Osnabrück hatte sie nach dem Abschluss gleich für zwei Jahre übernommen und ihr ein sehr gutes Zeugnis ausgestellt, ein Grund mehr, sich nun in ihrer Heimatstadt um eine Anstellung zu bewerben.

Sie lächelte ihr Spiegelbild in dem polierten Messingschild an. Verzerrte Konturen, keine gute Idee. Dabei hatte sie sich heute besondere Mühe gemacht, die dünnen hellbraunen Haare am Hinterkopf zu einem kleinen Knoten zusammengedreht. Hübsch war sie nicht, das wusste sie, ihre Augen, obgleich groß und von einem feuchten Rehbraun, standen zu eng beieinander und ließen ihren Blick manchmal unangenehm konzentriert wirken – das jedenfalls hatte ihr mal ... irgend so ein Typ... gesagt. Wimperntusche, eine Andeutung von Kajal im äußeren Augenwinkel, Lipgloss und etwas Rouge auf den Wangenknochen. Das musste reichen. Ein echtes Kapital waren ihre Beine, lang und wohlgeformt. Sie heute ins Blickfeld zu rücken, wie sie es gern mit schicken Strümpfen und High-Heels tat, hatte sie nicht gewagt. Besser bedeckte Knie und seriöse fünf Zentimeter.

Entschlossen drückte sie auf den Messingknopf.

"Ja bitte?" Eine Frauenstimme.

"Ich habe einen Termin bei Herrn Dr. Liberti, 15^{00} Uhr, mein Name ist Krantz, Gerlinde Krantz."

"Wir sind auf dem 2. Stock, Frau Krantz."

Ein Summton. Gerlinde drückte die schwere Tür auf. Imposantes Entree hinter der mittelalterlichen Fassade! Auf der rechten und linken Seite die Treppen in spiegelbildlichem Schwung, breite, geschnitzte Holzgeländer, hohe Fenster. Langsam stieg sie die Stufen hoch, wobei sie sich vorstellte, es sei ihre private Erfolgsleiter. Auf dem 2. Stock eine umlaufende Galerie, mehrere Türen. Ein Maklerbüro, eine Versicherungsagentur, eine Zahnarztpraxis. Dann die Eingangstür zur Kanzlei. Und wieder ein Messingschild:

Dr. Robert Liberti & Dr. Luisa Liberti-Krohn

Rechtsanwälte

Ein Anwaltsehepaar. Diese Kanzlei hatte sie schon im Blick, als sie vor einem Monat von Osnabrück nach Münster gezogen war. Und nun wohnte sie bei einer Freundin, vielleicht nur vorübergehend. Sie hatte Roxana erst vor zwei Wochen, als sie auf Zimmersuche war, im Supermarkt kennen gelernt, wo sie ihren kleinen Sohn im Einkaufswagen zwischen Milchtüten und Windeln vor sich her schob. Sie waren gleich ins Gespräch gekommen und hatten sich ein paar Mal getroffen, zum Kaffeetrinken, Eisessen und so, hatten sich gleich gut verstanden, und Roxana hatte gemeint, sie solle erst mal zu ihr ziehen in ihre kleine Dreizimmerwohnung in der Weberstraße. Die lag günstig, mit dem Fahrrad brauchte sie nur eine knappe halbe Stunde bis Stadtmitte. Doch heute hatte sie die Bahn genommen.

Sie klingelte.

Wieder ein Summton, die Tür sprang auf.

Eine ältere Dame saß am Empfang, sehr gepflegt. Typ Erstverkäuferin, fand Gerlinde. Vertrauen erweckend, kompetent, mit dem für einen exquisiten Laden nötigen Schuss Vornehmheit. Schon ihr Mittelscheitel sah vornehm aus. Gerlinde kannte sich aus, hatte in der zehnten Klasse ein Praktikum in Modehaus Münsterkötter gemacht, weil sie beruflich etwas mit Mode machen wollte. Das war chic und sie selbst würde chic aussehen. Der falsche Weg für sie, wie sich herausstellte. Sie hatte ein Auge für Typen und Charaktere und einen Kopf für Zahlen, nicht für Farben, Figuren und Schnitte.

Die Empfangsdame wies in eine Ecke des Raumes zu einer schlichten Ledercouch und passenden Sesseln um einen niedrigen Glastisch. Hochglanzzeitschriften lagen da, als seien es Kunstwerke, nicht so durcheinander mit aufgebogenen Ecken wie beim Friseur.

"Bitte, gedulden Sie sich ein wenig, Frau Krantz, Herr Dr. Liberti ist noch im Gespräch mit einem Klienten. Möchten Sie etwas trinken? Kaffee, Wasser …?"

"Ein Wasser, bitte."

Gerlinde schlug eine Zeitschrift auf – Geo stand drauf – nicht um zu lesen, was sie ohnehin nicht interessierte, sie wollte nur cool erscheinen, nippte ab und zu an ihrem Wasser, tat so, als sei sie gewohnt, in vornehmer Umgebung herumzusitzen.

Ab und zu sah sie zu der Tür, hinter der die Empfangsdame mit einer Mappe verschwunden war und gleich danach wieder auftauchte. "Herr Dr. Liberti ist gleich frei für Sie", hörte Gerlinde, dann strich ihr Blick weiter unter der gesenkten Stirn über das Interieur, den hellen Steinfußboden – Marmor? –, der Teppich unter ihren Füßen, Schwarz und Weiß unregelmäßig verteilt und ein bisschen Rot mitten drin. Passte gut zu dem Bild an der seitlichen Wand, ohne Rahmen und riesengroß. Sah irgendwie gut aus, echt nach Power. Zwei hohe weiße Bücherregale, voll bepackt, sicher Fachliteratur. Am besten gefiel ihr die Hängelampe über dem Beistelltisch, knallrot und glänzend, viele Teile ineinander und übereinander, sah aus wie Plastik, modern eben. Vielleicht hätte sie doch ihre High-Heels anziehen sollen.

Sie rutschte ein wenig hin und her, schlug die Beine übereinander und kippte sie in eine parallele Diagonale, das rechte Knie höher als das linke, der Rock rutschte hoch, sie lehnte sich zurück. Die Tür, hinter der sie Dr. Liberti vermutete, wurde energisch geöffnet, zwei Männer traten heraus, ein älterer Herr, Einstecktuch, Schnauzbart, Hornbrille, hinter der sein Blick sofort zu ihren Beinen wanderte, der andere groß, schlank, angegrautes Blond, Rollkragenpulli unter dem Jackett.

Ihr zukünftiger Chef? Hoffte sie doch. Sie stand auf, strich ihren Rock glatt und lächelte. Der ältere drehte sich zu dem jüngeren um, reichte ihm die Hand.

"Gut so, ich höre dann von Ihnen."

"Im Lauf der nächsten Woche, Herr Clausen …", nickte der Graublonde und begleitete ihn zur Tür.

Gerlinde sah zu, wie Dr. Liberti die Tür hinter seinem Klienten schloss. Er stand einen Moment da, fuhr sich mit der Rechten durchs Haar, dann wandte er sich zu ihr um.

"Frau Krantz, wir haben einen Termin. Bitte …". Seine Hand wies zur offenen Tür des Büros.

Sie nickte und ging hinein.

Kein stylisches Büro, eher enttäuschend schlicht, wie sie aus den Augenwinkeln feststellte. Bis auf den aktenbeladenen Schreibtisch vor dem hohen Fenster. Der war 'ne Wucht, sah aus wie der Esstisch einer italienischen Großfamilie. So was hatte sie mal im Film gesehen. Dr. Liberti schloss die Tür hinter sich, ging mit schnellem Schritt zu seinem Arbeitsplatz, schwang den Drehstuhl in Position, wies auf die beiden Besucherstühle und setzte sich.

Gerlindes Blick schweifte zur gegenüber liegenden Wand. Dort an dem runden Beistelltisch sitzen, sie in dem einen Sessel und Dr. Liberti in dem anderen, nicht dieses Aktenschiff zwischen ihnen. Dann rückte sie entschlossen einen der Stühle zur Mitte und nahm Platz.

Dr. Liberti schlug die vor ihm liegende Mappe auf, blätterte, überflog die Seiten.

"Sie haben Ihre Ausbildung bei Herrn Krogen in Osnabrück gemacht, sehr guter Abschluss, sind im Anschluss übernommen worden, das spricht für Sie. Er hat Ihnen …", er nahm ein Blatt in die Hand, "…wie ich sehe, ein hervorragendes Zeugnis ausgestellt, lobt Ihre Einsatzbereitschaft, Ihre Kompetenz im Umgang mit Klienten und Ämtern. Gerlinde hob die Mundwinkel, nickte. Wenigstens das hatte er ihr zugestehen müssen, dieser Krogen, der geile Sack, an die Wäsche hatte er ihr gewollt, der fette Glatzkopf, in seinem Büro, nebenan ein Klient. Ein Bullterrier, dieser Mann. Dagegen ein Dr. Liberti ...

"Es gibt noch drei weitere Bewerber", hörte sie ihn sagen, "beziehungsweise ...", er zögerte, dann schob er die Papiere zusammen. "Erzählen sie mir doch, warum Sie sich ausgerechnet in unserer Kanzlei beworben haben."

"Oh, das ist einfach zu beantworten! Ihre Kanzlei ist sehr bekannt in Münster und erfolgreich, und es reizt mich, hier auf verschiedenen Gebieten arbeiten und lernen zu können, nicht nur im Steuerrecht, vielleicht auch in anderen Rechtsfällen." Sie nickte bekräftigend. "Sie können mich überall einsetzen, ich arbeite mich schnell ein."

"Schön", meinte Dr. Liberti, "das hört sich gut an. Aber dies ist Ihre erste Stelle, sicher gibt es noch Schwachpunkte, alles kann man ja nicht auf Anhieb. Wo sehen Sie am ehesten Ihre Schwächen?"

Auf diese Frage hatte Gerlinde sich vorbereitet.

"Meine Schwächen sind vielleicht auch meine Stärken, ich bin hartnäckig und auch zielstrebig, so sehr, dass ich meiner Umgebung schon mal auf die Nerven gehe mit Nachfragen und Dranbleiben, bis etwas erledigt ist. In der Ausbildung haben sie mir gesagt, ich sei so penetrant ehrgeizig."

"Nun, Zielstrebigkeit ist ja nicht schlecht, Frau Krantz." Er legte die Papiere in die Mappe zurück. "Der Kollege Krogen ist mir bekannt, ich setze auf sein Urteil und Sie scheinen mir geeignet. Wann wollen Sie anfangen?"

"Na sofort!", stieß Gerlinde heraus.

Dr. Liberti schmunzelte. "Ich habe nichts anderes erwartet. Am kommenden Montag können Sie anfangen, zunächst für eine halbjährige Probezeit."

Gerlinde riss die Augen auf und lächelte angenehm überrascht. Das war ja schnell gegangen! Sie hatte sich auf ein längeres Gespräch vorbereitet und genau überlegt, wie sie ihre Kompetenzen überzeugend und dennoch unaufdringlich darstellen würde. Fast tat es ihr leid, um die Chance einer ausführlichen Selbstdarstellung gebracht worden zu sein, aber sei's drum.

"Also, Frau Krantz …", Dr. Liberti war aufgestanden und streckte ihr über den Schreibtisch hinweg die Hand entgegen, "auf gute Zusammenarbeit! Frau Siebenthal, unsere Schreibkraft, wird sie in alles Nötige einweisen, unsere Bürovorsteherin Frau Jonsch haben Sie ja schon kennen gelernt, sie hilft Ihnen gern in Fragen der Organisation."

Gerlinde beugte sich vor und ergriff die dargebotene Hand − der Schreibtisch war echt kolossal, und dieser Händedruck über dem Aktenberg musste eine besondere Bedeutung haben. Symbolik eben. Übereinstimmung oder so ähnlich. An ihr sollte es nicht liegen.

Die Tür ging auf.

"Hast du vielleicht die Akte Grünberg … ach entschuldige, ich wusste nicht …"

Eine große, dunkelhaarige Frau stand da, die Hand auf der Klinke.

"Ist schon gut, Luisa, das hier ist Frau Krantz, unsere neue Mitarbeiterin." Dr. Libertis Hand wedelte in Richtung Tür. "Meine Frau, sie macht Familienrecht. Vorwiegend", fügte er hinzu.

"Schön, Frau Krantz", sagte Luisa, "mein Mann wird froh sein über die Entlastung, zuviel Kleinkram … wann fangen Sie an?" Sie ging auf Gerlinde zu und streckte ihr die Hand entgegen.

"Montag schon."

Gerlinde ergriff die Hand, ihr Wangenmuskel zuckte. Ein Händedruck wie der eines Maurers, nicht, dass sie einen kannte, aber solche Hände konnten zupacken. Sie zog die Mundwinkel noch eine wenig höher und brachte ein Lächeln zustande. Luisa nickte freundlich. Im Hinausgehen sagte sie zu ihrem Mann: "Heute Abend bin ich nicht da, Ratssitzung, es wird spät werden."

Dr. Liberti war aufgestanden und machte eine einladende Geste. "Kommen Sie mit." Im Empfangsbereich stellte er sie Frau Jonsch vor: "Ihre neue Kollegin, Rechtsanwaltsfachgehilfin Frau Krantz. Weisen Sie sie in alles Nötige ein und zeigen Sie ihr ihren Arbeitsplatz."

Der lag in einem Büro gleich nebenan – sozusagen Wand an Wand mit dem Chef, konstatierte Gerlinde; Schreibtisch vor dem Fenster, Blick nach draußen, Himmel über der gegenüber liegenden Häuserfront, Akten lagen schon auf der hellgrauen Schreibplatte. Frau Siebenthals Platz vor dem anderen Fenster war unbesetzt. "Sie hat sich heute frei genommen, längerer Arzttermin mit ihrem Sohn, der ist Fünf", klärte Frau Jonsch sie auf.

"Ich habe kein Kind, bin ja auch erst zwanzig. Auch keinen Mann. Aber die Freundin, bei der ich momentan noch wohne, die hat einen kleinen Sohn, der ist zwei."

"Dann werde ich mal gleich Ihre Daten aufnehmen, Frau Krantz."

Zurück zum Empfang, Gerlinde folgte ihr.

"Also ich wohne in der Weberstraße 25 bei Roxana Nieverding in der dritten Etage." Sie wartete, während Frau Jonsch in den Computer tippte. "Mein Geburtsdatum ist der 14.10.1992 im St. Vinzenz in Haselünne."

Frau Jonsch hob den Kopf: "Ihre Eltern?"

"Der Name meiner Mutter ist Christine Krantz."

"Ihr Vater?"

"Meine Mutter war nicht verheiratet, mein Vater schon. Aber nicht mit meiner Mama."

Frau Jonsch sah auf. Dann nickte sie. "Sie sind also ohne Vater aufgewachsen, nicht leicht für Ihre Mutter."

"Ja, so ist es, sie musste viel arbeiten. Aber nun habe ich ja meine erste Stelle und kann Geld verdienen, auch für sie mit. Geschwister hab ich nämlich nicht."

"Für Ihre Mutter mit?"

"Ja, sie verdient nicht soviel, und momentan geht es ihr nicht gut."

Gerlinde sprach nicht weiter. Sie war drauf und dran, der Bürovorsteherin, die sie erst vor einer Stunde kennen gelernt hatte, Details zur Krankheit ihrer Mutter zu erzählen. Absolut uncool, hier gleich ins Private abzudriften. Es hätte aufdringlich wirken können.

Frau Jonsch fragte noch nach den Daten ihrer Versicherungen, sie würde alles Nötige veranlassen. Sie hob ihren vornehmen Mittelscheitel und sah Gerlinde freundlich distanziert an, während sie ihr die Hand entgegenstreckte: "Nun begrüße ich Sie als neue Kollegin und hoffe auf eine gute Zusammenarbeit."

Gerlinde schlug ein: "Ich freu mich schon drauf!"

Den Rest der Woche und das Wochenende verbrachte Gerlinde in erregter Erwartung.

Ihre erste Stelle, und in einem so vornehmen Laden! Sie musste sich beherrschen, Roxana nicht auf die Nerven zu gehen mit ihrem Gerede über den tollen Job, die hatte genug damit zu tun, Studium und Kind und Einkäufe und Tagesmutter zu organisieren. Sie studierte Jura — ausgerechnet! — war im fünften Semester und sagte, sie habe keine Eile, fertig zu werden. Tobias' Vater — seinen Namen nannte sie nicht — zahle Unterhalt für sie und das Kind und die Miete für ihre Wohnung. Sie hatte noch nicht einmal verlangt, dass sie, Gerlinde, etwas für das Zimmer zahle. Sei ja nur vorübergehend, hatte sie gemeint und sie könne, bis sie etwas anderes gefunden habe und sich an ihrer Arbeitsstelle eingelebt habe, an den Wochenenden vielleicht mal auf Tobias aufpassen oder mal kochen oder die Wohnung putzen. Na ja, putzen war nicht gerade ihr Ding, aber der Kleine war putzig.

Am Montag war sie sehr pünktlich im Büro. Frau Siebenthal, eine zierliche Blondine mit Stupsnase, begrüßte sie mit einem Seufzer der Erleichterung:

"Gott sei Dank, dass wieder jemand neben mir sitzt. Es hat nun doch fast zwei Monate gedauert, bis der Chef einen Ersatz für Lilly, ich meine Frau Krott, gefunden hat und in der Zeit musste ich zusehen, wie ich mit der zusätzlichen Arbeit klar kam. Ich bin eigentlich vorwiegend für die Chefin zuständig."

"Frau Krott? Hat er ihr gekündigt?"

"Nein, nein, s i e hat gekündigt."

"Aber ... ", Gerlinde guckte verständnislos, "so eine Arbeitsstelle kündigt man doch nicht, so was kriegt man doch nicht wieder!"

"Nun, liebe Frau Krantz, Sie werden schon noch merken, was hier gefordert wird. Vor allem an Überstunden. Die waren Lilly schließlich über, da hat sie sich was Ruhigeres gesucht für weniger Gehalt aber mehr Privatleben."

"Guten Morgen, die Damen." Dr. Liberti stand in der Tür, in der Hand einen Aktenordner. "Für Sie, Frau Krantz." Er legte ihn auf ihren Schreibtisch. "Sichten Sie die Unterlagen zum Fall Clausen und legen Sie eine Akte an." Zu Frau Siebenthal gewandt: "Alles okay mit ihrem Sohn?"

"Es wird schon wieder, aber wahrscheinlich muss er die Mandeln raus haben, er ist zu oft erkältet, und jetzt hatte er auch noch Ohrenschmerzen und dicke Backen. Diagnose: Mumps." Sie lachte." Peter, du hast Ziegenpeter, hat Dr. Bader zu ihm gesagt. Sie hätten sein Gesicht sehen sollen, Herr Dr. Liberti, und wie blöd er es fand, eine Krankheit zu haben, die seinen Namen mit einer Ziege verknüpft."

"Kann ich mir vorstellen, Frau Siebenthal, der eigene Name ist etwas, mit dem man sich identifiziert, und da hat eine Ziege nun mal nichts zu suchen." Er lachte trocken und wandte sich zum Gehen. "Wenn Sie noch Fragen haben, Frau Krantz — ich bin nebenan."

"Fand er das nun lustig oder eher nicht?", wunderte sich Gerlinde, als er draußen war.

"Ach, der hat keine Kinder und außerdem andere Dinge im Kopf." Frau Siebenthal wies auf Gerlindes Schreibtisch. "Das da zum Beispiel."

Bis zum Mittag arbeitete Gelinde an der Akte Clausen./. Oschmeyer. Clausen — war das nicht der Schnauzbärtige, den sie bei ihrem Vorstellungstermin gesehen hatte, der mit der dicken Hornbrille, der aussah wie ... wie ... ja, wie Friedrich Thun in "Hochzeit auf Gut Hohenbrück"? Sah aus wie ein richtiger Grandseigneur, dieser Clausen, und die Nummer, unter der sie nach einem Blick in den Computer seine Akte einordnete, gefiel ihr ebenso: 777/07. Sie legte ein Aktenblatt mit den Daten von Auftraggeber und Gegner an, fügte Korrespondenzadressen und

Rechtschutzbestätigungen hinzu, ordnete Kopien von Kontoauszügen, Verträgen und Schriftverkehr der Parteien. Vollmachten und eidesstattliche Versicherungen ab in die hintere Lasche des Aktendeckels. Kostenblatt hinzufügen, leere Vollmachtsvorlagen beilegen. Tja, man sollte vorsichtig sein mit Geld, selbst wenn man es einem guten Freund leiht, der einen Supermarkt übernimmt, renoviert und dann pleite geht, weil die Straße vor seinem Laden aufgerissen wird für den Bau einer U-Bahn, der dann nicht vorangeht, weil der Stadt das Geld ausgegangen ist. Keine Kunden mehr und aus die Maus. Schicksale steckten in diesen Akten! Sie würde viele davon auf dem Schreibtisch haben und in das Leben fremder Menschen hinein sehen können.

Spannend!

Als sie um siebzehnuhrdreißig auf ihr Fahrrad stieg, war sie hochzufrieden mit sich und ihrem ersten Arbeitstag. Sie hatte einen interessanten Beruf gewählt und würde sich ihr Leben schon zurechtzimmern.

Roxana lag auf der Couch, als Gerlinde die Wohnungstür aufschloss. Sie blickte nur kurz auf und legte mit Blick zur Schlafzimmertür den Zeigefinger auf die Lippen. Gerlinde verstand: Der Kleine schlief, letzte Nacht hatte er sie mit seinem Weinen ein paar Mal geweckt.

Sie ging in die Küche und packte ihre Einkäufe fürs Abendessen aus. Roxana liebte Spagetti mit Meeresfrüchten, wie sie schon bei ihrem ersten Kennenlernen im Aldi gesagt hatte, als sie vor den Nudeln standen. Ziemlich abgehoben. Deshalb, und weil sie ihr ein Freude machen wollte, hatte sie heute extra einen Umweg über den Fischwagen an der Wolbeckerstraße gemacht, die hatten so was, und das dünne Hemd hinter der Theke hatte ihr auch ungefragt sein Privatrezept verraten: kurz unter Wasser halten, mit Zewa trocken tupfen, in heißem Öl mit gehacktem Knoblauch und Ingwer zwei Minuten braten und dann unter die Nudeln geben. Klang einfach und wäre auch nicht kompliziert zu machen. Vielleicht noch Salat dazu.

Es dauerte dann doch etwas länger als die paar Minuten, von denen der Fischverkäufer gesprochen hatte.

Gerlinde stand vor dem Küchentisch und betrachtete ihr Werk, die bunten Keramikteller auf der rustikalen Kiefertischplatte, Besteck mit Holzgriffen, blaue Papierservietten hatte sie leicht angeknautscht in der untersten Schrankschublade gefunden, der Salat knackig grün und die Nudeln dufteten vor sich hin mit ihrem Meeresgetier. Weingläser noch, mit Wein kannte sie sich nicht so aus, hatte sich einfach einen gegriffen aus dem Regal, auf dem trocken stand, das war wohl ein Qualitätsausweis. Dachte an ihre Mutter, die kannte sich mit so was aus, nein, eigentlich mehr mit den härteren Sachen. Ja, und das hatte sie nun davon, und helfen konnte sie ihr eigentlich wenig, jetzt, wo sie nicht mehr auf sie aufpassen konnte. Dann lieber auf Tobias.

Sie lauschte, ging hinüber zu Roxanas Zimmer und legte ihr Ohr an die Tür. Mucksmäuschenstille. Gut, dann jetzt in Ruhe essen, ehe der Kleine wieder das Plärren anfangen würde.

Im Wohnzimmer lag Roxana immer noch auf der Couch. Sie schlief, den rechten Arm angewinkelt und die Hand entspannt auf dem Bauch, das Gesicht zur Wand. Gerlinde berührte den nackten Oberarm mit den ausgestreckten Fingerspitzen, streichelte ihn, dann umschloss sie ihn mit der ganzen Hand. Roxana sollte doch jetzt langsam wach werden und mit ihr am Tisch sitzen und ihr Lieblingsgericht essen, sie hatte sich doch Mühe gegeben damit. Sie drückte ein wenig fester zu und bewegte ihre Hand hin und her.

Mit einem plötzlichen Atemzug wandte Roxana ihren Kopf und fuhr hoch.

"Mein Gott, ich bin eingeschlafen", – sie wischte mit dem Handrücken über die Stirn –, "ich muss doch noch das Referat bis morgen fertig haben!"

"Na ja, kannst du doch auch, aber erstmal essen wir jetzt, Sohnemann schläft noch."

"Ich glaube, er kriegt seine Backenzähne. Das wird noch manche schlaflose Nacht werden."

"Und wie lange dauert das mit den Zähnen bis alle da sind?"

"Der Kinderarzt meint, noch ein bis zwei Monate."
"Das werden wir schon überstehen, Roxana."

Beim Essen gab es eine neue Vertrautheit, so etwas wie ein Wir-Gefühl.

"Warum tust du dir das an", hatte Gerlinde wissen wollen, "Studium mit Kind, das ist doch anstrengend, konntest du oder konntet ihr nicht warten oder war es ein Unfall?"

"Ein Unfall ...", Roxana nickte, "kann man wohl so nennen. Ein Unfall war der Anlass für eine Anzeige am Schwarzen Brett in der Uni. Jemand suchte einen Ersatz für seine Bürokraft, die wegen eines schweren Verkehrsunfalls ausgefallen war, PC, Schreibarbeiten und so. Bin hin und hab den Job bekommen, die Bezahlung war sehr ordentlich." Einen Moment lang schwieg sie ihren Teller an. Dann sah sie auf. "Und der Boss auch." Sie schickte einen Lacher hinterher.

"Aha! Und?"

"Kannst du dir denken. Ich hab's ihm gesagt und geglaubt, er kündigt mir, dann hätte ich abgetrieben. Aber er wollte, dass ich es behalte. Er würde alles bezahlen. Hat mir diese Wohnung zur Verfügung gestellt. Er hat mehrere, die er vermietet, aber natürlich zahle ich hier keine Miete. Und im Büro kann ich natürlich auch nicht mehr arbeiten, muss ja für seinen Sohn sorgen. Und mein Studium voranbringen. Aber sag mal ...", sie griff zur Nudelschüssel, "wo hast du Kochen gelernt? Nach der Fast Food oder dem Mensaessen ist das hier richtig gut."

"Kochen gelernt habe ich nicht, hab das gekocht, was zuhause da war in unserer Küche, Christine, meine Mutter, war ja nie da, wenn ich aus der Schule kam, war putzen, da hab ich dann schon öfters mal abends was gekocht, damit sie 'ne warme Mahlzeit am Tag hat. War ja alles nicht einfach für sie, weiß ich, aber für mich auch nicht." Sie drehte das Glas in der Hand.

"Verstehe." Roxana griff zur Weinflasche und schenkte nach.

"Glaube ich nicht, Roxana, dass du wirklich verstehst. Dir geht's doch gold! Du hast ein Kind von einem verheirateten Mann, der bezahlt alles, und du kannst sogar weiter studieren – kriegst du nicht auch noch Bafög? Mein Vater – stell dir vor, ich kenne ihn noch nicht mal – hat meine Mutter hängen lassen, sie musste ihre Ausbildung zur Verkäuferin abbrechen und Geld verdienen für uns beide."

"Du kennst deinen Vater nicht? Heißt das, du weißt nicht, wer es ist?"

"Meine Mutter wollte es mir nicht sagen." Gerlinde zögerte. "Vielleicht war sie sich auch nicht sicher."

"Aber sie hätte einen Vaterschaftstest beantragen können, das heißt bei deiner Geburt noch nicht, da gab' s den DNA-Test noch nicht. Aber jetzt könnte sie ihn noch machen lassen, meine Mutter übrigens auch, sie ist mit einer Vaterschaftsklage gescheitert."

"Ach ja? Dann weiß sie wenigstens, wer dein Vater ist. Meiner lebt nicht mehr, sagt meine Mutter, vor Jahren schon hat sie mir das gesagt."

"Sogar du selbst könntest diesen Test verlangen, sogar eine Exhumierung verlangen, ich kenne entsprechende Rechtsfälle. Falls du wüsstest, wer es ist."

"O Gott, nein!" Gerlinde riss die Augen auf und schüttelte den Kopf. "Exhumieren! Das geht gar nicht, und Christine kann ich damit schon überhaupt nicht kommen. Außerdem: Dessen Familie würde doch protestieren, da könnte ich womöglich ja noch als Erbberechtigte auftauchen, falls es überhaupt etwas zu erben gäbe."

"Das Gericht entscheidet das, nicht die Familie."

"Und wenn schon ..." Gerlinde schwieg. Eine Familie hatte sie nie gehabt, eine richtige Mama, die da war, wenn sie sie brauchte, auch nicht. Ihre Mutter hatte immerzu Geld verdienen müssen, meistens Putzjobs, auch, um ihr, dem Zufallskind einer Sechzehnjährigen, eine Ausbildung zu finanzieren, die sie selbst nicht hatte haben können. Halt dich fern von Jungs, hatte sie ihr immer gesagt, als sie alt genug war, sich für Jungs zu interessieren, halt dich fern oder schütze dich, damit es dir nicht so geht wie mir! Warum sie sich nicht geschützt habe, hatte Gerlinde einmal nachgefragt. Mit Fünfzehn habe sie noch keine Erfahrung gehabt mit so was, war die Antwort gewesen, und sie sei schwanger geworden, ohne zu erfahren, was eine Orgasmus ist. Ihre eigene Mutter, also Gerlindes Großmutter, habe sechs Kinder geboren, von denen sie die Älteste war und sie sei gestorben, ohne je einen Orgasmus gehabt zu haben. Immer schwanger ist auch ein geregeltes Leben, habe sie bitter hinzugefügt, jedenfalls ein geregeltes Leben in einer Familie. Bitter war für Christine, dass ihre Eltern, weitgehend von Sozialleistungen abhängig, einen zusätzlichen Balg – sie hatten tatsächlich Balg gesagt – nicht ernähren konnten. Christine musste ihre Ausbildung abbrechen und eine Arbeit annehmen. Als Gerlinde mit Drei in den Kindergarten kam, hatte sie sich eine Zweizimmerwohnung gesucht.

Irgendwann, als Gerlinde um die Zehn war, hatte ihre Mutter abends, wenn sie von der Arbeit kam, angefangen, zum Essen einen "Entspannungsschluck", wie sie es nannte, zu nehmen, sie brauche das, um Abstand zu kriegen vom Job. Zunächst waren es zwei Gläser Bier zum Essen, dann noch eins nach dem Essen, dann noch eins zum Schlafengehen. Irgendwann brauchte sie Nachhaltigeres, wobei sie allerdings gewisse Grenzen unter der Woche nicht überschritt. Samstags dann aber, nach dem Wocheneinkauf, den sie allein bewältigte, meinte sie, ein Recht auf Erholung zu haben und überließ Gerlinde alles weitere, den Haushalt betreffend. Gerlinde kochte, putzte, zunächst nach ihren Anweisungen, dann, nachdem sie Zwölf geworden war, zunehmend selbstständig. Ihre Mutter lag auf der Couch, der Fernseher lief den ganzen Tag, die Bierflasche stand auf dem Tisch, abends gab's billigen Rotwein zum Essen. Danach wieder Fernsehen. Christine Krantz sackte nach einer halben Stunde weg, Gerlinde weckte sie später und half ihr ins Bett. Am Sonntagmorgen schlief Christine bis in den späten Vormittag, ehe sie sich zum Frühstück aufraffte: Müsli mit Schokoflocken und Rotwein. Bis zum Abend trank sie nur noch Wasser aus dem Kran – Sprudelwasser war zu teuer – um ihren Kreislauf in Schwung zu bringen. Zum Schlafengehen genehmigte sie sich dann wieder ein bis zwei Glas Bier als Einschlafhilfe, ein Rhythmus, der sich mit den Jahren beschleunigte.

Damals schon, als Zwölfjährige, hatte Gerlinde begriffen, wie wichtig eine Ausbildung war, eine den eigenen Fähigkeiten angemessene, sie vielleicht sogar herausfordernde Tätigkeit, ein mit Freude ausgeübter Beruf. Sie schämte sich für ihre Mutter, fühlte sich gleichzeitig verantwortlich für sie. Sie wollte nicht vom Leben überrollt werden, entdeckte ihren Ehrgeiz und hielt sich von Jungs fern, hatte wenige und nur kurz andauernde Mädchenfreundschaften, kümmerte sich wo nötig um ihre Mutter, auch aus einem unbewussten Schuldempfinden heraus. Erfolg und Anerkennung wurden ihr zunehmend wichtig. Mit ihrem Aussehen konnte sie nicht punkten, als sie noch klein war, hatte Christine gemeint, Gerlinde werde ihrem Vater immer ähnlicher. Ob sie auch die Beine von ihm hatte?

"Ich weiß gar nicht, ob ich wissen will, wer mein Vater ist, hat sich einfach verdünnisiert, und vielleicht weiß meine Mutter es auch nicht so genau. Immer mal wieder hat sie einen Kerl angeschleppt und vielleicht hat sie es früher auch so gemacht." Sie stand abrupt auf. "Lass uns von ..."

"Und was ist jetzt mit ihr? Sie ist doch noch nicht so alt?"

Gerlinde schaute zur Seite, schüttelte kurz den Kopf, druckste. Sie stand auf und begann den Tisch abzuräumen.

"Lebt sie nicht mehr, bist du deshalb allein?"

"Aber nein!", kam es zurück, es klang fast wütend. Sie füllte die Nudelreste in eine kleinere Schüssel und stellte sie in den Kühlschrank. Nach einer Pause: "Da kannst du mal sehen, aus was für einer ..."sie zögerte, "Familie ...", sie spie das Wort durch die Zähne, "ich komme, kein Vater, keine Geschwister, war ja nichts mit Familie, sonst müsste ich mich jetzt nicht allein um Christine kümmern. Meine Mutter, " fügte sie mit Blick zu Roxana hinzu, "sie ist auf Entzug, Alkohol, allein kriegt sie das nicht hin, weder finanziell noch sonst. Wenn sie durch ist mit dem Entzug, werde ich sie unterstützen müssen, bis sie wieder 'ne Arbeit hat."

"Verdienst du genug?"

"Na ja, es ist mein Anfangsgehalt, aber es ist nicht schlecht."

Sie schwieg einen kurzen Moment. Dann fügte sie mit einer Kopfbewegung zur Kinderzimmertür, hinter der Tobias zu weinen begonnen hatte, hinzu: "Damit scheint es dir ja besser zu gehen als mir."

Roxana lächelte leise, kniff das rechte Auge zu und zog die linke Braue hoch.

"Ganz recht, besser als vorher. Ich muss nicht mehr jobben, um mein Studium zu finanzieren, die Tagesmutter für Tobias wird bezahlt, später auch die Kita, die Babykleidung und andere Anschaffungen, der Kinderarzt, die Wohnung, ich kriege Betreuungsgeld, von Vater Staat Kindergeld und bis Tobias ein Jahr alt war, zusätzlich Elterngeld, ich muss auch nicht durchs Studium hetzen, um möglichst schnell auf eigenen Füßen zu stehen. Mir geht's richtig gut. Und nun bist du da, und ich kann auch abends mal weg." Sie lachte zufrieden. "Zwei Mütter für ein Kind."

"Und warum hat dein Boss – wer ist das überhaupt? – das so geregelt?"

"Der hat gar nichts geregelt, Vater Staat hat das gesetzlich geregelt. Erzeuger unehelicher Kinder müssen zahlen, nolens volens", – sie bemerkte Gerlindes verständnislosen Gesichtsausdruck –, "ob sie wollen oder nicht, und wenn man die Gesetze kennt, kann man richtig abkassieren."

"Ohne Gegenleistung?"

"Na ja, ich bin schließlich die Mutter und ziehe unseren Sohn allein auf. Und ich darf nicht rum erzählen, wer sein Vater ist, das hat er verlangt, seine Frau würde sich scheiden lassen, und das könne er sich nicht leisten. Schon wegen der Reputation nicht, er ist Ratsmitglied."

Sie stand auf und ließ Wasser ins Spülbecken laufen.

"Vielleicht schaffe ich es noch, ihm eine Spülmaschine aus den Rippen zu leiern."

"Wie du sprichst, Roxana! Liebst du ihn nicht oder nicht mehr?"

"Liebe! Ein großes Wort! Er sieht gut aus, hat Geld, und schließlich hat er sich an mich rangemacht und nicht ich mich an ihn, er war mein Boss und also hab ich ihn gelassen. Und dann wurde ich schwanger und hab ihm klar gemacht, dass ich nicht allein dafür gerade stehe. Mit seiner Frau hat er keine Kinder und weißt du was?" Sie stemmte die Armen in die Seite. "Ich glaube sogar, er war ganz glücklich, seine Manneskraft bewiesen zu haben."

Sie fing an abzuwaschen und Gerlinde griff nachdenklich zum Trockentuch. Ihr Chef Dr. Robert Liberti und seine Frau Dr. Luisa Liberti-Krohn, auch keine Kinder. Konnte sie nicht oder konnte er nicht? Es sollte ihr egal sein, Hauptsache: Sie hatte einen tollen Job und konnte den Anforderungen genügen.

In den nächsten Tagen versuchte sie trotzdem mit vagen Bemerkungen etwas aus Frau Siebenthal herauszuholen. Die sprach von einem guten Arbeitsklima, freundlich-sachlichem Umgang der Chefs mit den Angestellten, Frau Dr. Liberti manchmal gestresst. "Die zerreißt sich zwischen der Arbeit hier im Büro, den Terminen bei Gericht und im Stadtrat, sie ist nämlich im Stadtrat, Vorsitzende des Kulturausschusses und auch noch Vorsitzende im Weißen Ring. Wie die das alles schafft! Und dann die vielen Abendtermine!"

Na ja, dachte Gerlinde und griff sich die oberste Akte vom Stapel auf ihrem Schreibtisch, keine Zeit für Kinder, weder sie zu machen noch zu erziehen. Werde mir heute Abend gleich mal den Tobias schnappen und knuddeln, der ist so süß.

Nachdem sie für die Mandantenbesprechung am Nachmittag – Termin mit Clausen – die nötigen Buchhaltungsunterlagen vorbereitet hatte, die letzten Bankauszüge kontiert und ins Buchhaltungsprogramm eingegeben, Summen- und Saldenliste und die üblichen betriebswirtschaftlichen Auswertungen ausgedruckt hatte, gönnte sie sich eine Pause. Beim Durchqueren des Entrees hinüber zum Kaffeeautomaten neben dem Eingang begegnete sie Frau Dr. Liberti, die das gleiche Ziel hatte. Sie trug ein helles Kostümjäckchen, kurz und tailliert, zu einem schwarzen, knapp die Knie bedeckenden Rock, hohe Hacken, auch schwarz.

Gerlinde trat einen Schritt zur Seite und lächelte sie an.

Während Luisa den Kaffee in den Becher laufen ließ, betrachtete Gerlinde ihre Chefin von der Seite. Solche Haare hätte sie gern gehabt! Üppig und schwarz, im Nacken locker von einer breiten

Spange gehalten, breiteten sie sich wie ein Fächer über den Schultern aus.

"Haben Sie sich gut eingelebt, Frau Krantz? Kommen Sie zurecht?", sagte Luisa über ihre Schulter hinweg.

"Oh ja, die Arbeit macht mir Spaß, ich fühle mich sehr wohl hier." Aus einem plötzlichen Impuls heraus, so, als wolle sie sich keine Zeit geben, es sich noch anders zu überlegen, fügte sie hinzu: "Sie haben tolle Haare!"

Überrascht wandte Luisa sich zu ihr um. "Nanu? Komplimente?" Sie sah an Gerlinde hinunter und deutete auf ihre Beine, heute bewegte Gerlinde sich auf acht Zentimentern. "Und Sie haben tolle Beine!"

"Sie aber auch!", rief Gerlinde und blickte ihrem schnellen Schritt nach, mit dem Luisa hinter der Tür ihres Arbeitszimmers verschwand.

Für die Mittagspause bestellte sie sich wie Frau Siebenthal eine Pizza und eine Cola, mit der sie sich in den Aufenthaltsraum zurückzogen, einen kleinen Raum gleich neben dem Entree gelegen, ausgestattet mit einem runden Esstisch und sechs Stühlen, einer großen bequemen Couch und drei kleineren Sitzgruppen, den Fenstern gegenüber ein Einbauschrank mit Garderobe, Pantryküche und Fächern für die Angestellten. Gerlinde hob die Pizza – einmal Diavolo und für ihre Kollegin Quattro Staggione – aus den Kartons, Frau Siebenthal holte Besteck und Gläser.

"Was ist mit Frau Jonsch?", wollte Gerlinde wissen, "die hab ich mittags hier noch nie gesehen."

"Die geht meistens ins Bistro gegenüber, da hat sie ihre Ruhe, sagt sie, manchmal sitzt sie da auch mit der Chefin."

"Die ist etwas unnahbar, die Chefin, meine ich, ein bisschen kühl, oder? Ich dachte heute, ich sag mal etwas Persönliches zu ihr, über ihre tollen Haare, da hat sie mich erstaunt angeguckt und *nanu Komplimente* gesagt. Hätte ich das nicht sagen sollen?"

Frau Siebenthal lachte. "Warum eigentlich nicht? Die kriegt dauernd Komplimente, weil sie tüchtig ist und dann natürlich von Leuten, die das beurteilen können. Na ja, und außerdem sieht sie echt gut aus und das weiß sie natürlich." Sie goss Cola in die Gläser. "Der Chef ist schon mal etwas persönlicher."

"Und er arbeitet viel, auch noch spät abends, das hab ich neulich gesehen, als ich um zehn rum aus dem Open-Air-Film auf dem Markt kam, da war immer noch Licht in seinen Fenstern."

"Na, dann warte mal ab, bis er dir Überstunden anbietet ...", Frau Siebenthal lächelte bedauernd, "wird sicher nicht mehr lange dauern. Frau Jonsch hat mir vorgestern die Termine für die nächsten Verhandlungen gegeben, Post hab ich schon rausgeschickt, der Termin für die Hauptverhandlung Clausen./. Oschmeyer ist in zehn Tagen, da gibt's sicher noch Arbeit für dich."

Sie behielt Recht.

Zwei Tage später, am Donnerstag, Aktenkoffer in der Hand und die Robe über dem Arm, steckte Dr. Liberti den Kopf zur Bürotür herein und bat Gerlinde, nach der Arbeitszeit noch zur Verfügung zu stehen. Er sei im Laufe des Nachmittags zurück und erwarte für siebzehn Uhr Herrn Clausen mit den Steuerbescheiden der letzten drei Jahre, die müssten unbedingt noch heute überprüft werden.

"Oder haben Sie für den Abend schon etwas Besseres vor, Frau Krantz?", fügte er hinzu und legte den Kopf schief.

"Nein, nein", beeilte Gerlinde sich zu sagen, "ich bleibe natürlich." Sie würde Roxana anrufen müssen und ihr sagen, dass sie zum Fernsehabend mit Heidi Klum und ihren Topmädeln wahrscheinlich zu spät kommen werde. Sie liebte diese Sendung, die Mädels waren in ihrem Alter und machten was her und trugen tolle Klamotten. Nicht, dass sie sie beneidete, aber sie kämpften um das, was sie sich für ihr Leben ersehnten. Und das würde sie auch tun.

Als sie gegen acht die Aktendeckel zuklappte, fühlte sie sich keineswegs erschöpft von ihrem langen Arbeitstag. Der Einblick in die Vermögensverhältnisse des Mandanten Clausen, Reitstallbesitzer mit mehreren Häusern, Vermietungen in großem Umfang, aber auch Sponsor für diverse Hilfsorganisationen, unter anderem auch für der Weißen Ring, zeigte ihr eine andere Welt. Da wurde Geld gemacht, womit genau, ergab sich natürlich nicht aus den Akten, in denen wurden nur die Ergebnisse festgehalten. Dr. Liberti hatte zwischendurch kurz durchgeläutet um sie zu fragen, ob er ihr auch etwas vom Bistro herüber bringen lassen sollte, und sie hatte um Cola und ein Sandwich mit Schinken und Tomaten gebeten. Als sie die Akten in sein Arbeitszimmer brachte, nickte er ihr zu und wies auf seinen Schreibtisch, ohne sein Telefongespräch zu unterbrechen. Sie schob die Ordner auf eine noch freie Ecke neben dem Computer und sah ihn fragend an. Er deckte die Sprechmuschel kurz mit seiner Hand ab und sagte: "Danke, Frau Krantz, dann bis morgen." Im Hinausgehen hörte sie ihn sagen: "Also gut, Heiko, nächsten Samstag, Mindener Str. 36, wir treffen …" Der Rest des Satzes ging im Geräusch der sich schließenden Tür unter.

Den größten Teil der Donnerstagabendsendung auf PRO7 bekam Gerlinde dann doch noch mit. Als sie die Wohnungstür aufschloss, hörte sie Roxana in der Küche hantieren, aus dem Fernseher tönten Werbesprüche.

"Auf dem Esstisch hab ich noch Brot und Aufstrich stehen lassen, sicher hast du Hunger, ich räume eben noch die Waschmaschine aus, bevor es weiter geht. Soll ich dir ein Bier mitbringen?"

Gerlinde zog ihre Schuhe aus und schmiss sich auf die Couch, die Werbepause war zu Ende. Roxana erschien in der Tür, eine Bierflasche in der Hand.

"Hunger hab ich nicht, aber 'n Bier wär' nicht schlecht. Später." Sie rutschte ein wenig beiseite und klopfte mit der flachen Hand auf den Platz neben sich. "Komm, Roxy, leg dich hierher, wir gucken von hier aus, das ist gemütlicher als am Tisch."

"Ist das jetzt öfter mit den Überstunden?", wollte Roxana wissen, "was ist dann mit Tobias, wenn ich mal nicht da bin?"

"Keine Sorge, das krieg ich schon hin, und so spät wie heute wird es ja nicht jedes Mal werden."

Sie machte sich noch etwas schmäler und Roxana versuchte, sich neben ihr auszustrecken. "Ist doch etwas eng so", meinte sie, "ich weiß nicht, wohin mit meinem rechten Arm, heb mal deinen Kopf."

Sie schob ihren Arm unter Gerlindes Nacken.

Eine Weile schauten sie auf schöne Mädchen, schöne Kleider und hässliche Zickereien, bis Gerlinde merkte, dass sie müder war, als sie sich hatte eingestehen wollen. "Sind wir jetzt ein Team?", murmelte sie, ehe ihr die Augen zufielen, den Kopf in Roxanas Armbeuge geschmiegt.

Am nächsten Morgen schlief Roxana noch, als Gerlinde aus dem Haus ging. Sie hatte den Tisch gedeckt und Kaffee gekocht, Roxana würde später frühstücken, dann den Kleinen zur Tagesmutter bringen, dann zur Uni. Am Abend würden sie zusammen essen, Gerlinde wollte kochen, wahrscheinlich einen Eintopf aus den Wochenresten. Suppengemüse dazu, ein paar Knochen auskochen, Mettwürste rein. Nach Arbeitsschluss konnte sie bequem noch einkaufen. Wenn nicht wieder Überstunden anstanden.

Sie hatte Glück und war vor Roxana zuhause.

Gegen neunzehn Uhr stand sie in der Tür, Tobias vor den Bauch geschnallt und wirkte genervt.

"Kannst du ihn versorgen, ich muss noch was regeln."

Sie verzog sich ins Kinderzimmer und schloss die Tür hinter sich. Während Gerlinde Windeln wechselte, den Brei wärmte und Tobias fütterte, hörte sie Roxana telefonieren, es gab längere Gesprächspausen und einsilbige Antworten. Dann erschien sie wieder, packte sich Tobias und brachte ihn ins Bett. Gerlinde hörte sie singen *Schlaf Kindchen, schlaf.* Fünf Minuten später war sie wieder da und setzte sich an den Tisch. Gerlinde schöpfte Suppe in die Teller. "Kennst du MuWuSu? Das hier ist Mutters Wunder-Suppe, so hat meine Mutter ihre Restesuppe genannt."

Roxana verzog gequält die Mundwinkel.

"Es gibt Probleme", sagte sie, "für morgen Abend hat sich Tobias' Vater angekündigt. Er will seinen Sohn mal wieder sehen, mich vermutlich auch, und zwar hier, nicht wie sonst als zufällige Begegnung in irgendeinem Café oder sonst wo in der Stadt. Blöd nur, dass es am Wochenende ist. Du kannst also nicht hier sein, deine Sachen dürfen nicht rumliegen, er darf auf keinen Fall mitkriegen, dass ich hier nicht allein wohne. Er will gegen sechs Uhr da sein, ich ruf dich an, wenn er weg ist."

"Und was meinst du, wann das sein wird?"

Roxana zuckte die Schultern: "Keine Ahnung, kommt drauf an, was er sonst noch will."

"Du meinst von dir?"

"Kann sein, sonst würde er nicht unbedingt hierher kommen wollen."

"Und du – willst du auch?"

Roxana blies die Backen auf und ließ die Luft geräuschvoll heraus zischen. "Ich mach mir nicht viel aus Männern, aber den hier muss ich mir warm halten, dann zahlt er vielleicht mehr, als er gesetzlich muss."

Samstagabend. Gerlinde war ins Kino gegangen, im Schlosstheater gab's "How to be a single", ein Titel, der sie neugierig gemacht hatte. Wie verhält man sich als Single, wenn man einen neuen Job antritt? Man kann es richtig machen, man kann es falsch machen. Und man konnte es wie Alice machen. Und Robin. Lucy. Meggy. Tom. David. Alle diese Unverheirateten sehnten sich nach dem richtigen Partner, für die große Liebe, für eine Nacht oder irgendwas dazwischen. Sex in allen Variationen.

Sie sah auf ihre Uhr. Halb acht. Was Roxana wohl gerade machte? Es gefiel ihr nicht, darüber nachzudenken.

Sie ging in Richtung Innenstadt. Schlenderte an Schaufenstern vorbei, beäugte im Vorbeigehen ihr Spiegelbild, gefiel sich in den hohen Hacken unter den Röhrenjeans.

Hinter den Fenstern der Galerie Ostendorf am Prinzipalmarkt herrschte Gedränge, Bedienstete mit Gläsertabletts, Leute sahen sich Bilder an den Wänden an, standen vor Sockeln mit Skulpturen, andere kamen dazu, Wangenküsse rechts und links, Gerede, Gelache. Jetzt drehten sich alle in dieselbe Richtung, jemand war vor ein Mikro getreten. Gerlinde tat einen Schritt näher zur offen stehenden Tür. Tatsache: Ihre Chefin Frau Dr. Liberti-Krohn!

Und *dann die vielen Abendtermine* hatte Frau Siebenthal gesagt, und *Beigeordnete für Kultur*. Oder so ähnlich.

Gerlinde gab sich einen mutigen Ruck und ging hinein, sie war sozusagen eine Angehörige der Kanzlei, deren Chefin eine Rede zum Thema der Ausstellung hielt und das in einer renommierten Galerie der Stadt Münster. Von Ikarus sprach sie, von dem hatte Gerlinde in der Schule gehört. Ein Überflieger war der, und er war abgestürzt. Aber wie Frau Dr. Liberti darüber sprach, das war toll und sehr klug. Er sei ein Himmelsstürmer gewesen, und sein Ziel die Sonne selbst, die als oberste Himmelsgottheit alles mit ihren Strahlen befruchte. Sie sagte, indem Ikarus der Sonne ganz nahe kommt, hofft er mit ihr zu verschmelzen und all ihre kreativen Elemente in sich aufzunehmen. Aber dann habe der Alltag ihn eingeholt und ins Bodenlose gestürzt. Der Alltag – damit meinte sie wohl das Normale, mit dem man fertig werden muss oder man stürzt ab. Zum Schluss sprach sie noch von dem göttlichen Funken, der bleibe in Erinnerung an Ikarus und solle lebendig bleiben in dem, was man sich für sein Leben ersehnt, so wie Ikarus sich die Sonne als Ziel ersehnt hatte.

Die Leute klatschten, wandten sich wieder Getränken, Exponaten und einander zu.

Welches Ziel Gerlinde sich ersehnte, wusste sie nicht so genau. Bis jetzt war sie zufrieden mit dem, was sie erreicht hatte: Einen guten Job, eine Freundin, bei der sie sich wohl fühlte – der Gedanke an Tobias' Vater schoss ihr durchs Hirn, sie schob ihn beiseite. So sollte es bleiben. Erst mal.

Erst mal musste sie jetzt zu ihrer Chefin. Sie stand noch neben dem Pult mit dem Mikrofon, ein paar Leute um sie herum, alle sahen nach unten.

Gerlinde schob sich durch die Besucher nach vorn, griff im Vorbeigehen nach einem Glas und nippte am Sekt. Zwischen ein paar Ellenbogen hindurch konnte sie auf eine schwärzliche Figur sehen, sie lag auf dem Boden, auf dem Bauch, Arme ausgebreitet, Gesicht zur Seite gedreht, Schnüre wie abgerissen um Arme und Rücken. Ein Junge, lebensecht, alles Metall. So jung, er sah aus, als ob er schliefe, gar nicht ...

"Oh, entschuldigen Sie", stammelte sie und zuckte zurück, der vor ihr stehende Gast hatte sich unvermittelt umgedreht, sein Ellenbogen stieß gegen Gerlindes Glas, der Sekt schwappte auf den Boden. Alle schauten auf Gerlinde. "Tut mir leid", entschuldigte sie sich noch einmal, "aber ich war so fasziniert ...", sie gefiel sich in den Ausdrücken, die sie auf einmal fand, "von dieser Figur, dass ich ...", sie stockte, weil sie Luisas überraschten Blick wahrnahm, "und überhaupt: Ihr Vortrag, Frau Dr. Liberti ...", sie machte eine kleine Geste zu Luisa hinüber, " ... war so interessant, dass ich einfach hereingekommen bin ... so zufällig im Vorbeigehen ...".

"Das ist schön, Frau Krantz, dass sie sich für Kunst interessieren", hörte Gerlinde sie sagen und im Wegdrehen – alles strebte auseinander – "eine Kanzleiangestellte" zu einer neben ihr stehenden Dame mit einer riesigen Hornbrille.

Eine Weile noch streifte Gerlinde durch die Räume der Galerie und fand es anregend, Bilder und Objekte aus einer Welt anzusehen, von der sie null Ahnung hatte. Noch anregender fand sie die Klientel, die sich in einer Galerie zusammenfindet, sicher bedeutende Leute mit Kunstverstand und Geld. Und Beziehungen.

Gegen halb Elf war sie wieder zuhause. Roxana hatte kurz nach Zehn eine SMS geschickt: Alles im grünen Bereich. Gerlinde war nach ihrem Premierenbesuch in der Galerie Ostendorf noch im Bistro gleich nebenan gewesen, hatte eine Lasagne gegessen und zu den Fenstern der Kanzlei hinauf geschaut, sie waren dunkel. Ach ja, Dr. Liberti hatte eine Verabredung. Heute am Samstag. Irgendwo in einer Mindener Straße. Seine Frau hatte Abendtermine, und er war auch aushäusig. Recht so.

Die nächste Woche schleppte sich so dahin, die Buchhaltungsunterlagen des Mandanten Hartkopf, Geschäftsführer des Autohauses Bönnenkamp mussten vorbereitet werden – ein Streitfall mit dem Finanzamt wegen nicht korrekter Abführung der Lohnsteuer – sie legte eine neue Akte in Sachen Kilian./. Kilian an –, ein Scheidungsfall ihrer Chefin, zwei weitere kamen im Lauf der Woche hinzu, der Clausen./. Oschmeyer-Termin rückte näher, sie telefonierte mit der Krankenversicherung wegen einer in Clausens Reitstall beschäftigten Aushilfskraft. Zwei Überstunden am Mittwoch.

Am Freitag eine Überraschung. Dr. Liberti sprach sie an, als sie mit zwei dicken Edeka-Tüten von draußen hereinkam, sie hatte die Mittagspause zum Einkaufen genutzt.

"Kaufen Sie nicht zuviel ein, Frau Krantz, am 11. Mai, also übermorgen gibt's bei uns genug zu essen." Er guckte schelmisch, hob den Zeigefinger und bewegte ihn hin und her. Ehe Gerlinde ihn fragen konnte, was er meinte, war er in seinem Arbeitszimmer verschwunden.

"Das ist schon lange Tradition", klärte Frau Siebenthal Gerlinde auf, "zum zweiten Samstag im Mai laden Libertis Freunde, Bekannte, Nachbarn und Mitarbeiter zu einem Tag der offenen Tür ein, ab Zwölf, jeder kommt und geht, wann er will, es gibt Eintopf, meistens zwei verschiedene. Ist immer nett, man lernt Leute kennen oder sieht alte Bekannte wieder."

"Und wieviel Leute sind dann da?"

"So dreißig bis vierzig, aber das verteilt sich über den ganzen Tag bis abends. Am Nachmittag gibt's auch Kaffee und Kuchen, und am Abend rückt der Chef auch schon mal 'nen Rotwein raus."

"Hier in der Kanzlei, wie geht denn das?"

"Aber nein! Bei Libertis zuhause, in der Annette-Allee, tolle Wohnung ganz oben, mit Aufzug und zwei Terrassen. Und einem tollen Blick über Münster."

Am Nachmittag brachte Gerlinde die Unterlagen zu den neu hereingekommenen Scheidungen ins Arbeitszimmer ihrer Chefin. Luisa saß am Schreibtisch und blätterte in Papieren. Sieht sehr aufgeräumt aus, dieser Schreibtisch, dachte Gerlinde, kein Aktenschiff wie beim Chef. Sie räusperte sich und Luisa sagte ohne aufzuschauen:

"Ja ja, danke Frau Krantz, hab' Sie schon wahrgenommen, legen Sie's ab." Sie griff zum Markierstift und gilbte eine Zeile.

"Ich wollt' mich nur bedanken für die Einladung zum Tag der offenen Tür." Gerlinde beugte sich vor und deponierte die Akten neben einer halb geleerten Kaffeetasse. "Frau Siebenthal hat mich aufgeklärt, was das ist und ich komme gern, Ihr Mann war so schnell an mir vorbei, dass ich ihn nicht mehr fragen konnte, ob ..." Sie machte eine unsichere Pause. Dann, weil Luisa nicht reagierte: "Noch mal danke, ich freue mich."

Die ist wohl voll im Stress, befand sie beim Hinausgehen, Gerichtstermine, Kulturtermine, Aktenarbeit, Hilfsorganisationen, Leute einladen, sicher kriegt sie auch selbst viele Einladungen. Wie die das alles meistert! Aber anschauen hätte sie mich trotzdem können!

Eigentlich hatte sie mit Roxana verabredet, am Sonntag nach Ladbergen raus zu fahren, im Erholungsgebiet Waldsee gab's ein Naturfreibad, sie würden ein bisschen rumlaufen und Tobias im Kinderstreichelzoo an Haustiere ran lassen, die er streicheln durfte.

"Ohne dich ist mir das zu anstrengend", hatte Roxana gemeint, als Gerlinde ihr am Abend eröffnete, dass sie zu einer Chef-Einladung musste, "da müsste ich mich den ganzen Tag auf den Kleinen konzentrieren und kann nicht ein einziges Mal ins Wasser, muss entweder die Karre schieben oder ihn rumschleppen." Sie kniff dir Lippen zusammen. "Schade, dann geht's halt nicht, ein Tag an der frischen Luft würde mir mal richtig gut tun." Sie drehte sich abrupt um, setzte sich mit steif durchgedrücktem Rücken an den Tisch und klappte ihren Laptop auf. "Muss noch lernen."

"Aber Roxi, wir können das Ganze doch auf einen anderen Sonntag oder auch Samstag verschieben", meinte Gerlinde und legte ihre Hand auf Roxanas Schulter.

Und als sie nicht reagierte: "Nun komm schon, nicht schmollen. Bitte."

Langsam, wie begütigend strich ihre Hand über Roxanas Hals, die Fingerspitzen zeichneten kleine Kreise in die Nackenhaare. "Du sollst jetzt nicht lernen", flüsterte sie, während die Linke über den nackten Oberarm streichelte. Dann, weil Roxana nicht nachgab, legte sie beide Arme um ihre Schultern, neigte sich über sie und streifte Roxanas Schläfe mit dem Mund. Der Bildschirm spiegelte ein verschwommenes Bild ihrer Köpfe, ein dunkler Pagenschnitt um ein schmales, markantes Gesicht, daneben, leicht versetzt, das etwas hellere Oval eines anderen Gesichts, beide umrahmt von langen Haarsträhnen. "Wir bleiben doch ein Team, Roxana", sagte Gerlinde leise und strich mit den Händen sanft über Roxanas Oberarme, "wir machen alles zusammen, wir schieben es nur ein wenig auf. Ich muss am Sonntag dahin, mein Chef erwartet es, er hat mich persönlich eingeladen."

Später, immer, wenn Gerlinde diese Szene vor Augen hatte, war sie auf 's neue erstaunt, was sie ausgelöst hatte und wie sie ihr Leben verändert hatte. Ich bin eine andere geworden", denkt sie jetzt manchmal, ein neuer Mensch, der für einen anderen da ist. Eine, die gebraucht wird, die anerkannt wird, auf die jemand wartet. Ich habe Gefühle und darf sie zeigen. Nicht mehr nur funktionieren müssen wie früher. Das Dilemma mit ihrer Mutter. Durchhalteparolen, Durchmanövrieren, sich selbst hart machen, Mut zureden. Sie hatte nicht gewusst, was Zärtlichkeit ist. Und doch war es Zärtlichkeit gewesen, mit der sie Roxana gestreichelt hatte, mehr als nur das Bedürfnis, mit einer Geste etwas gut machen zu wollen. Das matte Spiegelbild auf dem Bildschirm. Wir beide wie in einem Rahmen, denkt sie. Roxanas Hände, die sich über meine gelegt haben, ihr Kopf an meiner Schulter. Sie waren füreinander da, ein neues und verwirrendes Gefühl.

Was dann am Sonntagabend im Bett passiert war, nachdem sie von ihrer Einladung zurückgekommen war, empfand sie als ein Siegel der neuen Verbundenheit. Mit einer hungrigen Zärtlichkeit hatte sie sich fallen gelassen in ein bisher nicht gekanntes Vertrauen, in eine Sicherheit, die ihr endlich zugefallen war wie ein Geschenk. Da war etwas wie eine Blume in ihr, die sich endlich öffnen konnte. Meine Geri hatte Roxana gesagt und sie dabei überall gestreichelt, und es war schön gewesen, so tastend weich und so warm. Sie selbst hatte, eingedenk des mütterlichen Rats *halt dich fern von Jungs,* nur zweimal was mit 'nem Typen gehabt, das letzte Mal kurz bevor sie nach Münster gezogen war, und auch dem hatte es nicht schnell genug gehen können. Mit Roxana gab es keine Eile. Bei ihr fühlte sie sich geborgen.

"Wie war das denn bei den Libertis?", wollte Roxana wissen, als sie am Sonntagabend am Tisch saßen und Kartoffelsalat mit Bratwurst vor sich hatten — Roxanas Kochkünste waren überschaubar. Tobias strampelte im Hochstuhl und sabberte auf sein Lätzchen, den Brei hatte er schon intus und vergnügte sich mit seinen Holzklötzchen.

"Jede Menge Leute, alles toll organisiert, ich kam mir vor wie im Film."

Schon das Entree hatte sie beeindruckt. Der Zugang zum Haus, einem siebenstöckigen, hellen Klinkerbau, befand sie seitlich und führte an einer Glaswand mit eingeätztem Straßennamen und Hausnummer entlang, parallel zu einem von Bäumen umstandenen Weiher. In der großzügigen Eingangshalle, "... viel Licht viel Marmor ..." hatte sie den Aufzug in den siebten Stock genommen. "Klingeln musste ich nicht, die Wohnungstür stand offen, weil die sind in ihrem Penthaus da oben die einzigen auf der siebten Etage. Und toll eingerichtet! Schon der Boden in der Diele! Marmor, der aussieht wie ein Teppich. Das Wohnzimmer riesengroß mit Kamin, überall Fenster bis zum Boden. Und so viele Bilder, eines sah so nach Picasso aus — na ja, die Liberti ist sicher nicht umsonst im Kulturausschuss."

Gerlinde war erst gegen dreizehn Uhr gekommen, sie wollte nicht zu den ersten Gästen gehören, sondern sich erst mal unbeobachtet einfühlen können in das Umfeld. Ihren Tulpenstrauß hatte sie Luisa mit einem Dank für die freundliche Einladung und dem Kompliment *Sie sehen wieder toll aus heute* überreicht, wobei sie das rote, um Luisas Beine schwingende Kleid bewundernd ins ins Auge fasste. Seide, vermutete sie. "Von wem ist ...", setzte sie an und drehte den Kopf in Richtung Wand. Aber Luisa nickte ihr nur zu, der Blumenstrauß wurde an einen dienstbaren Geist weiter gereicht, *nehmen Sie die kleine Leonardo-Vase, Antonella,* und Luisa wandte sich einem neuen Gast zu. Küsschen rechts, Küsschen links und noch mal rechts, Schultertätscheln, Blumengebinde, bunte Päckchen, beschleifte Flaschentüten.

Gerlinde machte sich auf die Suche nach dem Hausherrn. Überall standen oder saßen Leute, von denen sie gern gewusst hätte, wer sie waren. Frau Siebenthal war noch nicht da, Frau Jonschs vornehmer Kopf mit Nackenknoten und Mittelscheitel auch nicht, die beiden hätten es ihr vielleicht sagen können. In der Küche drängelten sich die Gäste um den Tresen am Küchenblock, auf dem mehrere riesige Suppentöpfe vor sich hin dampften. Jemand, der vor ihr stand, meinte über die Schulter hinweg, während er die Suppenkelle in einen der Töpfe tauchte: "Diese Zigeunersuppe ist mein Favorit, da sind sicher ein paar Flaschen Rotwein drin. Die müssen Sie probieren." Damit wandte er sich zu ihr um.

Hornbrille und Schnauzbart. Der Herr Clausen.

"Kenne ich Sie?" Er runzelte die Stirn.

"Ich bin seit kurzem Mitarbeiterin der Kanzlei, Herr Clausen, und mit Ihrem Fall vertraut", lächelte Gerlinde, erfreut, in dieser Gesellschaft erkannt zu werden, "Clausen./.Oschmeyer", fügte sie hinzu.

Das Interesse erlosch in den Augen hinter den Brillengläsern und wich einer kühlen Distanz.

"Aha", knurrte Herr Clausen und verließ die Küche.

Gerlinde war enttäuscht. Da war nun jemand gewesen, den sie kannte und mit dem sie sich gern unterhalten hätte, es hätte ihr ein Gefühl von Dazugehörigkeit gegeben. War sie nur eine kleine Angestellte, die keine Beachtung verdiente?

Sie tröstete sich mit der Suppe, und die war in der Tat hervorragend. Danach ein wenig Käse mit Stangenbrot, ein kühles Helles dazu, frisch gezapft. Vom Chef persönlich. Während sie auf der Suche nach ihren Kolleginnen durch die Wohnräume und die repräsentative Bibliothek geschlendert war, hatte sie sich immer mehr als nicht dazugehörig empfunden und war unsäglich erleichtert, ihn endlich auf der Terrasse gefunden zu haben. Sie hatte da gestanden, an der Brüstung, und auf den Asee hinuntergeblickt, auf die Segelboote, die in Grün eingebetteten Wohnhäuser, die sommerliche Allee mit den seitlich parkenden Karossen, Mercedes, Jaguar, Ferrari oder so was? Von Automarken und Oldtimern hatte sie keine Ahnung. Nur eine Ahnung davon, dass so etwas für sie unerreichbar bleiben würde. Und genau in diesem Moment hatte der Chef auf ihre Schulter getippt, auf den Teller in ihrer Hand gedeutet und gesagt: "Ein Bier zum Käse, Frau Krantz?"

Sie hätte ihm um den Hals fallen können, und ihre schlechten Gefühle waren augenblicklich wie weg geblasen. Sie ließ sich ein Glas in die Hand drücken, brachte ein "Danke, danke" heraus und nahm einen Schluck, während er sie freundlich ansah. Sie stellte das Glas auf der Brüstung ab und um irgendetwas zu sagen, wies sie auf das Panaroma: "Eine tolle Aussicht haben Sie hier!"

Ja!", meinte er und trat neben sie, "die war ausschlaggebend für den Kauf dieser Wohnung, ist erst drei Jahre her. Ein echter Erholungsfaktor, diese Terrasse."

"Haben Sie überhaupt Zeit, sich hier zu erholen, ich meine, Sie haben doch soviel zu tun mit all Ihren Fällen, einen habe ich heute schon begrüßt." Das stimmte so nicht, aber es klang besser.

Dr. Liberti schaute fragend.

"Herrn Clausen habe ich in der Küche getroffen, er hat sich an mich erinnert." Das stimmte, jedenfalls fast.

"Herr Clausen ist als befreundetes Mitglied des Golfclubs hier, nicht als mein Mandant. Wir sind beide leidenschaftliche Spieler und schlagen am Wochenende schon mal ein paar Bälle gemeinsam auf dem Green."

Auf dem Green, das klang gut, Fachsprache, die ihr Chef benutzte, weil er sie, Gerlinde, für kompetent hielt.

"Na ja, ich weiß kaum etwas übers Golfen, aber es ist sicher ein interessantes Spiel."

Volltreffer!

"Und ob!", stimmte er zu und fing an, ihr, seiner jüngsten Angestellten, dem Frischling von Rechtsanwaltsgehilfin, die Regeln des Golfspiels zu erklären. Sie hatte ihn bei einer Leidenschaft erwischt, Begriffe wie Handicap, Par und Score, Drive und Pitch, vom Chippen über den Bunker, vom Slice oder Hook flogen ihr um die Ohren, und vom sogenannten Yips beim Putten, der ihn glücklicherweise noch nie überkommen habe. Sie hörte sehr aufmerksam zu, stellte Zwischenfragen

"Und Ihre Frau? Spielt sie auch?"

"Gelegentlich, viele kulturelle Termine sind leider am Wochenende. Die zieht sie vor. Muss sie wohl auch. Meine Frau ...", er drehte sich suchend um, "wo ist sie ... ich muss noch ... ach, da ist sie ja ..."

Er nickte Gerlinde mit einem "Viel Spaß noch" zu und ging hinein. Drinnen sah sie ihn zielstrebig auf eine Gruppe von Leuten zustreben, die es sich in der Couchlandschaft um den Marmortisch gemütlich gemacht hatten, mitten drin Luisa. Er beugte sich von hinten zu ihr hinunter, sagte etwas, sie stand auf und beide verschwanden durch eine Glastür neben der Kaminwand.

Gerlinde blickte sich um. Dann auf ihre Uhr. Es war schon Zwei und ihre Kolleginnen immer noch nicht da? Auf der Suche nach ihnen wagte sie sich durch die noch offen stehende Glastür, rechts dahinter das Arbeitszimmer. Stimmen. Ihre Kolleginnen? Sie tat ein paar Schritte hinein. Linkerhand wieder eine Tür. Das Schlafzimmer. *Nicht absagen?* hörte sie den Chef sagen, dann die Chefin ... *wenn ...*, es folgte Unverständliches, dann ...*enorm wichtig"*. Schweigen. Zu gern hätte Gerlinde gewusst, was denn so enorm wichtig für die Chefin war; aber hier länger auf Lauschposten zu stehen, wagte sie nicht.

Im Esszimmer fand sie die Kolleginnen in einer Runde von Leuten am Tisch sitzend, einem eleganten Möbel aus schwarzem Glas, ausreichend für eine Großfamilie. Alle lachten und blickten auf einen kleinen Jungen mit einer steilen blonden Bürstenfrisur auf seinem runden Kopf, der neben Frau Siebenthal saß.

"Ich musste ihn mitbringen, sein Vater guckt das Fußballspiel bei den Nachbarn und unser Sohnemann hier ...", sie griff spielerisch an sein Ohr, "... wollte nicht allein zu Hause bleiben. Außerdem liebt er den Kuchen, den' s hier gibt."

Gerlinde neigte sich über den Tisch.

"Von dir hab ich schon gehört, Peter", sagte sie und beugte sich noch etwas weiter vor, um ihm ins Gesicht sehen zu können, "du hast ja 'ne richtig angesagte Frisur, sieht echt cool aus."

Der Junge schaute kurz hoch, dann widmete er sich wieder seinem Teller.

"Hast du denn den Zie..., ich meine den Mumps gut überstanden?"

Peter reagierte nicht, baumelte mit den Beinen unter der Glasplatte und grub nach dem Kuchen unter der Sahneschicht. Frau Siebenthal sah Gerlinde an, zog die Augenbrauen hoch und bewegte ihren Kopf und den erhobenen Zeigefinger hin und her. "Dieses Thema mag er gar nicht", hatte sie Gelinde am nächsten Tag erklärt, "er fand sich so babyhaft mit den dicken Backen."

Luisa wedelte herein, gesellte sich dazu, wechselte ein paar persönliche Worte nach rechts und links, sagte "Oh, Ihr Sohn, Frau Siebenthal?", und verschwand nach wenigen Minuten wieder.

" Immer noch im Stress?", wunderte sich Gerlinde und setzte sich auf den freien Stuhl neben Frau Siebenthal, "hätte sie nicht ein bisschen länger hier bleiben können?"

"Ach, ich verstehe das schon, es sind so viele Leute hier, Freunde, die von weiter weg her kommen, unsere Chefs haben ja beide in Osnabrück studiert, und da kommen heute auch Studienfreunde von früher aus der ganzen Umgebung von Osnabrück bis Bielefeld und Detmold, da muss sie sich halt kümmern."

Gegen Fünf machte Gerlinde sich auf den Heimweg. Sie war noch ein wenig durch die Räume gegangen, hatte im Wohnraum die marmorne Tischplatte in der Sitzlandschaft bewundert und sich von dem just anwesenden Herrn Clausen erklären lassen, wie die Ammoniten da hinein gekommen waren. In der Kreidezeit, hatte der kurz angebunden gesagt und sicher geglaubt, sie hätte noch nie was von den Erdzeitaltern gehört. Hatte sie aber und zwar im Fernsehen in einer Doku über Dinos. Also das Teil war sicher zig Millionen Jahre alt und dann so eine Scheibe Marmor auf 'nem Glassockel oder Acrylsockel oder Was-auch-immer-Sockel bei den Libertis im Wohnzimmer! Krass!

Sie war noch einmal auf die Terrasse hinaus gegangen, um sich von der Aussicht zu verabschieden, hatte ein paar Worte mit einem Ehepaar gewechselt, offensichtlich Nachbarn, hatte die tolle

Bewirtung gelobt, nicht aber die beeindruckende Wohnungseinrichtung. In diesen Kreisen lebte man eben so, und sie tat, als gehöre sie dazu. Punktum.

"Ja, Roxana, so war's ", schloss Gerlinde, "warst du eigentlich jemals bei deinem Chef zu Hause? Wo hat er dir denn diesen kleinen Racker gemacht", sie kitzelte Tobias am Bauch, bis er sich glucksend krümmte, "im Büro oder im Ehebett?"
"In seinem Büro gibt's ne Besprechungsecke mit Couch, da hat er mich ... ", Roxana zögerte, dann lachte sie, "... besprochen, ausgiebigst und das mehrmals." Sie legte ihr Besteck zusammen. "Wie findest du diese Vokabel, sie hat doch etwas sehr Kommunikatives, oder nicht? Vor allem, wenn man sich mit mehreren bespricht."
Sie lachte wieder.
"Ich mag das nicht, wenn du so redest, was soll das heißen: mit mehreren?"
"Na, denk doch mal nach: Hätte ich noch ein Kind von einem anderen Mann, müsste der auch zahlen, und Tobias würde nicht allein aufwachsen." Sie lachte auffordernd. " Oder du hättest auch ein Kind, Geri, ... Unterhalt, Kindergeld, du weißt schon ... du magst doch Kinder."
"Ja, schon, aber jetzt will ich mich erst mal um meinen Job kümmern." Sie griff nach Tobias' Lätzchen und wischte ihm den Speichel vom Kinn.
Damit war das Thema vom Tisch.

Gerlinde erledigte ihre Arbeit zuverlässig, murrte nicht, wenn Überstunden anstanden, nicht alles ließ sich während der regulären Arbeitszeit erledigen. Nach der praxisinternen Fortbildung zu aktuellen Neuerungen im Steuerrecht, die immer um fünfzehn Uhr am ersten Donnerstag im Monat stattfand, stand sie vor einem zehnjährigen Aktenberg, der zu entsorgen war. Erstmal die Handakten nach versehentlich noch zurückgebliebenen Originalen durchforsten, die den Mandanten zurück zu geben waren, eventuell kopieren, erbrechtliche Akten herausfiltern, die mussten dreißig

Jahre aufbewahrt werden. Klarsichthüllen und Heftklammern entfernen, die fraß der Reißwolf nicht.

Sie hatte sich bereit erklärt, diese eher stumpfsinnige Arbeit nach der regulären Dienstzeit zu erledigen, damit sie tagsüber für aktuelle Aufgaben zur Verfügung stand. Die Chefin hatte das Büro schon um sechzehn Uhr verlassen, am Abend würde im Theater die große Benefiz-Gala zugunsten von Gewaltopfern stattfinden, und Luisa, erste Vorsitzende des Weißen Rings, musste sich – und das in doppelter Hinsicht – als einnehmendes Wesen präsentieren. Die Veranstaltung war in der Presse angekündigt und beworben worden, namhafte Künstler traten unentgeltlich auf, es gab ein Galadiner, die Eintrittspreise waren horrend. Die High Society würde sich feiern und ihre Spendierhosen zur Schau stellen.

Genau so hatte Luisa sich ausgedrückt, als sie noch kurz bei ihrem Mann hereinschaute, ehe sie ging und "deinen Smoking hole ich noch bei der Reinigung ab" hinzufügte. Gerlinde war gerade anwesend, um letzte Instruktionen wegen der Aktenvernichtung einzuholen. "Ich finde das toll, wie sie das alles managen, Frau Dr. Liberti", sagte sie, "und wie Sie sich sozial engagieren. Es wird sicher ein großer Erfolg."

Luisa hatte kurz ihren Kopf gewendet, gelächelt, genickt und ihrem Mann ein "Bis nachher!" zugeworfen.

Das war vor einer Stunde gewesen und Gerlinde hatte sich sofort über die Akten hergemacht. Heftklammern müsse sie nicht entfernen, hatte der Chef gesagt, und so ging alles doch etwas schneller. Es fing sogar an, ihr Spaß zu machen, zuzusehen, wie die Blätter, immer mehrere auf einmal, geräuschvoll in dem Schlitz verschwanden, als ob sie protestierten, ihre Wahrheiten mit ins Grab nehmen zu müssen. Eure Wahrheiten haben sich ausgelebt, dachte sie und in demselben Moment, als wollten sie ihr widersprechen, quollen lange Papierstreifen aus sämtlichen Schlitzen und Fugen des Apparats, krümmten und bogen sich in alle Richtungen, umgaben ihn mit einer bunt zerzausten Papiermähne, die immer weiter wuchs, bis er mit einem Mal keinen Mucks mehr tat. Vor Schreck war Gerlinde alles aus der Hand gefallen, was sie ihm als nächstes ins Maul hatte schieben wollte. Sie hob das Mahlwerk ab. Überfüllung im Auffangkorb, vielleicht war die automatische Anzeige defekt. Sie stülpte ihm einen der bereitgelegten Plastiksäcke über, kippte ihn, und die Papierschlangen raschelten in den Sack; die heraus gequollenen knetete sie zurecht und drückte sie obenauf, sammelte die auf dem Boden verstreuten Blätter ein, legte sie neben ihre Kaffeetasse und setzte sich. Kleine Pause nach dem Schreck.

War es Schicksal, hatte sie sich später gefragt, dass ihr just diese Blätter aus der Hand gefallen waren?

Sie hatte die Kaffeetasse abgesetzt, die Blätter in die Hand genommen und aus spielerischer Neugier, welche Wahrheit in den Reißwolf wandern würde, genauer drauf gesehen. Fett gedruckt stach es ihr ins Auge: Vaterschaftsklage abgelehnt, darunter: mangels Beweisen. Klägerin: Carola Nieverding, Beklagter: Horst Klemmer, unterzeichnet von Dr. Andreas Steinen, Richter am Amtsgericht. Weitere Schriftstücke mit den Briefköpfen der Anwälte, Cristiana Kalka für die Klägerin, Dr. Luisa Krohn für den Beklagten.

Fast wäre Gerlinde das Schriftstück zum zweiten Mal aus der Hand gefallen. Das war der Hammer! Ihre Chefin hatte einem Schwängerer beigestanden! Ausgerechnet! Einem, der nur sein Vergnügen wollte und dann die Frau im Stich gelassen hatte, so wie es ihrer Mutter passiert war. Weswegen sie, Gerlinde, keine unbeschwerte Kindheit gehabt hatte. Im Laufstall schon allein gelassen. Keine Kita, weil zu teuer. Spielkameraden nur manchmal. In der Schule kaum mal 'ne echte Freundin. Jungs schon gar nicht, die interessierten sie ohnehin nicht, auch ohne die Warnung ihrer Mutter. Immer nur im Haushalt rum machen, wenig Freizeit, nur lernen, lernen, damit sie nie auf andere angewiesen sein würde. Und dann dieser Name: Nieverding ... Nieverding ... hatte das mit Roxana zu tun? Sie hatte nie viel von ihrer Mutter erzählt, Gerlinde wusste nur, dass sie als Angestellte in irgendeinem öffentlichen Dienst arbeitete. Warum erzählte Roxana nichts von ihrem Zuhause? War es so ähnlich gewesen wie das ihre? Kein Wunder, dass sie sich so miteinander verbunden fühlten. Und da sammelte die Frau Dr. Spenden für Gewaltopfer und verteidigte Täter, die vielleicht auch Gewalt ausgeübt hatten und nicht dafür zahlen wollten. Scheinheilig! Diese Akten würde sie nicht vernichten sondern Roxana zeigen.

Sie hatte sich so in ihre Wut hinein gesteigert, dass sie die Vorstellung streifte, mit jedem Blattpaket auch ihre Chefin zwischen die Zähne des Reißwolfs mit Namen Ideal zu schieben. IDEAL! Sie, die kleine Angestellte, räumte den Müll weg und riss sich hier den Arsch auf mit Überstunden, während Frau Dr. auf High-Society-Partys glänzte. Von dieser Frau wurde sie doch gar nicht wahrgenommen! Allenfalls als Arbeitstier! Dass sie ihr vor einer Stunde noch ihre Bewunderung ausgesprochen hatte, nahm Gerlinde sich jetzt übel.

Irgendwann, während sie verbissen eine Akte nach der anderen in die Vernichtung schickte, hatte Dr. Liberti herein geschaut. Der IDEAL 2445 ratterte so laut, dass sie die Tür nicht gehört hatte.

"Machen Sie für heute Schluss, Frau Krantz, ich gehe jetzt auch. Muss ja noch zu den Spendierbuxen." Er zwinkerte.

Gerlinde nickte nur, auf Luisas Zitat einzugehen, war ihr die Lust vergangen.

Es war nicht lustig.

Roxanas Reaktion, als Gerlinde ihr eine Stunde später die Aktenblätter wortlos präsentierte, fiel weniger heftig aus, als Gerlinde sich vorgestellt hatte.

"Nein, damals wollte ich dir das nicht sagen, wir kannten uns noch nicht lange und außerdem ...", Roxana zog die Schultern hoch. Sie schaute auf die Aktenblätter und schlug mit der flachen Hand drauf. "Aber dass es ausgerechnet deine Chefin war, die diesen Klemmer vertreten hat, das ist schon 'ne Neuigkeit."

"Kennst du ihn eigentlich, deinen Vater? Deinen angeblichen Vater?"

"Meine Mutter ist sich sicher, dass er es ist, und sie würde die Vaterschaft sicher noch einmal einklagen, jetzt, wo man es mit einem DNA-Test beweisen kann, aber er ist siebenundneunzig ausgewandert, ich war fünf. Weiß der Geier wohin, Australien, glaub ich."

Sie nahm die zusammengehefteten Blätter zur Hand und überflog sie. "Meine Mutter hat mir später erzählt, wie empört sie war über die Verhandlungsführung. Sie wurde überhaupt nicht befragt, keine Diskussion zwischen Anwälten und Gericht, einfach nichts. Wieso nannte sich das mündliche Verhandlung? Zum Schluss habe ihr Anwalt noch ein kollegiales Schwätzchen mit dem Richter gehalten, als ob sie gar nicht da gewesen wäre. Ja, so ist das bei Gericht, wenn nach Aktenlage entschieden wird, da gibt es keinen weiteren Klärungsbedarf." Sie legte den Hefter auf den Tisch. "Aber deine Frau Doktor hat korrekt nach der damaligen Gesetzeslage argumentiert, und wenn man einen Mandanten übernommen hat, muss man das Beste für ihn herausholen, so ist das nun mal."

Gerlinde hatte kein Ohr für sachliche Argumentationen.

"Jeden Tag sehe ich diese Frau, genau so gut wie in dein Leben hätte sie auch in meines hinein ge… ge …", sie rang nach Worten, "regiert … ach was … wenn meine Mutter eine Vaterschaftsklage gemacht hätte, dann …", sie brach ab, " … und so was ist jetzt meine Chefin …". Sie setzte sich und fegte die Akte vom Tisch.

"Aber Geri." Roxana ging um den Tisch herum und legte ihre Arme um Gerlindes Schultern. "Du regst dich auf über Sachen, die nie passiert sind! Heute ist die Wissenschaft weiter und die Gesetze haben sich angepasst." Sie strich über Gerlindes Wange. "Komm, lass uns etwas kochen. Eine Lasagne? Die magst du doch so gern."

Die Lasagne war gut, aber änderte nichts an Gerlindes aufgebrachten Gemütszustand.

"Es ist ja nicht nur, dass sie den Klemmmer verteidigt hat, Roxi." Sie knallte ihr Besteck neben den Teller. "Wie sie mich behandelt, und das wird mir erst jetzt klar – wie eine unbedeutende Figur! Sage ich was Nettes, nimmt sie es nicht wahr oder nickt nur gnädig. Wahrscheinlich bin ich für sie nur so ein … so ein …", sie wandte den Blick zum Fenster, als wolle sie nicht angesehen werden, "so ein Würstchen, das irgendein Unbekannter versehentlich in die Welt gesetzt hat. Ich könnte ...", sie ballte die Faust und schlug auf den Tisch, "ich könnte ...", sie stockte, dann sah sie Roxana geradewegs in die in Augen, "weißt du was", zischte sie, "ich werde mir ein Kind von ihm machen lassen."

Roxana legte ihre Hand über die Faust und lächelte mit schmalen Augen.

"Recht so, einen Vaterschaftstest darf er nicht ablehnen."

Am Freitagabend war Gerlinde frühzeitig zuhause, keine Überstunden. Dafür eine Neuigkeit. "Stell dir vor, Sie hat mich zur Mittagspause ins Bistro Da Franco eingeladen!"

"Und?"

"Ich hab natürlich angenommen und musste mich zunächst anstrengen, nicht mehr an das von gestern zu denken. Sie war auch soweit ganz freundlich, hat mich gefragt, wie mir der Tag der Offenen Tür gefallen hat, und darüber konnte ich dann auch ganz locker erzählen und wie toll ich die Wohnung und die Einrichtung fand und wie toll das alles zusammenpasste − stimmt ja auch", sagte sie, als sie Roxanas süffisantes Lächeln bemerkte, "ich war total ehrlich."

"Du hast ihr schon wieder Komplimente gemacht, Geri. Und wie hat sie diesmal reagiert?"

"Wir haben doch die ganze Zeit miteinander gesprochen oder jedenfalls die meiste Zeit, da musste sie ja nicht irgendwie besonders reagieren. Außerdem hatte sie mich ja gefragt."

"Was sonst noch?"

"Sie wollte wissen, wie's meiner Mutter geht, wie weit ich mit der Wohnungssuche bin und ob ich einen Freund habe. Das hat sie natürlich nicht direkt gefragt, aber ihre Frage, was ich denn so am Wochenende mache, hab ich schon so verstanden. Mit Tobias und meiner Freundin was unternehmen, hab ich gesagt. Tobias heißt er also, hat sie gesagt, und ich habe sie nicht aufgeklärt, dass er dein Sohn ist. Ha!" Sie lachte und schlug die Handflächen gegeneinander.

"Und was willst du ihr erzählen, wenn sie wissen will, was Tobias so macht, hö?" Roxana verkniff sich das Lachen und machte eine dramatische Pause. "Dass er inkontinent ist und sabbert? Oder dass du ihn fütterst? Oder ihn in der Karre rumfährst?" Sie prustete los: "Dein Lover – ein Greis im Rollstuhl!" Und wieder ernst: "Nicht so lustig, wenn es so kommt."

Am Montag regnete es in Strömen und Gerlinde kam mit halbstündiger Verspätung in der Kanzlei an. Frau Jonsch empfing sie mit ungnädiger Stirn über einem Blatt Papier in ihrer Hand.

"Tut mir Leid, Frau Jonsch, ich musste heute die Bahn nehmen, mit Umsteigen, und Verspätung, knallevoll, und hab' extra schon eine Bahn früher genommen." Sie hängte ihren Regenmantel in die Garderobe. "Was liegt an?"

"Hier ist die To-do-Liste für die laufende Woche, zu allererst die wichtigsten Termine für die nächsten Wochen koordinieren, dabei unbedingt den Arbeitsrecht-Kongress in Berlin vom 22. bis 24. Juli berücksichtigen." Sie drückte ihr einen Flyer in die Hand. "Herr Doktor hat sich bereits angemeldet, Frau Doktor noch nicht, weil sie noch nicht weiß, ob sie für den 23. die Einführung zu einer Veranstaltung des Literaturvereins übernehmen will." Sie wandte sich zum Gehen, stockte und drehte sich noch einmal um: "Und sehen Sie zu, den Terminplan heute Nachmittag vorlegen zu können, Herr und Frau Doktor sind von Donnerstag bis Dienstag nicht im Hause, sie nehmen eine Einladung nach Malmö wahr. Und: Beachten Sie bitte die Fristlegungen beim Prozess Kilian./. Kilian, Frau Doktor darf nicht in Zeitnot geraten bei allem, was sie um die Ohren hat."

Als ob ich das nicht auch selbst wüsste, dachte Gerlinde, während sie den Computer hoch fuhr und das Programm "Termine/Listen" öffnete. Das komplizierte Geflecht von Kanzlei- und Gerichtsterminen, Vorlagen und Wiedervorlagen, Besprechungsterminen, Vorfristen und Einzelfristen, Fristenketten und Gruppen von Fristenketten sowie die Zuordnung zum Tages oder Aktenkalender erforderte ihre ungeteilte Konzentration. Hier durfte man sich keinen Fehler leisten, der Arbeitsablauf in der Kanzlei wäre erheblich gestört. Bei der Koordinierung der Termine mit dem Kongress in Berlin streifte sie ein Gedanke an die eigene

Fortbildung. Was die Jonsch hier tat, sollte sie selbst auch so schnell wie möglich können. Rechtsfachwirtin wäre die nächste Stufe auf der Karriereleiter, mit weiterreichenden Kompetenzen und größerer Verantwortung. Und einem höheren Gehalt natürlich.

Roxana fand die Idee sehr gut, als Gerlinde am Abend darüber sprach.

"Du hast die Voraussetzung erfüllt, nach zweijähriger Berufserfahrung kann man mit einer Fortbildung beginnen. Vielleicht beteiligt sich sogar dein netter Dr. Liberti an den Kosten, schließlich kannst du dann besser für ihn arbeiten. Na ja, ein komplettes Studium müsstest du selbst bezahlen, aber was hältst du davon, verschiedene Lehrgänge zu machen?"

Sie klappte den Laptop auf.

"Die sind meist am Wochenende und dann zu verschiedenen Themenbereichen, das kann man alles im Netz finden." Sie tippte Suchbegriffe ein, eine Seite mit Terminen öffnete sich." Wann passt es dir am besten?"

Gerlinde schaute über Roxanas Schulter auf den Bildschirm: "Am besten wäre das Wochenende vom 23./24. Mai, an dem die Libertis zum Kongress in Berlin sind, d.h. wenn s i e überhaupt hin will. Morgen mach ich die Termine endgültig, vielleicht hat sie sich ja bis dahin angemeldet. Hier steht's ..." − sie legte den Flyer neben den PC − "Empfang der Teilnehmer am Abend des zweiundzwanzigsten im Tagungshotel Müggelsee Berlin."

"Dann schau' n wir doch mal", meinte Roxana. Sie ging das Angebot durch, zu dem bevorzugten Datum gab es einen Lehrgang "Gebühren- und Kostenrechnung". Im Mercure Hotel Berlin City West.

"Das passt!" Roxana schickte einen bedeutsamen Blick über ihre Schulter zu Gerlinde hoch. "Bist du nicht zuständig für Terminkoordinierung? Dann weißt du, was zu tun ist."

"Du meinst, ich soll dafür sorgen, dass ..."

Roxana nickte. "Und dich sofort für diesen Lehrgang anmelden, ehe alle Plätze vergeben sind."

Sie hatte Glück mit der Anmeldung und den vorletzten freien Platz ergattert. Seminarzeiten am Samstag von neun bis achtzehn Uhr, am Sonntag bis 16°° Uhr. Sie müsste also schon am Abend vorher da sein, d.h. den Freitag als Urlaubstag nehmen. Am Freitag würde auch der Chef nach Berlin fahren.

Sie nahm sich noch einmal den Kalender vor und überarbeitete einige Termine. In der neuen Version würde Frau Dr. Liberti am Freitag, dem 23. Mai bei einem Gerichtstermin im Scheidungsfall Kilian ./. Kilian präsent sein müssen. Und den Job beim Literaturverein würde sie auch übernehmen können.

Sie klickte auf die Returntaste. Erledigt.

"Ich finde es gut, dass Sie sich weiterbilden, Frau Krantz", meinte Dr. Liberti.

Gerlinde war nach der Mittagspause in sein Arbeitszimmer gekommen, um ihn wegen des Urlaubstags anzusprechen.

"Ich schenke Ihnen den Freitag als Anreisetag, wir verbuchen ihn als Fortbildung. Und nehmen Sie einen frühen Zug, dann haben Sie noch Zeit für eine Stadtrundfahrt", empfahl er, "auch eine Art Fortbildung, Berlin ist eine interessante Stadt. Wenn Sie schon mal da sind."

Gerlinde schluckte. Mit dem Zug fahren. Das hatte sie sich anders vorgestellt.

"Ihr Kongress beginnt ja schon am Freitagabend mit dem Empfang der Teilnehmer. Soll ich Ihnen einen Flug buchen?"

"Nein, lassen Sie mal. Vielleicht sage ich meine Teilnahme auf Wunsch meiner Frau doch noch ab, sie hat eine andere Wochenendplanung. Wenn nicht, kann ich immer noch mit dem Auto fahren."

Absage? Nach dieser Meisterleistung von Planung!

"Okay", sagte sie und versuchte zu lächeln. Es gelang wohl nicht ganz, denn Dr. Liberti sah sie prüfend an, einen Moment nur, dann meinte er: "Wenn ich nicht absage, kann ich Sie mitnehmen, wir haben ja dasselbe Ziel."

"Ja, das wäre schön und echt einfach für mich", antwortete Gerlinde gemessen, und diesmal lächelte sie nicht, der Jubel offenbarte sich nur in ihrem rehbraunen Augenaufschlag, "ich wäre Ihnen sehr zu Dank verpflichtet."

Sie wandte sich zum Gehen. Die Hand schon auf der Klinke drehte sie sich noch einmal um.

"Es sind ja zwar noch vier Wochen bis zum Termin, aber ... sollten Sie Ihre Teilnahme zurückziehen wollen, nehme ich den Zug und ...", sie stockte, überlegte, wie sie den Satz zu Ende bringen sollte, dann zog sie die Schultern hoch, " ... Sie wissen doch, je später man Fahrkarten kauft, desto teurer wird es."

Später fragte sie sich, ob es falsch gewesen war, indirekt über Geld zu reden.

"Er soll doch nicht meine Fahrkarte zahlen, sondern seine Entscheidung nicht bis auf die letzte Minute 'raus schieben", erklärte sie Roxana, "ich muss es wissen, die Gelegenheit kommt so schnell nicht wieder – du weißt schon, was ich meine ..."

"Wenn's klappt, Geri."

"Die Umstände ...", Gerlinde kicherte, "passende Vokabel, nicht wahr? – also die Umstände sind günstig. Ich habe gerechnet, und du weißt, dass mein Zyklus so was von regelmäßig ist und ich meinen Eisprung immer spüre, erst gestern wieder, und in etwa vier Wochen sind wir in Berlin. Könnte also klappen."

Gerlindes Befürchtungen erwiesen sich als grundlos. Drei Tage später, als sie ihm den Schriftsatz zu einer Zwangsvollstreckung vorlegte, meinte er über den Brillenrand hinweg: "Sie leisten gute Arbeit, Frau Krantz, ich werde nun doch mit dem Auto nach Berlin fahren und kann Sie mitnehmen."

Die Tage vergingen nicht schnell genug. Bei der Arbeit gab sie sich noch mehr Mühe, effektiv und präzise zu sein, ließ sich noch ein paar Überstunden aufdrücken, ausgerechnet im Fall Kilian./. Kilian – Frau Doktor hatte ja wieder soviel um die Ohren! Sie setzte die erforderlichen Schriftstücke auf, empfing die Kontrahenten, klärte sie über das Procedere in ihrem Scheidungsfall auf, bis sie zu Frau Doktor vorgelassen wurden. In zwei oder drei Monaten, stellte sie sich vor, könnte alles anders sein. Sagen würde sie nichts. Sehen sollte sie es, ein paar Monate später, soviel Geduld musste sein. Sie ließ sich noch einmal von Frau Doktor zur Mittagspause ins Bistro einladen, schwärmte ihr noch mal vor, wie toll ihr alles gefallen hätte beim Tag der Offenen Tür. Im Umgang mit dem Chef war sie betont sachlich, sein zwischen Tür und Angel gegebenes Angebot, sie am Morgen des einundzwanzigsten Mai in ihrer Wohnung abzuholen, als Abholservice der Kanzlei tituliert und mit einem Augenzwinkern angereichert, quittierte sie mit einem nüchternen: "Sehr freundlich, klingeln Sie bei Nieverding."

In der Woche vor dem Lehrgang besuchte sie ihre Mutter. Die Entziehungskur war abgeschlossen und Christine seit acht Tagen wieder zuhause. Ihre Putzjobs waren natürlich inzwischen an andere vergeben. So etwas wolle sie auch nicht mehr machen, erklärte sie Gerlinde, die öde Arbeit, hinter einem Reinigungswagen von dem einem Büro ins andere dackeln, Lappen tauchen und auf Böden klatschen, immer nur auf Böden glotzen, auf Lappen glotzen, auf und ab und hin und her schieben, bis sie viereckige Augen habe, davon würde sie nur wieder rückfällig werden. Das Arbeitsamt hatte ihr einen Aushilfsjob im Oeconomicum vermittelt, einem vorwiegend von Studenten besuchten Bistro in der Universitätsstraße, Roxana kannte den Betreiber und hatte vermittelt. Die Arbeitszeiten waren unregelmäßig, und einen zweiten Job zu finden, der in den Zeitplan hinein passte, würde schwierig werden. Bis der Antrag auf Hartz 4 genehmigt sein würde, konnte es noch dauern, und bis dahin wollte Gerlinde sie unterstützen. Vielleicht auch länger, man würde sehen.

Soviel konnte passieren ...

"Es" muss passieren!

Unter diesem Motto standen Gerlindes Reisevorbereitungen. Zunächst: Was sollte sie anziehen? Natürlich keine Büroklamotten, sie wollte nicht mit Chefaugen sondern mit Männeraugen gesehen werden. Also: Kurzer Rock oder Röhrenjeans, in jedem Fall High Heels. Sie ging ins Modehaus Münsterkötter und erstand einen knappen Body von Wolford in einem satten Dunkelrot, eigentlich zu hochpreisig für ihre finanziellen Verhältnisse, aber die schwarze Netzspitze im Dekolletébereich war die Investition wert, verführerisch-elegant, ohne aufdringlich zu wirken. Der Mann war allein in Berlin, da sollte ihm doch verdammt noch mal die Idee kommen – und sie würde ihm schon auf die Sprünge helfen –, seine Mitarbeiterin an dem einsamen Samstagabend zum Essen einzuladen! Und sicher nicht in eine Pizzeria, Chefs-Standards waren Sterne-Standards. Beim Essen würde sie den Body zu ihren schwarzen Röhrenjeans tragen, da blieben die Beine eh unsichtbar unter dem Tisch und es kam mehr auf das Oben-Drum an. Im Auto war ein kurzer Rock besser, wenn auch unpraktisch, aber zugänglicher für den einen oder anderen Blick auf ihre Beine und bloßen Knie. Die würde sie zu positionieren wissen.

Am zweiundzwanzigsten gegen Zehn klingelte Dr. Liberti in der Weberstraße 25, Gerlinde hatte ihn durchs Fenster beim Aussteigen beobachtet. Ein BMW, schwarz und schnell, er selbst in einem khakifarbenen Hemd mit offenem Kragen zu grauen Jeans.

"Sie wohnen noch bei Ihrer Freundin?", wollte er wissen, nachdem Gerlindes Reisetasche im Kofferraum verstaut und beide eingestiegen waren.

"Ja, vorläufig bleibe ich noch. Roxana studiert Jura und hat einen kleinen Sohn, und um den kümmere ich mich oft am Wochenende, dann kann sie in Ruhe lernen. Auch sonst schon mal am Abend. Der ist einfach süß, wissen Sie." Dann, mit einem schnellen Seitenblick zu ihm hinüber: "Mögen Sie Kinder?"

Er antwortete nicht gleich, und eilig fügte sie hinzu: "Ach, entschuldigen Sie, das war indiskret, es geht mich nichts ..."

"Nein, nein, ist schon okay; es ist nur so, dass mir die Gelegenheiten fehlen, das festzustellen, in meinem Umfeld, gibt es keine Kinder, weder im beruflichen noch im privaten."

Falsches Thema, ermahnte sich Gerlinde und schwieg eine Weile.

"Wie sind Sie denn auf diesen Lehrgang gekommen, Frau Krantz? Haben Sie Informationen bekommen oder angefordert?

Wie schon gesagt: Ich finde es gut, dass Sie vorankommen wollen."

"Nun ...", begann Gerlinde, "ich ...", sie stockte, beugte sich vor und schlug ihre Beine übereinander, um die Gesprächspause mit einer Geste zu füllen, dann, mit einem erleichterten Zurücklehnen ins Lederpolster, kam ihr die Antwort. "Ach wissen Sie", sage sie, "ich sehe ja täglich, welch interessante Aufgaben Frau Jonsch zu erledigen hat, so etwas könnte ich auch ... ", sie riskierte einen schelmisch-fragenden Blich zu Dr. Liberti, "... wenn ich", fuhr sie fort, "eine weitere Ausbildung gemacht habe. Und da gibt's Lehrgänge, ich habe mich im Internet informiert und schon vor ein paar Wochen ...", sie zögerte, "ja, vor fünf Wochen war's, da habe ich mich für diesen Lehrgang angemeldet."

"Ohne zuvor den Urlaubstag angefragt zu haben?" Er wedelte mit dem Zeigefinger. "Na na!"

"Zur Not hätte ich einen Nachtzug nehmen können, damit ich um neun Uhr da gewesen wäre, also geklappt hätte es in jedem Fall."

Ob sie einen Urlaub plane, fragte er später.

Urlaub während der Probezeit? Das traue sie sich nicht, außerdem müsse sie ihre Mutter unterstützen, die sei seit kurzem aus dem Krankenhaus zurück und habe nur einen Aushilfsjob.

Krankenhaus? Was sie denn gehabt habe?

Frauensachen, das wolle er sicher nicht so genau wissen.

Später legte er eine CD ein, irgendwas Klassisches, Langsames, von dem sie keine Ahnung hatte, aber es gefiel ihr, war total entspannend, und man musste ja nicht dauernd reden. Ab und zu wechselte er die CDs.

"Mögen Sie Astor Piazolla?"

Er reichte ihr eine CD-Hülle und stieß die CD in den Player. Sie hört eine Weile zu.

"Tango?"

Er nickte. "

"Aber anders, nicht so süßlich, ich tanze lieber Disco-Fox, da bin ich gut drin."

Es war gegen fünfzehn Uhr, als sie in die Auffahrt zum Mercure Hotel West in Berlin einbogen. Gerlinde griff nach ihrer Tasche, ein schwarzer Shopper mit Platz für Laptop, Akten, Papiere und Fächern für Privates. Sie zog Reißverschlüsse auf und zu, *nein so was, wo ist denn meine Reservierung,* wühlte herum und häufte den Inhalt neben sich auf dem Beifahrersitz zu einem instabilen Hügel auf. Natürlich kam alles ins Rutschen und landete im Fußraum. *"Ach da ist sie ja!",* rief sie, kurz bevor Dr. Liberti den BMW vor dem Eingang zum Stehen brachte und zog das Papier aus der äußeren Seitentasche.

"Ich dachte immer, Sie seien gut organisiert, Frau Krantz", meinte Dr. Liberti mit viel sagendem Blick auf das Durcheinander, ließ es sich aber, ganz der zuvorkommende Chef, nicht nehmen, seiner Angestellten die Reisetasche hinein zu tragen. Gerlinde bedankte sich artig: "Aber das war doch nicht nötig!"

Nötig war etwas anderes. "Meine Handynummer!", rief sie hinter ihm her, "die brauchen Sie doch! Wegen der Rückfahrt. Am Sonntag ist schon um sechzehn Uhr Schluss. Sie nehmen mich doch wieder mit zurück?"

"Ja, sicher, ich wollte Ihnen eine Nachricht über die Rezeption zukommen lassen, aber per Handy ist es vielleicht einfacher."

Je mehr die Uhr am Samstag, dem ersten Seminartag, voranschritt, desto weniger konnte Gerlinde sich konzentrieren. Seit neun Uhr saß sie mit neunzehn weiteren Teilnehmern im Konferenzraum des Hotels. Sie hatte eine Platz an der Wandseite gewählt, so konnte sie über die gegenüberliegenden, in U-Form aufgestellten Tische hinweg und durch die bodentiefen Fenster hindurch in Grün und Himmel blicken, eine Aussicht, die sie immer wieder verleiten wollte, die Gedanken in Wunschvorstellungen abschweifen zu lassen. Schließlich verbot sie sich, überhaupt den Kopf in Richtung Fenster zu wenden und richtete ihren Blick ausschließlich auf ihre Notizen und den Referenten, einen leicht rundlichen Dr. Heppekausen mit Stirnglatze unter einem üppig aufstrebenden kohlschwarzen Haarschopf. Bis zum frühen Nachmittag hatte sie keine Mühe mit dem trockenen Lehrstoff,

Zahlen waren ihr Ding, und überdies verstand es Dr. Heppekausen, seinen Vortrag mit beispielhaften Episoden aus dem Kanzleialltag zu würzen.

Nach Seminarschluss traf man sich am Tresen des Hotelbistros. Gerlinde bestellte ein Bier und ließ sich gern von ihrem Warten aufs Handyklingeln ablenken. Es klingelte erst kurz nach achtzehn Uhr im Aufzug auf dem Weg in ihr Zimmer. Wie sie denn ohne Zahlungsmittel durch den Abend kommen wolle, Portemonnaie und Kreditkartenetui seien auf dem Boden liegen geblieben, fast unter ihrem Sitz liegend habe er sie jetzt erst entdeckt. Er komme schnell herüber und bringe es ihr vorbei, bevor er sich mit Kollegen in der Stadt treffen wolle. Treffpunkt Rezeption, 19°° Uhr.

Gerlinde heuchelte eine Mischung aus Erschrecken, Überraschung und Erleichterung ins Handy und hakte einen weiteren Punkt ihres Plans als Erfolg ab. Der nächste Schritt war heikel und nicht wirklich planbar, und sie hoffte auf die Gunst der Umstände.

Dr. Liberti saß im Empfangsbereich der Hotelhalle und hatte schon ein Bier vor sich, als Gerlinde kurz nach 19°° Uhr in knappem T-Shirt auf bloßer Haut, Minirock und High-Heels – der Auftritt des Wolford-Bodys zum jetzigen Zeitpunkt wäre verfrüht gewesen – aus dem Aufzug stieg. Sie registrierte seinen Blick auf ihre Beine und riskierte, während sie auf ihn zuging, ihr Lächeln mit einer Auswärtsbewegung ihrer Hüfte zu kombinieren. Dr. Liberti erhob sich, und sie hatte den Eindruck, die Andeutung von Erotik sei erfolgreich bei ihm angekommen. In seinem Blick war etwas Neugieriges.

"Entschuldigen Sie meine Schusseligkeit und danke, dass Sie extra herkommen, darf ich Sie wenigstens...", sie wies auf sein Glas, "... zu diesem Bier einladen?"

"Sie auch eins?" Dr. Liberti setzte sich wieder und winkte der Bedienung.

"Nein, lieber nur ein Wasser und alles auf meine Rechnung", bekräftigte sie und ließ sich in den tiefen Sessel ihm gegenüber fallen, der Rock rutschte wie zufällig noch etwas höher. Kaum saß sie, stand sie wieder auf, lächelte ihn an und zog den Rock mit einem energischen Griff beider Hände bis eine Handbreit oberhalb der Knie zurück. "Wie war Ihr Tag?", wollte sie wissen, während sie sich, nun betont langsam, im Sessel niederließ.

"Wie erwartet. Eine Menge Kollegen, viele Themen, Digitalisierung der Arbeitswelt, Tarifrecht, Tarifautonomie, Mindestlohn, Arbeitsteilung, Zeitarbeit etc etc., morgen geht's weiter. Und wie war's bei Ihnen, Frau Krantz?"

"Interessant."

Gerlinde berichtete kurz über die behandelten Themen, erwähnte den putzig anzusehenden Dr. Heppekausen und kam natürlich auf dessen Geschichten aus dem Kanzleialltag zu sprechen.

"Dr. Heppekausen dozierte über Kostenarten und wie sie entstehen und hatte folgende Geschichte parat: Stellen Sie sich vor – hat er erzählt – kommt ein türkischer Mandant, unangemeldet, er muss warten, weil noch andere Mandanten vor ihm sind. Dann ist er dran und als erstes beklagt er die lange Wartezeit, es sei Ramadan und er müsse noch in die Moschee – wobei er die erste Silbe betont und die Vokale türkisch verfärbt, sodass es wie "Muschi" klingt – also: er müsse noch in die Muschi, was mich sehr heiter gestimmt hat und ich ihm bereitwillig die Kostenfaktoren erklärt habe, aus denen sich die reklamierte Rechnung zusammensetzt. Zum Schluss habe ich ihm eine Schale mit Süßkram hingeschoben, die auf meinem Schreibtisch stand, und er greift eine golden verpackte Kleinigkeit und steckt sie in den Mund. Aber, aber, hab ich gesagt, Herr, Herr … ich nenne jetzt keinen Namen – also Herr Sowieso … Alkohol während des Ramadan? Man sollte es nicht glauben, aber dieser Mann hat wahrscheinlich zum ersten Mal im Leben Alkohol geschmeckt, denn die Praline hat er sofort mit blankem Entsetzen im Blick ausgespuckt."

Gerlinde gab noch andere heppenkausensche Geschichten zum Besten, und Dr. Liberti fügte eigene hinzu. Irgendwann schob er mitten im Satz den Jackettärmel hoch und blickte auf seine Uhr.

"Donnerwetter, schon nach Acht, ich habe die Zeit verquatscht – Entschuldigung, Frau Krantz, kurzweilig verplaudert natürlich, und jetzt macht es auch keinen Sinn mehr, den Kollegen hinterher zu jagen, die werden eh' nur fachsimpeln und sich anschließend ordentlich einen zur Brust nehmen. Wie ist es: Würden Sie mit mir essen gehen, ich lade Sie ein. Ich bin da unterwegs an einem Restaurant vorbei gekommen, das einen recht ordentlichen Eindruck machte."

Na also, geht doch, dachte Gerlinde. Laut und mit leichtem Zögern in der Stimme, sagte sie: "Ja gern, aber ich bin nicht richtig angezogen, darf ich schnell ..."

"Ach Unsinn, Sie sind eine junge Frau und sehr gut angezogen, und wir gehen ja nicht in eine Opernpremière. Kommen Sie!"

"Aber ohne Handtasche, mein ..."

"Wenn' s denn sein muss, aber bitte nicht doch noch umziehen!"

Im Zimmer kontrollierte Gerlinde ihr Aussehen vor dem Spiegel. Die Wangen gerötet, Glanz in den Augen – okay. Lippenstift und Gloss auftragen, Deo in die Achselhöhle. Die Haare? Sie entschied, es bei dem kleinen Dutt zu belassen, allerdings verschob sie ihn aus der Nackenmitte hinter das linke Ohr, das sah jung und keck aus. Die großen messingfarbenen Kreolen baumelten munter bei jeder Kopfbewegung. Sie schnappte sich ihre Handtasche, eine letzter Blick in den Spiegel: Sie fand sich apart aussehend.

Dr. Liberti schien derselben Meinung zu sein, jedenfalls interpretierte sie so den Blick, mit dem er sie von Kopf bis Fuß einen Wimpernschlag lang ins Auge fasste, bevor er sich aus seinem Sessel erhob.

Das Restaurant war natürlich nicht so eines, für das Gelinde einen Auftritt im Spitzenbody geplant hatte, Dr. Liberti hätte sich vielleicht gefragt, warum sein Angestellte ein abendliches Kleidungsstück bei einem zweitägigen Lehrgang benötigte, und möglicherweise hätte er sie durchschaut und – schlimmer noch – belächelt. Bisher war alles gut gelaufen, so, als habe es sich ganz spontan ergeben.

Das Essen war gut, italienische Küche, Dr. Liberti hatte eine Goldbrasse mit Beilagen, Gerlinde ein Saltimbocca, nicht, weil sie eine Vorliebe für diese Spezialität hegte – am liebsten hätte sie ein ordentliches Steak bestellt –, sondern weil Saltimbocca fremdländisch klang. Dr. Liberti orderte einen Weißwein und Gerlinde, mit

Blick auf das Etikett, nickte anerkennend, getraute sich aber nicht, die französische Bezeichnung auszusprechen. Nur einmal ließ sie sich nachschenken, sie musste klar im Kopf bleiben. Die Unterhaltung drehte sich abwechselnd um Marginales aus der Kanzlei, ums Golfspielen und um Persönliches, Gerlinde betreffend, ihre Ausbildung und Berufvorstellungen, Hobbys, Freunde, Freizeit. Da gab es nicht viel, was sie mitteilen wollte – ihre Mutter, eine aus der Therapie entlassene Alkoholikerin, eine lesbische Freundin mit einem Kind, keine Hobbys außer Kochen - und auch das war nicht wirklich eines, noch nicht. Wohin sie gerne einmal reisen möchte, wollte Dr. Liberti wissen, eine Frage, die Gerlinde naheliegend und ohne nachzudenken mit "nach Italien" beantwortete, Anlass für ihn, von eigenen Reisen zu erzählen, in Italien und anderen Mittelmeerländern. Von Korsika schwärmte er geradezu und von Erinnerungen beflügelt, bestellte er nach neuerlichem Blick in die Karte noch eine halbe Flasche Rotwein.

"Einen korsischen Wein würde ich jetzt lieber trinken, doch den Domaine de Torracia Cia Oriu Cuvée führen sie hier nicht. Aber dieser Montepulciano d'Abruzzo – Frau Krantz, das sollten Sie wissen – gehört zu den besten italienischen Rotweinen und wurde von dem Weinkritiker Robert Parker mit vierundneunzig Punkten geadelt, Sie müssen ihn probieren!"

Gerlinde fügte sich und ließ sich einen Probeschluck kredenzen, kostete und bestätigte die Preiswürdigkeit mit erhobenem Glas. Ein Satz fiel ihr ein, den sie bei der Chefeinladung im Vorbeigehen aufgeschnappt hatte: "Am Gaumen ist er sehr würzig." So etwas sagte man unter Weinkennern.

Gegen Elf verließen Sie das Restaurant. Beim Betreten der Hotelhalle meinte Gerlinde mit einer Geste hinüber zur Hotelbar: "Es war schöner Abend, und ich bedanke mich sehr herzlich und möchte Sie gern noch zu einem Absacker einladen, darf ich?"

"Meinetwegen, aber es sollte nicht zu spät werden, morgen haben wir beide noch 'ne Menge Kopfarbeit vor uns."

Am Tresen stehend bestellte er einen Carlos primeros, dicht neben ihm hob Gerlinde die rechte Pobacke auf einem Barhocker, das linke Bein, in der Absicht, wie zufällig in Tuchfühlung mit dem männlichen Bein zu geraten, hielt sie gestrafft wie in den Boden gerammt. Sie bestellte ein Bier.

"Welche Reiseziele in anderen Ländern könnten Sie mir denn noch empfehlen?" Sie versuchte, das Gespräch fortzusetzen, aber die Begeisterung, mit der Dr. Liberti von Italiens Kulturstätten gesprochen hatte, schien dahin. Vielleicht hatte er auch zuviel getrunken, fast eine ganze Flasche Weißwein, dazu eine halbe Roten, jetzt den Cognac. Ein anderes Gesprächsthema, mit dem sie seine Zugewandtheit hätte steigern oder zumindest erhalten können, fiel ihr nicht ein, und sie befürchtete, er werde sich verabschieden, ehe sie ihr Programm abgespult hatte.

Abrupt legte sie die rechte Hand auf ihren Bauch und beugte den Oberkörper über den Tresen. Mit einer gemurmelten Entschuldigung *bin gleich wieder da* stolperte sie vom Hocker, wobei ihr ein flüchtiger Kontakt mit der männlichen Hüfte gelang, und verschwand auf der Toilette.

Nach zehn Minuten war sie wieder da, flüsterte: "Mir geht's nicht gut", während sie Unsicherheit vorgab bei dem Versuch, sich wieder auf dem Barhocker zu postieren, schwankte, als er sich ihr zuwandte, gegen seine Brust und sackte zusammen. Er fing sie gerade noch auf, bevor sie gänzlich auf dem Boden gelandet wäre, der Barkeeper eilte hinter seinem Tresen hervor, und beide hievten sie, die aus ihrer plötzlichen Ohnmacht zu erwachen schien, in einen der tiefen Sessel.

"Soll ich einen Arzt holen?" Dr. Liberti zeigte sich besorgt. "Geht es wieder besser? Was machen Sie für Sachen?"

"Nein, nein, es geht schon wieder", beruhigte Gerlinde mit schwacher Stimme, "Bier auf Wein, das lass sein, mein Magen ... ", sie schloss wieder die Augen.

Dr. Liberti, unschlüssig, was zu tun sei, stand da mit hängenden Armen und sah auf sie herab.

"Soll ich Sie erst mal auf Ihr Zimmer bringen? Sie sollten sich hinlegen."

"Ja, bitte", murmelte Gerlinde, "weiß nicht, ob ich unterwegs noch mal zusammenklappe ..."

Er beugte sich über sie und schob seine Arme unter ihre Achseln. Gerlinde, die Erfordernisse der Situation nutzend, legte die ihren um seinen Hals und ließ ihn, während er sie aus dem Sessel zog und sich die Gelegenheit bot, sich für einen kurzen Moment an ihn zu pressen, ihre Brüste spüren. Er zögerte, bevor er sie losließ, dann griff er stützend unter ihren linken Ellenbogen und strich mit der Rechten über ihren Rücken, bevor er ihre Taille umfasste. Gerlinde registrierte, dass seine Hand weiter als nötig vordrang, die Spitze der Finger lag knapp unter ihrer rechten Brust. Gut so, dachte sie und lehnte sich Halt suchend gegen ihn.

Im Zimmer begleitete er sie zum Bett, sie setzte sich auf die Bettkante und sah zu ihm hoch, dann ließ sie sich wie erschöpft zurückfallen.

Zunächst stand er da und schien nachzudenken, dann griff er um ihre Waden und schwenkte ihre Beine aufs Bett. Seine Hände, als wollten sie noch nicht los lassen, strichen abwärts, umfassten ihre Knöchel und zogen die High-Heels von den Füßen, kamen zurück, strichen aufwärts, die rechte legte sich auf ihr Knie. Unter halb geschlossenen Lidern sah Gerlinde ihn an. Sie hob ihre Arme und legte sie nach oben ausgestreckt aufs Kissen wieder ab, ihr Rücken wölbte sich erwartungsvoll und ermutigte die tastende Hand. Die andere folgte und wagte sich weiter vor. Gerlinde stöhnte.

"Das hast du alles inszeniert, du kleines Biest", flüsterte er und schob ihren Rock hoch, "aber es ist nun mal soweit gekommen, und nun muss es sein."

Der Akt war kurz und heftig – erstaunlich, dachte Gerlinde, nach dem vielen Alkohol. Die Zärtlichkeit, um die sie sich bemüht hatte, war wohl nicht ausreichend gewesen, ihn länger im Bett zu halten als für eine kurze Erholungsphase nötig war; denn schon bald war er aufgestanden, hatte Hose und Jackett wieder angezogen, einen Kamm aus der Brusttasche genommen und seine Haare geglättet, bevor er sich, auf der Bettkante sitzend die Schuhe schnürte. Dann hatte er sich zu ihr hinunter gebeugt, einen flüchtigen Kuss auf ihre Schläfe gedrückt und mit einem Zwinkern "Gute Besserung!" gewünscht.

Gerlinde sah ihm zu, wie er aufstand, einen prüfenden Blick in den Spiegel warf, mit der Rechten über die Haare strich und sich zum Gehen wandte. Unter der Tür stehend meinte er über die Schulter hinweg:
"Eine Liebschaft wird es nicht geben."
Gerlinde drehte sich auf die Seite. Etwas Hartes drückte unter ihrem Knie.
Sein Kamm! Vor dem Schuhe-Schnüren hatte er ihn auf dem Laken abgelegt.

Den zweiten und letzten Tag des Seminars bestritt Gerlinde in Bestform, hochkonzentriert und motiviert durch ihren Erfolg am Vorabend. Alles kannst du erreichen, sagte sie sich, alles, alles, wenn du nur willst und einen Plan hast. Das Etappenziel hatte sie erreicht, ob sich der gewünschten Erfolg zeigen würde, blieb abzuwarten.

Gegen Fünf holte Dr. Liberti sie ab. Auf der Rückfahrt wurde wenig gesprochen, Gerlinde berichtete auf Befragen von den im Verlauf des Tages behandelten Themen, gab sich locker und sachlich und vermied jegliche Anspielung auf das, was vorgefallen war. Dr. Liberti schwieg die meiste Zeit, kommentierte gelegentlich mit *hm* und *aha* oder *so so*, hörte wohl auch nicht wirklich zu und fuhr sehr schnell.

Als er sie gegen einundzwanzig Uhr in der Weberstraße absetzte – er war hinter dem Steuerrad sitzen geblieben und Gerlinde wollte gerade aussteigen – sagte er: "Das war eine einmalige Sache, Frau Krantz, die unter uns bleibt. Ich möchte Ihnen nicht kündigen müssen, denn ich schätze Ihre Arbeit."

Gerlinde nickte:"Selbstverständlich, darauf können Sie sich verlassen."

Die Woche begann mit Ärger. Frau Dr. war ungnädig, wahrscheinlich, weil ihr Mann es vorgezogen hatte, mit seiner Angestellten nach Berlin zu fahren anstatt der Wochenendplanung seiner Frau zu folgen. Außerdem war Frau Siebenthal krank gemeldet, eine Wochenendmigräne, die sich auf den Montag verlängert hatte, Frau Jonsch hatte einen dringenden Arzttermin und würde erst am Nachmittag da sein. Jedenfalls knallte sie ihr am Montagmorgen, kaum dass sie den Computer hochgefahren hatte, Buchungsunterlagen auf den Schreibtisch.

"Seit Frau Krott gekündigt hat, ist für den Weißen Ring nichts mehr nachgetragen worden. Legen Sie ein neues Spendenkonto bei der Commerzbank an, kontrollieren Sie auch die alten Eingänge und übertragen Sie die Summen vom Kanzlei-Unterkonto für gemeinnützige Zwecke dorthin, und ich möchte, dass Sie diese Arbeit vorrangig erledigen."

In der Tür drehte sie sich noch einmal um: "Bei Unklarheiten wenden Sie sich an meinen Mann, er überwacht das Finanzielle."

Gerlinde hatte kaum begonnen, als sie Dr. Liberti über die Sprechanlage hörte: "Ich habe Ihnen soeben Unterlagen für Rechnungsstellung an drei Klienten rüber gemailt, bitte bis Mittag zur Post. Dann machen Sie noch ein Schreiben an's Finanzamt fertig, die wollen wissen, auf welchem Zahlungsweg Herr Clausen seine Rechnungen begleicht, weisen Sie auf die gesetzliche Verschwiegenheitsverpflichtung hin."

Gerlinde grunzte nur, dem Druck würde sie standhalten, weil sie schnell und effektiv arbeiten konnte. Zuerst also die Rechnungen. Dann das Schreiben. Wieso wollte das Finanzamt die Kontodaten von Mandanten wissen. Hatte der Herr Clausen Dreck am Stecken?

Nach einer Stunde – die Briefe waren fertig zum Versand – genehmigte sie sich einen Kaffee vom Automaten. Luisa, aus dem Büro ihres Mannes kommend, durchquerte das Entrée, wie immer in High-Heels, heute in einem eng anliegenden wadenlangen Sommerkleid, die Haare in einem strengen Nackenknoten zusammengefasst. Gerlinde konnte nicht umhin, sie zu bewundern.

"Sie sehen wieder toll aus, Frau Dr. Liberti, selbst an diesem ganz normalen Arbeitstag sehen sie toll aus."

Heute genoss sie es, ihrer Chefin Komplimente zu machen und sonnte sich in der Genugtuung, dass ihr Mann seine schöne Frau mit ihr, der unscheinbaren kleinen Angestellten betrogen hatte, und bei dem einen Mal würde es nicht bleiben, dafür würde sie sorgen.

Luisa sah kurz zu ihr hinüber, sagte *ja ja* und verschwand in ihrem Arbeitszimmer, die Tür knallte.

Hatte sie etwas Falsches gesagt? Schlechte Laune, Streit mit ihrem Mann?

Sie ging zurück an den Computer und sichtete die Buchungsunterlagen.Protokolle, Kontaktdaten der Mitarbeiter, Notizen über Einzelschicksale der Hilfesuchenden, Pressemitteilungen, Spendenquittungen. Sie öffnete den Ordner Weißer Ring, ergänzte, legte neue Seiten an, scannte Belege, fügte alles zusammen. Routinearbeit. Aufwendiger war die Buchungskontrolle der Spenden. Zeitraubende Kleinarbeit, die sie mit der Mittagspause unterbrach. Auf dem Sprung rüber ins Bistro kam Frau Jonsch ihr entgegen. "Na, wie war der Lehrgang?", fragte sie im Vorbeigehen. "Erfolgreich!", rief Gerlinde ihr hinterher. Und wie, fügte sie in Gedanken hinzu.

Bei einer Pizza Diavolo dachte sie an Roxanas Reaktion, nachdem sie ihr am gestrigen Abend berichtet hatte. "Darauf trinken wie einen!", hatte sie gesagt und ein Piccolo aus dem Kühlschrank geholt, "wenn es auch nur ein vorläufiger Erfolg deines Planungsmarathons ist. Aber verlassen kannst du dich nicht darauf, du musst nachschieben."

"Weiß ich, wenn ich mir auch ziemlich sicher bin, weil es genau Tag Vierzehn war, das sollte hingehauen haben."

Danach hatten sie darüber geredet, wie es weitergehen könnte, und Roxana hatte wieder davon gesprochen, vielleicht ein zweites Kind haben zu wollen, wusste aber noch nicht, wer als Vater infrage kommen könnte.

Zurück am Schreibtisch, einen Kaffee neben dem Computer, machte Gerlinde sich wieder über die Zahlen her, nun mit der Kontrolle der neuen Daten nach dem Ausscheiden ihrer Vorgängerin. Sie addierte die Spendeneinnahmen, dann die auf den Weißen Ring bezogenen Ausgaben, verglich sie mit den Belegen.Das Haben-Konto war geringer als es nach Addition der Spenden hätte sein müssen, es fehlten viertausendsechshundert Euro.Ausgeben wofür? Die Differenz war zwar nicht äußerst beunruhigend, aber der Fehler musste gefunden werden. Sie kontrollierte erneut, bis zum Tag X der Kündigung von Frau Krott war alles korrekt, die Einzahlungen waren vom Chef unterschrieben, als Spendenbelege waren Listen mit Datum, Namen der Spender und den jeweiligen Beträgen angehängt, handschriftlich von der Chefin. Danach gab es zwei Einzahlungen, eine mit Datum vom dritten April mit Beleg, eine vom zehnten Mai ohne. Unterschrieben mit Dr. Liberti. Hatte der Chef etwas vergessen oder übersehen? Sie griff zum Hörer. Legte ihn wieder auf. Es war sinnvoller, ihm einen Ausdruck zu zeigen.

Er sah unwillig auf, als sie sein Büro betrat. "Was gibt's, Frau Krantz? Ich habe zu tun."

"Ihre Frau meinte, bei Unklarheiten solle ich Sie fragen, sie möchte, dass ich die Spendeneinnahmen vom Weißen Ring auf ein neues Konto bei der Commerzbank übertrage, das Konto habe ich schon eingerichtet, aber diese beiden Buchungen sind nicht korrekt." Sie schob ihm den Ausdruck hin. Er warf einen kurzen Blick darauf, runzelte die Stirn und schob ihn beiseite.

"Später, Frau Krantz, ich werde mich nach Büroschluss drum kümmern."

"Ich sollte diese Arbeit vorrangig erledigen, hat Ihre Frau gesagt, bitte ..."

"Dann muss sie eben warten", sagte er ungehalten. "Sie haben in der Zwischenzeit sicher auch noch anderes zu tun. Bitte ...", er wies zur Tür

Ja, hatte sie, aber musste er sie so abfertigen?

Sie setzte sich wieder an den PC und ging noch einmal die Zahlen durch. Vielleicht waren die Spendenbelege irrtümlich auf dem Geschäftskonto der Kanzlei gelandet? Sie rief das Konto auf, scrollte rauf und runter. Nein, waren sie nicht.

Na gut, hier und heute würde sie mit der korrekten Buchung nicht weiter kommen. Sie kontrollierte noch einmal die errechneten Summen und übertrug die Gelder auf das neue Konto bei der Commerzbank.

Am folgenden Vormittag – der Chef war bei Gericht, immer noch Clausen-Oschmeyer – erschien Frau Jonsch vor Gerlindes

Schreibtisch und bat um die neuen Buchungsdaten, Frau Doktor wolle sie einsehen. Die fehlenden Daten würde sie im Lauf des Nachmittags nachreichen, erklärte Gerlinde, sobald der Chef zurück sei.

Doch auch am Nachmittag wartete sie vergeblich.

"Wie läuft das denn in der Regel mit den Spendengeldern", wandte sie sich an Frau Siebenthal, die wieder migränefrei war, "werden die überwiesen oder bar übergeben?"

"Ich denke, mal so, mal so", antwortete Frau Siebenthal, "je nachdem, wie hoch die Summen sind. Bei manchen Veranstaltungen gibt es eine Box für Bargeld, da habe ich schon mal mitgekriegt, dass die Chefin dem Chef einen Umschlag auf den Schreibtisch gelegt hat, ich glaube, das war nach der Charity-Veranstaltung im Mai, wo sie ja selbst gesammelt hat. Ich nehme an, dass es so öfters läuft. Und er hat es dann eingezahlt, denn sie will mit Buchungen ja nichts zu tun haben. Und Frau Krott hat dann die Buchführung gemacht."

Eine weitere Frage lag Gerlinde auf der Zunge, aber sie schluckte sie rechtzeitig herunter. Wenn der Chef das Geld einzahlte, wusste er natürlich, wie viel Geld in dem Umschlag war. Aber zahlte er auch alles ein?

"Und wie läuft das mit den Spendenquittungen?", hakte sie nach, "schicken wir die den Leuten zu, gibt es Kopien?"

"Sie bekommen eine einfache Quittung in dem Moment, wenn sie spontan Bargeld spenden, und wir schicken ihnen dann eine offizielle Spendenquittung zu, fürs Finanzamt."

"Und wenn das unterbleibt, vergessen wird – oder so?"

"Na, geht's noch? Frau Krott war äußerst penibel in der Buchung, da hat nie jemand nachgefragt, wo die Quittung bleibt."

Nach einigem Überlegen entschied Gerlinde, die Klärung durch den Chef abzuwarten. Da die Chefin an Buchungsvorgängen nicht sonderlich interessiert schien und nur das finanzielle Endergebnis gesichert wissen wollte, würde sie die fehlenden Belege vielleicht nicht vermissen.

Aber der Chef erklärte nichts, weder am nächsten Tag noch in den folgenden Wochen und Frau Doktor stellte keine Nachfragen.

Gerlinde machte sich ihre Gedanken und fasste einen Plan.

Nach vier Wochen bestätigte sich, was Gerlinde sehnlichst erwünscht und erwartet hatte: Der Schwangerschaftstest war positiv. Ein Geheimnis, das sie vorerst nur mit Roxana teilte, die Umwelt würde es früh genug mitkriegen.

"Und du kannst sicher sein, dass dein Chef der Vater ist? Hast du mir nicht von einem Typen erzählt, mit dem du vor dem Liberti im Bett warst?" Roxana kam mit einer Kanne Tee aus der Küche.

"Ja ja", wischte Gerlinde die Frage weg, "hab ich schon drüber nachgedacht. Ich werde einen Vaterschaftstest machen lassen, um ganz sicher zu sein. Ich will nicht warten, bis das Kind da ist, ich muss es schon jetzt wissen." Sie lächelte Roxana an. "Guck nicht so skeptisch, ich hab da was."

Sie lief ins Schlafzimmer und kam mit einem Plastiktütchen zurück. "Rat' mal, was das ist."

"Ich muss nicht raten, ich kann es sehen: Es ist ein Kamm." Roxana wirkte ratlos.

"Schau genau hin: Ein Kamm und zwei graue Haare. Na… dämmert's dir?"

"Woher …?" Roxana prustete los. "Du hast …"

"Er hat ihn vergessen bei seinem Abgang aus meinem Hotelzimmer, genug Material für einen DNA-Test."

"Und den willst du schon jetzt machen lassen? Ich meine, dafür ist es noch zu früh. Und nicht ganz ungefährlich, so eine Fruchtwasseruntersuchung. Die macht man nur in Ausnahmefällen, bei Vergewaltigung zum Beispiel."

"Dann werde ich eben sagen, er habe mich vergewaltigt, war ja niemand dabei, der es abstreiten könnte."

"Eine Vergewaltigung musst du anzeigen. Strafmaß mindestens zwei Jahre Gefängnis, ohne Bewährung. Willst du das?"

Gerlinde setzte sich. Sie schwieg eine Weile. Dann schüttelte sie den Kopf. "Was soll ich machen? Noch acht Monate warten?"

Roxana goss Tee in die Becher. "So, jetzt trink erst mal, das entspannt." Sie setzte sich neben Gerlinde und streichelte ihre Wange. "Mir ist gerade eine Idee gekommen. Ich kenne eine Frauenärztin, bei der ich nur einmal war, zu Anfang meiner Schwangerschaft mit Tobias. Ich wollte abtreiben, aber dann habe ich es mir anders überlegt. Diese Ärztin macht Abtreibungen, wenn man sagt, Opfer einer Vergewaltigung gewesen zu sein. Sicher macht sie auch Fruchtwasseruntersuchungen. Du musst nur sagen, dass du bereit bist, das Kind auszutragen, wenn du weißt, wer der Vater ist. Aber du solltest noch vier, fünf Wochen damit warten. Danach kannst du das Ergebnis deinem Chef präsentieren.." Sie schlug ihre Hand vor die Stirn. "Halt! Mir fällt noch was ein!" Sie sprang auf und blätterte in ihren Studienunterlagen auf dem Schreibtisch. "Ich habe hier einen Artikel aus der FAZ zu einer Gerichtsverhandlung in einem Vergewaltigungsprozess, den kannst du ihm ja mal unter die Nase reiben, falls er Zicken macht!"

"Auf d a s Gesicht bin ich schon jetzt gespannt!", freute sich Gerlinde und mit einem Seufzer der Erleichterung fiel sie Roxana um den Hals.

Zunächst einmal aber musste sie herausfinden, wo die fehlenden Spendengelder geblieben waren. Offensichtlich hatte es etwas mit dem Chef zu tun. Tagsüber war er in der Kanzlei oder bei Gericht oder bei Tagungen, manchmal auch in fernen Städten – Gerlinde grinste: Wo er sich in fremden Betten herumtrieb oder sich eine teure Geliebte hielt? Aber was tat er an den Abenden, wenn seine Frau Termine hatte? Sie erinnerte sich an den Abend, an dem sie zufällig in der Galerie Ostendorf gelandet war und Frau Doktor bewundert hatte, wie sie danach noch eine Lasagne im Bistro gegessen und zu den dunklen Fenstern der Kanzlei hinauf geblickt hatte. Herr Doktor auch aushäusig, hatte sie damals gedacht, und jetzt fiel ihr wieder der Halbsatz ein, den sie beim Verlassen seines Arbeitszimmers zwei Tage zuvor mitgekriegt hatte: *Also gut, Heiko, nächsten Samstag, Mindener Straße.* Heiko, ein ungewöhnlicher Name, deshalb war ihr der ganze Satz wieder eingefallen. Vielleicht einer der Studienfreunde aus Osnabrück, von denen Frau Siebenthal gesprochen hatte? Mit dem er sich an jenem

Samstag in einer Mindenerstraße treffen wollte, in der Nr. 36. Sie tippte Osnabrück Mindener Str. 36 in die Google-Suchleiste, es gab diese Straße und einen roten Pfeil für die Nr. 36 an einer nicht näher bezeichneten Stelle. Das gleiche Ergebnis für Bielefeld. Frau Siebenthal hatte auch von Freunden aus Detmold gesprochen. Sie gab dieselbe Adresse für Detmold ein, die Straßenkarte öffnete sich, beschriftet mit Mindener Str. 36, jedoch in 32547 Bad Oeynhausen, ein grüner Pfeil wies auf UCI-KINOWELT Bad Oeynhausen. Sie tippte auf die Karte, in der Vergrößerung wurde neben der Kinowelt die Spielbank Bad Oeynhausen angezeigt.

Ihre Augen weiteten sich. Ha! Treffer, das war's! Sie verschluckte sich fast an ihrem Triumph. Verjubelte der Chef Spendengelder im Spielcasino? Jedenfalls sah es danach aus. Solch ein Wissen konnte sehr nützlich werden, sie musste nur den rechten Zeitpunkt abwarten. Und warten, das konnte sie.

Es war, als habe diese Entdeckung sie beflügelt. Die Arbeit fiel ihr leicht, sie engagierte sich, wo immer Einsatz verlangt war, machte Überstunden, klaglos, fast freudig, in einem Hochgefühl von Überlegenheit: Sie hatte ihr Ziel erreicht, und alles Weitere würde sich aus diesem Erfolg ergeben, der Chef würde es nicht wagen, sie zu feuern, aber sie, Gerlinde, konnte fordern.

Gegen Ende September hielt sie es für an der Zeit, ihren Zustand nicht mehr zu verheimlichen.

Der Chef hatte ihr eine Woche Urlaub zugestanden, und sie war mit Roxana und Tobias kurzerhand nach Domburg in Holland gefahren, in eine kleine Pension mit schnuckeligen Doppelzimmern in Strandnähe. Das Wetter war noch spätherbstlich, zwar windig, aber es blieb trocken und sie liefen täglich hart an der Wasserlinie den Strand entlang, Tobias warm verpackt in einem gemieteten Bollerwagen inmitten seiner Spielsachen samt Eimer, Förmchen und Schäufelchen hinter sich herziehend. In einem vergessenen Strandkorb machten sie ihre Mittagspause mit Broten vom Frühstückstisch und Kaffee aus der großen Thermoskanne, für Tobias gab's warme Milch aus der kleinen Kanne. Auf dem Rückweg schlief er meistens in seinem Wägelchen ein, rotbackig und zufrieden, und sie drehten noch eine Runde über die Strandpromenade,

Schaufenster gucken, seit neuestem Babyausrüstung, hellblau, es würde ein Junge werden. Das wusste Gerlinde seit nunmehr drei Wochen.

"Praktisch", hatte Roxana zu ihr gesagt, "dann kann er Tobias' Sachen haben, du brauchst nicht Neues, und hellblau muss es auch nicht sein."

Aber nur Abgelegtes wollte Gerlinde nicht, sie musste jetzt etwas Schickes für ihren Sohn kaufen. Es wurden dann Babyschühchen aus knatschgrünem Filz mit einem zweigeteilten Krokodil auf dem Oberfuß, die eine Hälfte mit aufgerissenem Maul auf dem rechten, die Schwanzhälfte auf dem linken Fuß. "Du kannst dir das an den Schnürsenkeln um den Hals hängen", witzelte Roxana, "als Talisman, wenn du damit ins Büro kommst und deinen Bauch unter einem engen Oberteil noch etwas mehr rausdrückst, wirst du einen Schock auslösen."

Ganz so weit wollte Gerlinde es nicht treiben, als sie zum ersten Arbeitstag in der Kanzlei erschien. Es war auch nicht nötig, überdeutlich auf ihre Schwangerschaft hinzuweisen. Sie war jetzt zu Beginn des fünften Monats, und die Woche Urlaub mit stundenlanger Bewegung in der salzigen Seeluft hatte ihr gut getan, ihr Teint war frisch und die Gesichtskonturen hatten sich gerundet, ein Bäuchlein zeichnete sich unter dem oberschenkellangen, knallroten Rippenpulli ab, den sie sich ich am letzten Urlaubstag zugelegt hatte. Dehnbar, wie die Verkäuferin ihr geraten hatte, genau richtig für ihren Zustand. Dazu trug sie ihre schwarzen Röhrenjeans in kniehohen Schaftstiefeln. Diese Kombination hatte sie sich nicht verkneifen können, wenn sie auch den Reißverschluss im letzten Drittel mit einer großen Sicherheitsnadel hatte verschließen müssen.

Die Reaktionen auf ihr verändertes Erscheinungsbild waren sehr unterschiedlich, wie erwartet.

Frau Siebenthal machte Komplimente, die Farbe stehe ihr super und sie sehe echt gut aus nach den paar Tagen Urlaub. Dann zwinkerte sie verschwörerisch und legte die Hand auf ihren eigenen Bauch: "Oder hat es damit zu tun?" Gerlinde antwortete: "Ja schon auch, es kommt halt alles so zusammen." Der Chef schaute nur kurz zur Tür herein, als Gerlinde schon am PC saß und meinte, sie sehe erholt aus und er sei froh, dass sie die Arbeit wieder aufnehme. Frau Siebenthal kommentierte: "Männer! Er hat nichts mitgekriegt, na, wird er schon noch." Frau Doktor kriegte auch nichts mit, weil sie Gerlinde, noch in ihrem Kapuzenparka, beim Betreten der Kanzlei begegnet war und nach einem *Guten Morgen, Frau Krantz, ich hoffe, sie hatten einen schönen Urlaub* in ihrem Arbeitszimmer verschwunden war. Frau Jonsch musterte Gerlinde interessiert, sagte aber nichts. Gesagt hatte sie aber wohl etwas zur Chefin, denn am nächsten Tag, als Gerlinde ihr am Kaffeeautomaten im Entree begegnete — auch heute in roten Rippen —, lächelte sie: "Gratulation, Frau Krantz, ich freue mich für Sie und natürlich auch für Ihren Freund. Ich hätte allerdings eher vermutet, dass Sie sich noch ein wenig Zeit lassen wollten mit der Familiengründung, so ehrgeizig wie Sie sind, und tüchtig natürlich auch — aber das wissen Sie ja selbst." Gerlinde dankte artig und biss sich insgeheim auf die Lippen. Ihr Freund! Frau Doktor dachte wohl, ein Tobias sei der Vater und hatte sicher schon mit Herrn Doktor darüber gesprochen. Wie der wohl geguckt hatte bei dieser Neuigkeit, der Herr Doktor? Eigentlich sollte sie jetzt Robert sagen, schließlich war er der Vater ihres gemeinsamen Sohnes. Das würde ein böses Erwachen werden.

Gegen Mittag ging sie mit einer Mandanten-Akte, die zur Wiedervorlegung anstand, hinüber in sein Arbeitszimmer. In ihre Anspannung angesichts der Ungewissheit, wie er wohl reagieren würde, mischte sich Selbstbewusstsein und Kampfbereitschaft. Heute würde es noch nicht nötig sein, ihn unter Druck zu setzen, sie musste ihm Zeit lassen, sich an den Gedanken zu gewöhnen, mit sechsundfünfzig zum ersten Mal Vater zu werden.

Er stand am Drucker, als Gerlinde eintrat. Sie blieb an der Tür stehen und hielt ihm die Akte hin.

"Ja, und?" Er guckte fragend.

"Bei der Mandantenakte Kronenberg ist kein Wiedervorlagegrund vermerkt, sonst hätte ich vielleicht schon tätig werden können."

Er streckte die Hand aus. Gerlinde reichte ihm die Akte. Er blätterte kurz. "Lassen Sie sie hier", meinte er dann, "ich schau mir das selbst an." Er hob den Kopf und sah sie über den Brillenrand hinweg an. "Sie sind schwanger, sagte meine Frau mir gestern" – und in einem Atemzug – "ich wusste gar nicht, dass Sie einen Freund haben."

"Hab' ich auch nicht, Tobias, von dem Ihre Frau vielleicht gesprochen hat, ist der zweijährige Sohn meiner Freundin Roxana Nieverding, Sie wissen schon, bei der ich wohne und wo Sie mich Ende Mai abgeholt haben zum Seminar in Berlin."

Er stutzte, kniff die Augen zusammen, sein Blick glitt kurz beiseite, dann schüttelte er, als weigere er sich, Zusammenhänge herzustellen, den Kopf.

"Doch, es ist so." Gerlinde klang bestimmt, fast trotzig. "Sie bekommen einen Sohn. Wir ..." – sie hielt inne – "wir bekommen einen Sohn – Robert."

Für einen Moment blieb er sprachlos, nur sein Wangenmuskel zuckte. Dann presste er heraus: "Nennen Sie mich nicht Robert und sprechen sie nicht von wir, Frau Krantz!" Er knallte die Akte auf seinen Schreibtisch. "Wer weiß, wen Sie sonst noch ins Bett gezogen haben, das können Sie ja, und dass es Ihnen mit mir geglückt ist, beweist gar nichts." Er ließ sich in seinen Drehstuhl fallen.

Gerlinde stand immer noch an der Tür, sie lockerte ihre Haltung und wechselte das Standbein. "Beweisen ...", sie ließ das Wort in der Luft hängen, schürzte die Lippen und zog die Schultern hoch. "Aber Sie wissen doch, wie das geht, Herr Dr. Liberti, und Ihre Frau weiß das auch, bearbeitet sie nicht gerade eine Vaterschaftsklage? Außerdem: Ich mache mir im Allgemeinen nichts aus Männern. War eben ein Ausrutscher in Berlin."

Dr. Liberti kniff die Lippen zusammen. "Raus!", zischte er, ohne sie anzusehen.

Gerlinde zuckte mit der Schulter, drehte sich um und ging.

Die Tür hinter sich geschlossen, kamen ihr Bedenken. Das mit dem Ausrutscher hätte sie nicht sagen sollen, sie wollte ja nicht, dass er sich schlecht fühlte, weil er sie begehrt hatte, damals im

Hotel, sie wollte, dass er zahlte. Und wenn er gern zahlte, weil er es cool fand, nun ein Vater zu sein – mein Gott! in seinem Alter! – umso besser! Interessant, was Frau Doktor dazu sagen würde. Möglich aber auch, dass er ihr nichts erzählte und stillschweigend zahlen würde. Das allerdings wäre nur die halbe Miete. Das wäre echt schade, ihr Triumph über die schöne und kluge und bewunderte und tüchtige und geachtete Frau Dr. Luisa Liberti-Krohn, Gesellschaftsliebling, Societylady und Wer-weiß-was-sonst-noch-Lady wäre nur halb soviel wert. Aber sie sollte schon selbst drauf kommen, wenn's auch länger dauern würde.

Christine Krantz war geschockt, als ihre Tochter sie drei Tage später besuchte.

"Aber Linda…", entfuhr es ihr, "was habe ich dir immer gesagt: Halt dich fern von…"

"Keine Jungs, Chrissy. Mein Chef, der Herr Dr. Liberti." In Gerlindes Auge glitzerte es. "Er wird sich nicht rausreden können oder sich in seiner Ehe verschanzen wie damals mein Erzeuger oder die Fliege machen wie Roxanas Vater. Er muss zahlen. Und es wird reichen. Für uns beide …", sie legte die Hand auf ihren Bauch und umarmte ihre Mutter, "und auch für dich, ich werde dich besser unterstützen können. Du müsstest vielleicht nur noch an fünf Tagen die Woche arbeiten."

Christine hatte sich in ihrem Nebenjob als Küchen- und Servicehilfe im Oecologicum bewährt und arbeitete nun wochentags von zwölf bis sechzehn Uhr. Der Verdienst war mager, acht Euro die Stunde, die Trinkgelder waren auch nicht üppig, aber mit Hartz 4 und Gerlindes monatlichem Hunderter kam sie so eben über die Runde. Sie hatte schon überlegt, sich einen zusätzlichen Job als Zeitungsausträgerin zuzulegen, aber Gerlinde hatte es ihr ausgeredet.

"Du musst um Vier aufstehen und bis sechs Uhr durch sein, wie willst du das aushalten mit deiner angeschlagenen Gesundheit!"

"Na ja", Christine legte ein Stück Pflaumenkuchen auf Gerlindes Teller, "meine Gesundheit stabilisiert sich so langsam, bin ja noch nicht so alt. Das wird schon wieder." Sie wies auf den Teller.

"Jetzt iss erst mal. Dein Lieblingskuchen, mit Mürbeteig gebacken!"

"Ich habe eine bessere Idee", meinte Gerlinde, während sie Sahne über den Pflaumen verteilte, "du könntest doch eine Ausbildung machen, die von der Bundesagentur für Arbeit gefördert wird. Altenpflege zum Beispiel. Sehr gesucht."

"Altenpflege ...", murmelte Christine, "ich weiß nicht. Da könnte ich ja gleich an meiner Oma mal üben, die muss jetzt fast achtzig sein. Hab aber keinen Kontakt mehr, seit ich von zuhause weg bin." Sie schwieg und rührte in ihrem Kaffee. Nach einer Weile: "Werd mal drüber nachdenken."

Bis auf die Tatsache, dass die Chefin ihr freundlicher begegnete als früher, änderte sich zunächst nichts an Gerlindes Arbeitsablauf. Gelegentlich erkundigte sich Frau Doktor, wie es ihr gehe, fragte wohl auch nach Tobias und ob der werdende Vater sich freue, worauf Gerlinde wahrheitsgemäß antwortete, er müsse sich noch an den Gedanken gewöhnen. Einmal verstieg sie sich sogar zu einem indirekten Lob und äußerte ihr Bedauern darüber, dass sie, Gerlinde, in absehbarer Zeit für die Dauer des Mutterschaftsurlaubs ausfallen würde, man würde ihre Arbeitskraft vermissen.

Ähnliches hörte sie natürlich nicht vom Chef. Eine Woche gab Gerlinde ihm, sich an den Gedanken zu gewöhnen, Nachkommenschaft gezeugt zu haben, eine Woche, in der er anfänglich den persönlichen Kontakt mied, Arbeitsanweisungen telefonisch oder per E-Mail schickte.

Dann aber, als habe er sich eine Strategie zurecht gelegt, begann er, sie wegen kleinster Unachtsamkeiten – ein um einen Tag divergierendes Datum in einem Anwaltsschreiben – zu tadeln, höchst ungehalten, dazu in Anwesenheit von Frau Siebenthal.

"Sie müssten doch wissen, was ein falsches Datum auslösen kann", wies er sie zurecht, "und auch das hier ..." – er warf einen Briefumschlag auf Gerlindes Schreibtisch – "der Vorname des Mandanten fehlt. Ich vermisse in letzter Zeit Ihre sonstige Genauigkeit. Das kann so nicht weitergehen!"

"Was ist denn mit dem los?", wunderte sich Frau Siebenthal, nachdem er kopfschüttelnd den Raum verlassen hatte, "sonst immer in bester Arbeitgeberlaune und jetzt so'n Gedöns um Kleinkram."

"Vielleicht hängt der Haussegen momentan schief." Gerlinde machte ein bedeutsames Gesicht. "Vielleicht hat Frau Doktor ihn bei irgendwas erwischt …?"

"Erwischt?" Frau Siebenthal, auf dem Weg zum Drucker, fuhr herum. "Sie meinen …"

"Ach, ich meine gar nichts, soll doch schon mal vorkommen … hab ich nur so daher gesagt."

"Na, Sie sind mir eine, Frau Krantz!" Frau Siebenthal verdrehte die Augen.

"Wahrscheinlich ist er auch einfach nur sauer, weil ich ab Mitte Dezember für ein paar Monate ausfallen werde."

"Aber das kann er doch nicht an seinen Mitarbeitern auslassen!"

Gerlinde zuckte mit den Schultern. Möglich, dass der Chef annahm, sie würde kündigen, wenn er ihr das Leben schwer machte, aber da hatte er sich geschnitten.

Zur Wiedervorlage der Akte Clausen ./. Oschmeyer erschien Gerlinde am nächsten Morgen in Strickstulpen über High-Heels-Stiefeln, kurzem Rock und ihrem geliebten roten Rippenpulli in Dr. Libertis Arbeitszimmer. Er telefonierte gerade, sah kurz auf und legte die Hand über die Muschel.

"Ich benötige noch Informationen, wie Sie vorgehen wollen in dieser Sache", Gerlinde hob die Akte, "damit ich den Herren schreiben kann."

Sein Zeigefinger wies auf den Schreibtisch: "Später."

Gerlinde zögerte, sein Blick zuckte auffordernd zur Tür, sie legte die Schriftstücke ab und wandte sich zum Gehen.

Blöd gelaufen, sie hätte zu gern sein Gesicht gesehen, wenn er die Akte aufschlug, sie hätte da gestanden in ihren High-Heels und ihm beim Blasswerden zugeguckt. Sie hatte ihn in der Hand, die oben liegenden Ausdrucke aus dem Internet mit der Straßenkarte von Bad Oeynhausen, Mindener Straße in Vergrößerung,

UCI-KINOWELT und daneben die Spielbank – das sprach Bände. Und dazu noch der Zeitungsartikel aus der FAZ, VERGEWALTIGUNG im Fettdruck, einfach mal so als Warnung! Er würde schon kapieren, dass er sie nicht rumschupsen konnte.

An diesem Tag bekam Gerlinde ihren Chef nicht mehr zu Gesicht. Den ganzen Tag hatte sie auf eine Reaktion gewartet, cool bleiben hatte sie sich gesagt, aber es blieb ein ganz normaler Arbeitstag. Frau Doktor hatte sie sogar freundlich angelächelt und *alles in Ordnung mit dem Baby?* gesagt, als sie sich nach der Mittagspause auf der Treppe begegneten. Anweisungen, wie sie die Wiedervorlage bearbeiten sollte, kamen per E-Mail. Auch in den folgenden Tagen keine Reaktion, keine Aufforderung, in sein Arbeitszimmer zu kommen, wo er sie zur Rede gestellt hätte bezüglich der Ausdrucke, und sie ihm noch einmal die Belege über die Bareinzahlungen ohne die erforderlichen Anhänge unter die Nase Nase gehalten und lässig gesagt hätte: Es fehlt der Verwendungszweck und es fehlen viertausendsechshundert Euro auf dem Konto des Weißen Rings, wie soll ich das Ihrer Frau erklären? Andererseits: Er schwieg und das gab ihr Recht. Er schwieg und deckte sie mit Arbeit ein, Anweisungen per Telefon oder E-Mail, neuerdings erschien Frau Jonsch des Öfteren: der Chef möchte, dass ... er fragt, ob ....

Gerlinde war sauer: Frau Siebenthal lag seit einer Woche mit einer gepflegten Grippe zu Bett, und sie trug sein Kind im Bauch rum und sollte sich doppelt schlagen! Sie fühlte sich schlecht, der Rücken tat weh, am Morgen war sie statt zu frühstücken mehrfach zur Toilette gerannt, obwohl die Übelkeitsphase ab dem fünften Monat eigentlich beendet sein sollte, Roxana hatte ihr ein Brot geschmiert und einen Apfel eingepackt. Und jetzt stand Frau Jonsch da und legte einen Aktenstapel auf ihren Schreibtisch. Auf dem Deckel der Vermerk: Dringend! In Rot. Die Farbe genügte. Sie würgte, hielt sich die Hand vor den Mund und rannte raus, quer durch's Foyer zur Toilette, vorbei an einem wartenden Klienten. Stress, dachte sie, nur Stress, ich habe heute doch noch gar nichts gegessen! Sie ließ Wasser in ihre Hände laufen und drückte ihr Gesicht hinein, bis sie sich beruhigt hatte.

Auf dem Weg zurück kam Frau Jonsch ihr entgegen.

"Ich habe mit dem Chef geredet, wenn es Ihnen so schlecht geht, sagt er, sollten Sie für heute nach Hause gehen."

"Danke, Frau Jonsch, ich will aber vorher noch die Kontenbearbeitung vom Tisch haben, sonst fange ich morgen wieder von vorn an."

Es muss sich was ändern, dachte sie. Vielleicht hat Roxana eine Idee dazu.

Hatte sie, als Gerlinde am Abend mit ihr darüber sprach.

Zwei Tage später beim Kontrolltermin klagte sie ihrer Frauenärztin, wie unangenehm das Arbeitsklima geworden sei, seit sie ihrem Chef eröffnet hatte, dass er der Vater des Kindes war, gezeugt auf einem Kongress in Berlin, wo er sie auf ihr Zimmer begleitet hatte, weil sie sich schlecht gefühlt hatte und zusammengebrochen war, und auf dem Zimmer hatte er mit ihr schlafen wollen und sie war zu schwach gewesen, ihn daran zu hindern. Nun drangsaliere er sie, tadle ohne Grund ihre Arbeit und lade ihr immer mehr auf, die Arbeit ihrer erkrankten Kollegin müsse sie auch noch erledigen. Seiner Frau habe er sicher nichts darüber erzählt, denn sie sei zugänglicher geworden, seit sie mitgekriegt hatte, dass sie, Gerlinde, schwanger war. Jeden Morgen müsse sie sich überwinden, ins Büro zu gehen, die morgendliche Übelkeit sei schlimmer geworden, sie wolle sich auf ihr Kind freuen können, aber bei dem Stress, dem sie täglich ausgesetzt sei, habe sie negative Gefühle, die sich auf das Kind übertragen könnten.

Es kam, wie Roxana vorausgesagt hatte: Mit einem Attest über Arbeitsunfähigkeit in der Tasche ging Gerlinde nach Hause.

"Siehst du, geht doch! Das muss gefeiert werden." Roxana hieb die Faust in die Luft und schürzte die Lippen. "Du wirst sehen, dein Herr Doktor wird sich einer Vaterschaftsklage nicht aussetzen, allein schon wegen deiner unterschwelligen Drohung, dass du weißt oder vermutest, wo die fehlenden Gelder geblieben sind. Ich glaube nicht, dass er wartet, bis das Kind da ist."

"Vielleicht hat er Schiss, dass ich meine Entdeckung seiner Frau stecke, und das könnte ich ja jederzeit tun."

"Wie auch immer: Wir feiern jetzt eine Bettparty mit Champagner, ich lauf schnell zum Aldi und besorge uns einen!"

Der Champagner floss. In Kehlen, auf Brust und Bauch, wo er gierig aufgeschlürft wurde, aufs zerknitterte Laken, auf Tobias, der aufgewacht war und zwischen ihren Brüsten wieder einschlief.

"Du bekommst ein Brüderchen", flüsterte Gerlinde ihm zu. Das stimmte zwar so nicht, aber es war egal.

Alles lief nach Plan.

TEIL II

LUISA

Luisa schob die Akten zusammen und sah auf die noch ungeöffnete Post, dann auf die Uhr. Kurz nach Eins. Sie stand auf, schnell ins Da Franco gegenüber? In der letzten Zeit hatte sie es gemieden, wollte Gerlindes Bauch-Vorführung nicht auch noch in der Mittagspause sehen, ihre selbstzufriedenen Mundwinkel, die seitlichen Blicke. Doch heute fehlte sie schon den dritten Tag, seit Robert sie letzte Woche nach Hause geschickt hatte. "Sie fühlte sich nicht gut und musste sich dauernd übergeben", hatte Frau Jonsch ihr erklärt. Das Sich-nicht-gut-Fühlen schien sich zu verlängern.

Sie griff nach dem Brieföffner und setzte sich wieder. Rechnungen, eine Einladung zu einer Vernissage im Stadtmuseum, die Anfrage einer potentiellen Mandantin. Noch ein Umschlag, Absender eine Frau Dr. Halberstein. Ein Attest: Frau Krantz sei der Belastung an ihrem Arbeitsplatz physisch und psychisch momentan nicht gewachsen und sei für Dauer der Schwangerschaft arbeitsunfähig geschrieben.

Das war ein Ding! Arbeitsunfähig! Der Belastung nicht gewachsen! Physisch und psychisch! Luisa kochte.

"Wieso psychisch, Robert?" Sie warf ihm das Attest auf den Schreibtisch. "Wer drangsaliert sie denn? Das bedeutet, sie wird die restlichen drei Monate bis zur Entbindung ihr volles Gehalt beziehen inclusive Weihnachtsgeld, anschließend noch acht Wochen Mutterschutz. Ich hatte den Eindruck, dass es ihr gut geht."

Sie hielt inne. Robert warf einen Blick auf das Attest, schnaufte und schwieg.

"Hat sie dir gegenüber geäußert, dass es ihr schlecht geht? Nun sag doch was!"

"Nun ja, es war viel Arbeit in den letzten Wochen, dazu Frau Siebenthal krank, vielleicht war ich manchmal auch zu ungeduldig, vielleicht hat sich aber auch nur ihre Psyche unter der Schwangerschaft verändert oder ihre Hormone spielen verrückt – ach, keine Ahnung, was in der Frau vorgeht." Er war aufgestanden und fasste sie am Ellenbogen. "Komm, lass uns essen gehen, drüben, wir wollen das erstmal vergessen." Er holte ihren Mantel. "Wir werden eine neue Kraft einstellen, vielleicht will Frau Krantz, wenn das Kind erst mal da ist, ja sowieso aufhören."

Luisa sah ihn zweifelnd an.

"Die ist zu ehrgeizig, um wegen ihres Kindes den Beruf aufzugeben. Außerdem: Wie soll sie sich und das Kind ernähren? Allerdings ist da ja noch ihr Freund, der Tobias. Er müsse sich noch an den Gedanken gewöhnen, Vater zu werden, hat sie mir gesagt."

"Das hat sie dir gesagt?" Sein Lachen klang spöttisch. "Tobias ist der kleine Sohn ihrer Freundin Roxana, hast du das noch nicht mitgekriegt?"

„Und wer ist dann der Schwängerer?"

Robert hob die Schultern. "Wer weiß schon, wie viele sie in ihr Bett lässt."

"Na ja, einer genügt schon fürs Schwangerwerden. Sie hat sich verändert in den letzten Monaten, tritt selbstbewusster auf, so, als sei ihre Schwangerschaft eine Leistung."

In der Nacht wurde sie wach und konnte nicht wieder einschlafen. Ein übler Traum! Ihr Vater, Gerichtspräsident im Traum und im wahren Leben, hatte Recht gesprochen. Angeklagt war eine Frau, die ihrem Mann nach acht Schwangerschaften immer noch keinen Sohn geboren hatte, Luisa als die Verteidigerin hatte kein einziges Argument zugunsten ihrer Mandantin gefunden. Sie hatte da gestanden vor dem hohen Gericht, in ihrer schwarzen Robe, die Hilfe suchenden Blicke der Frau auf sich gerichtet, plötzlich die Augen ihrer Mutter in dem blassen Gesicht erkannt, geschwiegen und geschwiegen, bis der Herr Präsident den Hammer fallen ließ: Lebenslänglich! Das Geräusch hatte sie hochfahren lassen.

Soviel Wahrheit!

Deshalb hatte sie, die älteste von sechs Geschwistern, mit siebzehn beschlossen, keine Kinder haben zu wollen. Nach ihr gebar ihre Mutter zwei Mädchen, Zwillinge, danach noch zwei Töchter, dann endlich: Der Sohn.

Noch heute sah sie das Gesicht ihrer Mutter vor sich, als der Vater beim Sonntagsfrühstück mit frohlockender Stimme weiteren Nachwuchs verkündete, und diesmal würde er männlich sein, soviel war schon mal sicher. Wie der biblische Engel bei der Verkündigung in Bethlehem war er ihr vorgekommen. Ihre Mutter hatte müde ausgesehen und mit niedergeschlagenen Augen da gesessen, wahrscheinlich war ihre Hoffnung, irgendwann in ihren Beruf als Apothekerin zurückkehren zu können, mit der erneuten Schwangerschaft gestorben. Nach der Entbindung hatte sie die Energie, die ihr geblieben war, ganz an ihren Bruder verschwendet, Felix, verzogen und gut aussehend, ein Spielertyp mit Hang zum Verschwenden.

Bei diesem Frühstück hatte Luisa die Weichen für ihre Zukunft verschoben; nie wollte sie abhängig sein von einem Mann, nie wegen der Familie berufsunfähig werden, lieber anderen helfen, sich aus Zwängen zu befreien. Kein Kunststudium also, sie würde Jura studieren und es ihrem Vater gleichtun.

Ein bisschen anders war es schon gekommen. Zwänge hatte es immer schon mal gegeben, wenn auch keine existenziellen. Bisher nicht. Sie lagen in den Umständen und – natürlich – im Gesetz. Und da war manchmal Kreativität verlangt. Aber gegen das Attest von Frau Dr. Halberstein war mit Kreativität nichts auszurichten.

Morgen sollte Frau Jonsch eine Anzeige in den Westfälischen Nachrichten aufgeben.

"Übernimm du das diesmal."

Robert legte vier Mappen auf Luisas Schreibtisch.

"Hab mal kurz durchgesehen, diese Bewerberin …", er wies auf eine rote Mappe, "scheint mir am ehesten geeignet, sechsunddreißig, Single."

Roberts Einschätzung erwies sich als zutreffend.

"Ich habe mich für Frau Anka Burscheid entschieden, Probezeit vier Monate", sagte Luisa, als sie am späten Abend von einer Sitzung des Kulturausschusses nach Hause kam, "sie bekommt eine Festanstellung, vorausgesetzt sie bewährt sich, wenn Frau Krantz nach dem Mutterschutz nicht wiederkommen sollte, ansonsten wäre es ein Interim. Was meinst du?" Sie hängte ihren Mantel in den Garderobenschrank.

Robert kam mit einem Teller aus der Küche.

"Ich habe Chrostinis gemacht, jetzt iss erst mal." Er goss Rotwein in zwei Gläser. "Ich denke, es ist okay, die Probezeit auf vier Monate anzusetzen. – Wie war die Sitzung?"

"Nichts Besonderes. Der neue Kulturreferent Thomas Ribben hielt eine Art Grundsatzrede, Bernd Kranzendorf versicherte vollen Rückhalt der CSU, der SPD und der Grünen und betonte den gemeinsamen Auftrag, den der Kulturausschuss zu verfolgen habe, die Theater stellten ihre Programme und Pläne vor. Dann gab es von Ribben noch einen Bericht über das vergangene Mozartfestival, für das er verantwortlich war. Das kommende Festival wird sich Mozarts Lieblingsinstrument widmen: der Klarinette. Hinrichsen soll wieder als Sponsor gewonnen werden."

"Hinrichsen, müsste ich den kennen?"

"Hinrichsen ist Mitglied der SPD und Ratsmitglied, hat eine große Baufirma und große Spendierbuxen und will seinen Namen Geschäfts fördernd in den Medien sehen."

Mitte November fiel in der Nacht von Samstag auf Sonntag übergangslos der Winter ein.

Luisa hatte die Schlafzimmervorhänge mit einem Ruck aufgezogen und ihre Augen sofort wieder geschlossen vor der gleißenden Helle. Unter zusammen gekniffenen Lidern glitt ihr Blick über die unter ihr liegende Winterwelt, eine Tuschezeichnung, viel Weiß, wenig Schwarz. Die zarten Äste der Ahornbäume längs der Allee nachgezeichnet in filigranem Weiß, nadelfingrig bestäubt die Tannen im Park, auf der Nachbarterrasse sprühte die Winterforsythie ihre hängenden Zweige als weiße Fontäne über die Brüstung. Verschwundene Straßen, und der Horizont weit draußen im Land mit dem weißen Feld in den Himmel aufgestiegen. Keine Menschen, kein Auto. Sonntagsruhe.

Sie sah auf die Uhr. Robert würde sicher erst am Nachmittag, wenn die Straßen geräumt waren aus Bad Oeynhausen zurück sein. Eine Schnapsidee, hundertzwanzig Kilometer weit zu fahren, nur zum Skatspielen, und um sich – und das eher nebenbei, vermutete sie – Heikos Meinung einen Mandanten betreffend einzuholen. "Ich kenne diesen Herrn auch, sprich mit mir über den Fall", hatte sie angeboten. Aber Robert hatte abgelehnt und gemeint, sie habe selbst genug zu tun, wie er überhaupt in den letzten zwei Wochen wenig zugänglich gewesen war für ihre Vorschläge oder Anregungen. "Du hörst mir ja gar nicht zu!", war sie ihn vor ein paar Tagen beim Abendessen angegangen. Er hatte da gesessen und auf seinen Teller geguckt, dann wie abwesend aus dem Fenster, abwechselnd hin und her. "Was ist los, sprich mit mir! Knabberst du an dem verlorenen Fall Brockenmeyer? Forget it!."

Er hatte ausweichend geantwortet, von Übermüdung gesprochen und war nach dem Essen im Bett verschwunden. Wir sollten Urlaub machen, nahm sie sich vor, über Weihnachten und Neujahr in die Berge, frische Höhenluft, Skilaufen.

Kurz nach Vier war er zurück.

Sie hatte ihren Lieblingstee gemacht, "Buddhas Lächeln", eine Sorte, die sie sich regelmäßig von einem Teehaus in Lippstadt zuschicken ließ, hatte mit Mandelhörnchen und Apfeltarte aus der Stadtbäckerei den Tisch gedeckt.

"Überraschung", sagte er und lächelte, stand da mit einem Strauß langstieliger Baccararosen. Sie stutzte, zog fragend die Brauen hoch, dann schlug sie sich vor die Stirn. "Lass mich raten, es sind neunzehn."

"Ich habe unseren Hochzeitstag nicht vergessen", sagte er, "und einen Umweg über den Blumenladen am Bahnhof gemacht."

Die Rosen fanden einen angemessenen Platz in einer eckig geschliffenen hohen Kristallvase, der Tee leuchtete golden in feinem Porzellan, eine Kerze wurde entzündet.

"Wie war euer Gespräch, siehst du jetzt klarer?"

Er nickte wieder und rührte den Kandis in seiner Tasse.

"Ich weiß jetzt, wie ich die Verteidigung am besten aufbaue." Wie genau, sagte er nicht, sie hakte nach, er blieb im Ungefähren, sie wechselte das Thema und sprach vom Dringend-Urlaub-Machen. "Wir könnten wieder ins Engadin fahren wie letztes Jahr, was meinst du? Frau Jonsch wird sich morgen gern um die Buchung kümmern, vorgestern meinte sie zu mir, du seiest überarbeitet."

"Lass uns nächste Woche darüber reden, wenn ich den Prozess hinter mir habe."

Was war so schwierig an diesem Mandat, dass Robert nicht an Urlaub denken mochte, bevor der Fall abgeschlossen war? Ein Fachanwalt für Steuerrecht, der Beratung brauchte für einen ganz normalen Fall von Steuerhinterziehung!

"Komm, lass uns eine Partie Schach spielen, das lenkt dich ab."

Die erste Partie endete mit einem Patt, die zweite verlor er krachend – *du bist unkonzentriert, Robert* – ein Remis lehnte er ab. Luisa räumte den Teetisch ab, er schaltete den Fernseher an. Tagesschau, danach Kabarett.

Später, im Bett, neben ihm liegend, sah sie sich vor neunzehn Jahren, sie war fünfundzwanzig, eine dunkelhaarige Schönheit in weißen Spitzen wie Meerschaum, an der Seite eines sechsunddreißigjährigen, erfolgreichen Wirtschaftanwalt aus begütertem Elternhaus, sie selbst Anwärterin auf eine glänzende Karriere. Gemeinsam hatten sie die Kanzlei aufgebaut und waren an prominenter Stelle in das politische und kulturelle Leben der Stadt eingebunden, nie hatten sie einen Prozess verloren. Bis auf Brockenmeyer letzte Woche. Das musste Robert getroffen haben. Setzte ihm wohl immer noch zu.

Sie drehte sich zur Seite und tastete nach seiner Schulter.

"Du kannst auch nicht schlafen?" Ihre Hand strich über seine Brust, schob sich unter sein Shirt. "Neunzehn Jahre...", flüsterte sie, "liebst du mich noch?"

Er antwortete nicht und sie schlängelte sich unter seine Decke, ihre Beine umfingen die seinen.

"Nun sag schon, oder weißt du es nicht?" Sie vergrub ihr Gesicht an seinem Hals.

"Hab nie damit aufgehört, glaub mir, was auch immer passieren wird …", murmelte er und schob sich über sie.

Was kann uns schon passieren, wenn wir uns lieben, hatte sie in diesem Moment mehr gefühlt als gedacht. Zehn Minuten später: Robert hat seinen Misserfolg immer noch nicht verwunden. Oder er ist zu müde. Er hatte sich auf den Rücken zurückfallen lassen, und sie hatte seinen Bauch gestreichelt und macht doch nichts ins Dunkel gesagt.

Robert sagt: "Das Kind von Frau Krantz …" – er stockt und holt Luft – "der Vater bin ich."

Luisa rührt sich nicht, ihre linke Hand liegt auf seinem Bauch, sie fühlt die warme Haut unter ihren Fingern, während ein Fremder zu ihr spricht. Der Fremde erzählt ihr eine Geschichte aus einem Groschenroman.

Ob er die Frau bedrängt habe, ob der Sex einvernehmlich gewesen sei.

Eine Ader in seiner Hüftbeuge klopft unter ihrem Mittelfinger, ihre Hand zieht sich zurück. Sie fühlt seine Hand, die nach der ihren tastet.

Warum er kein Kondom benutzt habe, fragt sie und ob er der Frau etwas versprochen habe.

Er antwortet, stockend, hastig, wütend.

Sie ist kühl und sachlich, ihr Blick ist zur Decke gerichtet, weiß schimmert sie im Dunkel.

Ein Vaterschaftstest habe statt gefunden, hört sie ihn sagen, er müsse sich seiner Verantwortung stellen.

Wie er sich das vorstelle?

Er wisse es nicht.

Noch nicht? fragt sie.

Nächste Woche vielleicht.

Danach schweigen sie.

Nach einer halben Stunde: Luisa drückt auf den Schalter der Nachttischlampe, steht auf und geht ins Bad, füllt Wasser in ein Glas und nimmt eine Schlaftablette. Für dich auch eine?
Robert nickt.

Der Morgen danach brachte ihr den Absturz, den sie in der Nacht nicht wahrgenommen hatte. Der Alarmruf des Weckers katapultierte sie in die Realität.
Sie war allein.
Robert hatte sie betrogen und seine kleine Angestellte geschwängert.
Sie fühlte sich unfähig, aufzustehen, lag auf dem Rücken und fixierte die Decke, schloss die Augen wieder und wünschte sich, traumlos absacken zu können.
Diese Vorstellung allein! Robert, auf Frau Krantz liegend, alkoholbenebelt, ruck-zuck sich abreagierend, war das ihr Mann? Vielleicht hatte er sie nicht zum ersten Mal betrogen. Nur bisher immer ohne Folgen. Vielleicht aber auch nicht. Vielleicht hatte er ein Kind oder Kinder, von denen sie nichts wusste. Kinder. Sie hatten beide keine haben wollen. Wie könnte sie diese Frau noch in der Kanzlei ertragen, sie musste verschwinden, ein Ersatz war ja schon da. Und: Was hat Robert gestern bei Heiko gemacht?
Hab nie damit aufgehört, glaub mir, was auch immer passieren wird — eine Liebesversicherung mit Vorankündigung? Passiert war, und das hatte er nicht einkalkuliert, dass er im Bett versagt hatte, weil der Vaterschaftstest ihn schuldig gesprochen hatte. Wäre das nicht passiert, so hätte er vielleicht geschwiegen, jedenfalls in dieser Situation, und vielleicht hätte er es nie gesagt alles heimlich geregelt. Die ganze Sache unter den Teppich kehren, stillschweigend zahlen. Das Kind würde es nur auf dem Papier geben. Basta. Damit könnte sie leben, musste sie leben. Punkt.
Sie quälte sich hoch und ging ins Bad, die Dusche war benutzt. Robert. Sie ging in die Küche, draußen vor dem Fenster trübes Matschwetter, auf dem Tresen ein Gedeck mit Warmhaltekanne und Brötchenkorb, sie ging ins Wohnzimmer, in sein Arbeitszim-

mer. Er war nicht da. Er entzog sich ihr, ihren Anklagen, die sie in der Nacht, wie erschlagen von seinem Geständnis und fast empfindungslos, nicht hätte formulieren können. Sie wären ohnehin zwecklos gewesen, wie auch jetzt im Nachhinein.

Noch im Morgenmantel aß sie ein Brötchen mit Marmelade und trank zwei Tassen Kaffee, schwarz. Danach noch einmal ins Bad, dann fuhr sie ins Büro, sie war spät dran.

"Ihr Mann hatte heute schon um Neun Termin bei Gericht, Frau Doktor", empfing sie Frau Jonsch, "die Betrugssache Gingenbrock./.Lahusen. Er wusste nicht, wann er zurück sein würde."

Gut so, dachte Luisa, der Betrieb muss weiter laufen. Wir kriegen das in den Griff, Robert wird mir zustimmen, diese Sache sehr diskret zu behandeln.

Ihre Hoffnung, schnell zu einer Übereinstimmung zu kommen, hatte getrogen. Es ging um ihre gemeinsame Zukunft, und Robert wollte nicht darüber reden. Die ganze Woche über hatte sie versucht, ein Gespräch in Gang bringen, ohne Vorwürfe, ohne Betroffenheitsattitüde in Blick oder Stimme – er wollte in Ruhe gelassen werden und noch nachdenken, und im Übrigen habe er gerade jetzt zwei schwierige Fällen vor der Brust.

Ich auch, dachte sie, während sie die Post durchsah, auch mich rettet die Arbeit. Zeitweilig. Sie registrierte Absender, schob Umschläge beiseite, auf dem letzten ihre Adresse, handgeschrieben. Absender auf der Rückseite: Eine Inge Schloten in Aachen. Unbekannt.

Und dann: Eine Einladung zum Klassentreffen. Von fünfundzwanzig Jahren war die Rede, ein Datum war angegeben, eine Uhrzeit, ein Restaurant in Köln. Das Marienbild, sie kannte es. Erst bei der letzten Zeile "Mit herzlichen Grüßen, Eure Inge" fühlte sie sich angesprochen. Inge, Klassensprecherin damals und ununterbrochen in den letzten drei Jahren bis zum Abitur 1985. Bestimmend und effizient.

Luisa schwang ihren Schreibtischsessel herum und setzte sich, den Brief in der Hand. Inge Schloten. Da war sie also wieder in ihre alte Rolle geschlüpft. Was wohl aus ihr geworden war. Und aus den anderen. Die Schönen von damals immer noch schön? Mit Mann und Kind? Freundschaften von damals, hatten sie gehalten? Renate fiel ihr ein. Die einzige, von der sie sich mit Lieschen hatte anreden lassen, ihrem Kindernamen aus der Grundschulzeit. Woher sie den wohl hatte. Irgendwann war sie als Neuzugang in die Klasse gekommen und sie hatten eine Weile nebeneinander gesessen. Eine so enge Freundschaft war es aber gar nicht geworden. Einige wenige Male war Luisa mittags nach der Schule bei Renate gewesen, sie lebte mit ihrer Mutter in einer engen Stadtwohnung in der Nähe, während Luisa Zug und Straßenbahn nehmen musste. Vielleicht hatte ihre Freundschaft gerade deshalb die ganze Schulzeit über gehalten, weil es keine Konflikte gegeben hatte, wie sie sich aus zuviel Nähe entwickeln können. Luisa wuchs und wuchs, bis sie die Einsachtundsiebzig erreicht hatte, Renate blieb klein und pummelig.

Was an ihr hatte sie gemocht?

Sie legte den Brief auf die Schreibunterlage, lehnte sich zurück und verschränkte die Hände am Hinterkopf. Ja, was hatte sie an Renate gemocht, sie stellte in keiner Weise irgendetwas Besonderes dar. Sie war nicht klüger als andere, schön schon gar nicht, vielleicht landläufig hübsch wie man hübsch ist, wenn man jung ist, aber das vergeht ja. Doch, in Latein war sie gut gewesen. Analytisches Denken, hatte sie nicht Chemie studieren wollen?

Luisa ließ die Arme in den Schoß fallen. Das alles war so weit weg. Und trotzdem einmal wichtig gewesen.

Sie schloss die Augen und legte den Kopf in den Nacken.

Die Abiturreise. Rom. Wie sie da beide über die Via Veneto geschlendert waren, Renate auf der Suche nach einer kleinen Umhängetasche, von der sie eine ziemlich genaue Vorstellung hatte, Luisa wie immer nach Schuhen. Zu Fendi und Armani hatten sie sich hinein getraut, in die teuersten Designerläden, und es waren viele gewesen. Geh du vor, hatte Renate gesagt, du bist eine Erscheinung, ich dackle hinterher. Tasche und Schuhe wurden schließlich in einer Nebenstraße gefunden und erstanden und gar nicht mal teuer. Natürlich waren sie mit Verspätung am vereinbarten Treffpunkt im Café Greco angekommen und wurden gerügt. Es hat etwas länger gedauert, hatte Renate gesagt und in ihren Augen hatte es spöttisch geblitzt, weil Luisa sich nicht entscheiden konnte und ich sie beraten musste. Backenaufblähen und Gegrunze bei den anderen, einverständliches Grinsen zwischen Luisa und Renate. Danach waren sie in der Toilette verschwunden und hatten sich, am Waschbecken stehend, krankgelacht über Inges erzieherische Wichtigtuerei über Pünktlichkeit im Allgemeinen und Besonderen.

Jetzt weiß ich, was ich an ihr mochte, dachte Luisa. Ihren pfiffigen Witz und trockenen Humor, mit dem sie sich auch mal selbst auf den Arm nehmen konnte, ihr Selbstbewusstsein, ihre manchmal eigenwilligen Ansichten, die sie sich nicht hatte nehmen lassen. Ob sie damit gut durchs Leben gekommen ist?

Sie nahm den Brief wieder in die Hand. Am unteren Rand rechts: Zusage erbeten bis zum 2. Dezember, Fettdruck in der Mitte: Freitag, 5. Dezember, 11°° Uhr, Marienbild, Aachener Straße 561, Köln. Brunch und open end, vielleicht Spaziergang im Stadtwald. Sollte sie hingehen? Sie gestand sich eine Portion Neugierde ein – was war aus ihnen geworden? Gelegenheit festzustellen, ob ihr Blick auf die Gemeinschaft sich verändert hatte. Konnte sie überhaupt – wovon sie noch bis vor einer Woche, bis zu Roberts fatalem Geständnis überzeugt gewesen war – recht schnell Personen und Ereignisse einschätzen, erkennen, wie jemand tickt? In ihrem Beruf von Vorteil. Im Privatleben dagegen war sie blind gewesen.

Ihr Blick wanderte zum Fenster. Was hättest du denn erkennen können? Es gab keinen Anlass, genauer hinzusehen, nichts, was mich misstrauisch gemacht hat. Sie funktioniert, diese Person, ist immer freundlich, fleißig, zuverlässig, klagt nicht wegen der Überstunden, ist immer einsatzfähig, eine echte Stütze. Sie hat sich beinah unentbehrlich gemacht. Als ob sie es drauf angelegt hätte.

Wieso?

Luisas Gedanken hakten sich fest an diesem Wieso. Wieso hatte Frau Krantz ihr so oft gesagt, wie sehr sie sie bewundere, ihren Erfolg als Anwältin, ihre Position als Ratsmitglied, als Vorsitzende des Weißen Rings, ihr apartes Aussehen, ja sogar ihren modischen Geschmack und ihre Stilsicherheit in der Einrichtung der Wohnung? Konnte sie das beurteilen, hatte sie überhaupt eine Ahnung von Stil, gleich welchen Genres?

Sie hatte dieses Gerede immer als Versuch empfunden, in ein Arbeitsverhältnis etwas Persönliches einzubringen, fast schon als Anbiederei. Wie auch die Gespräche, die in die Rubrik Von Frau zu Frau gehörten, d.h. Gerlindes Versuche, solch ein Gespräch zustande zu bringen. Ihre Anfälle von Vertraulichkeit, im Bistro nebenan, wo Luisa sie gelegentlich zu einem Mittagsimbiss eingeladen hatte, und wo einmal auch ihre Freundin Roxana auftauchte, ein hübsche Person mit dunklem Pagenkopf, einen Kaffee bestellte und dann gleich wieder weg musste. Irgendeine Vorlesung oder so etwas. Gerlinde hatte gesagt, wie gut sie sich verstünden und dass sie s-o-o froh sei, bei ihr zu wohnen, hatte über ihren kleinen Sohn gesprochen, der s-o-o niedlich sei und über Privates. Frauensachen, Unterleibsgeschichten vom Eisprung, den sie genau spüren könne. Luisa hatte *so so* gesagt und *wie denn?*, nicht, weil es sie wirklich interessierte. Gerlinde sagte, sie spüre einen Schmerz, manchmal nur kurz, manchmal länger. *Hilfreich für eine Familienplanung* hatte Luisa das Gespräch beendet, auf die Uhr gesehen und *wir müssen* gesagt.

Alles war Planung gewesen und sie, Luisa, Teil dieses Plans. Die Terminierung des Prozesses Kilian gegen Kilian hatte Luisa auf Anregung von Frau Jonsch hinaus geschoben, sicher angestoßen durch Frau Krantz, sodass sie Robert nicht zum Kongress hatte begleiten können. Zu dem er zunächst gar nicht wollte. Warum nicht? Und warum dann plötzlich doch? Sie war so beschäftigt gewesen mit ihrem Fall, dass sie seinen plötzlichen Sinneswandel nicht hinterfragt hatte, ... und wenn ... was ...

Abrupt stieß sie den Sessel zurück und stand auf. Ihr Mann hatte sie betrogen, klare Sache, und er hatte gestanden, und die Folgen seines Betrugs waren sichtbar. Und nicht rückgängig zu machen.

Eine Weile stand sie am Fenster, lehnte die Stirn gegen die Scheibe und starrte hinaus in den leeren Novemberhimmel. Dann hinunter. Hinterhofwege, gepflastert, eingestreute Rasenflächen mit Büschen und Sitzbänken, ein Spielplatz mit Rutsche, Sandkasten und zwei Kindern, die an einem blauen Plastikeimer zerrten, hin und her und her und hin, bis eines losließ und anfing, das andere mit Sand zu bewerfen. Geschrei, das bis zu ihr hinauf drang.

Sie schlug mit der flachen Hand gegen die Scheibe, ging zurück an den Schreibtisch und hieb eine Zusage an Inge Schlotens E-mailadresse in die Tasten des Computers.

Am fünften Dezember schüttete es, als wolle der Himmel sich auskotzen. Kein Reisewetter, hatte Robert gemeint und Egal, ich habe zugesagt, hatte Luisa geantwortet. Außerdem brauchte sie Tapetenwechsel. Die Wochenenden waren quälend, sie gingen sich aus dem Weg, seit Robert ihr vor drei Tagen seine Absicht mitgeteilt hatte, die Vaterschaft anerkennen zu wollen. Aus dem, was er zunächst nur als Möglichkeit angedeutet hatte, war ein Entschluss geworden, der ihr den Boden ruckartig unter den Füßen weg gezogen hatte. Sie fühlte sich verraten, dann wieder fühlte sie sich schuldig, ohne zu wissen wofür, hilflos und wütend zugleich, wusste nicht, gegen wen sie ihre Wut richten sollte, durfte es ohnehin nicht, um nicht alles noch schlimmer zu machen. Der Berufsalltag musste routiniert ablaufen, Schwächen konnte sie sich nicht leisten, Frau Krantz nicht rausschmeißen, ihren Mann nicht anbrüllen, nicht grübeln, jedenfalls nicht am Schreibtisch oder bei Gericht. Sie fühlte sich in ein falsches Leben gestoßen, eine Lösung nicht in Sicht. Die Konsequenzen einer Vaterschaftsanerkennung – sie mochte kaum darüber nachdenken – waren vielfältig, das Schlimmste, Öffentlichkeit, musste vermieden werden.

Sie schaltete den Scheibenwischer auf Turbo und nahm den Fuß vom Gas. Grübeln am Steuer bei Sauwetter – besser nicht. Sie drückte die CD-Taste. Piano-Jazz. Thelonious Monk, Dave Brubeck, Bill Evans, Oscar Peterson. Den hatten sie bei der Abiturreise im Alexanderplatz Jazz Club an der Via Ostia life erlebt, sie und Renate, nach der geschichtsträchtigen Führung am Nachmittag über die alte Via Ostia das pralle Musikleben der Gegenwart am Abend. Das war's! Warum hatte sie sich daran nicht gleich erinnert? Das war es, was sie miteinander verbunden hatte! Die Begeisterung für Jazz. Das Jazzkonzert in der Messehalle im Jahr davor, Dizzy Gillespie mit der abgeknickten Trompete und seinen monströs aufgeblasenen Backen! *Gillespie pouch, der Fachbegriff, den die Medizin nach diesem Phänomen geschaffen hat*, war am nächsten Tag in der Zeitung zu lesen gewesen.

Sie schaltete den Scheibenwischer zurück und drückte wieder aufs Gas. Tempi passati – aber sei's drum: Heute war ein Tag des Erinnerns und des Wiedersehens, und den wollte sie genießen.

Beim Betreten des Raums – ein Stau am Heumarer Dreieck hatte sie fast eine halbe Stunde gekostet – registrierte sie: Stimmengewirr, lautes Lachen, mehrere in Gruppen gedrängt bei einander Stehende, Sektgläser in Händen, eine gedeckte Tafel in U-Form Ein Ober war hinter ihr eingetreten, sie überließ ihm Mantel und Schirm.

"Luisa!"

Jemand berührte ihren Arm, sie wandte sich um. "Da hab ich dich doch gleich wieder erkannt, nach fünfundzwanzig Jahren, stell dir vor, sogar von hinten hab ich dich erkannt, an deinen Haaren!"

Inge Schloten stand da und lächelte.

"Inge!" Luisa streckte ihr die Hand entgegen. "Na so was! An meinen Haaren?"

"Ja! Immer noch so füllig und immer noch so rabenschwarz ... schau mich an."

Eine Dame, gut und teuer angezogen, Kostüm, Schottenkaro grün, zweireihige Leiste, goldfarbene Knöpfe. Bogner vielleicht. Und edelstahlgraue Haare mit zartem Blauschimmer, kinnlang, sorgfältig toupiert.

"Edel, dein Grau", lächelte Luisa zurück, "sehr seriös. Was machst du beruflich? Jura wie beabsichtigt?"

"Später, Luisa! Später erzählen wir. Jetzt erst mal zu einem Begrüßungsschluck mit den anderen!"

Wochen später, jedes Mal, wenn sie über dieses Treffen nachdachte, war sie sich des sezierenden Blicks bewusst, mit dem sie die Gesellschaft, deren Teil sie einmal gewesen war, wahrgenommen hatte. Charaktere, die sie glaubte, heute besser einordnen können. Wie sie Gesten und Eigenheiten wieder erkannte, nun deutlicher ausgeprägt als damals. Am Tisch beim Essen sitzend, nach ausgiebiger Begrüßung mit Hallo und Wiedersehens-Getue und erstem Austausch von Lebensumständen, hasste Luisa sich fast für ihren Zwang zur Beobachtung, unterwarf sich ihm aber dennoch. Ute, immer noch exzessive Raucherin, deren markante Züge anfingen ins Grobe abzudriften, Marianne, klein und klug, witzig wie immer, aber mit um Aufmerksamkeit buhlendem Blick in die Runde deutlich um Anerkennung bemüht. Waltraud, die große, schmale, damals so aparte junge Frau, heute mit dauergewellten Kräusellöckchen über der hohen Stirn – irgendwie lächerlich. Und Inge! Nahtlos war sie in ihre alte Rolle geschlüpft, dirigierte die Getränkebestellung, die Vorab-Auswahl der Menus, ihr Kopf mit der spraybehandelten Betonfrisur nickte bestätigend kurz und abgehackt bei positivem Bescheid, schüttelte sich ebenso beim Gegenteil unter der Aufsicht des erhobenen Zeigefingers.

Nein, das Studium und die Absicht ihren Dr. jur. zu machen hatte Inge schon während des ersten Semesters aufgeben und stattdessen ihren Dr. jur. geheiratet, nachdem die Zeichen für eine Familiengründung günstig und unübersehbar wurden. Drei Söhne und eine Tochter hatte sie ihrem Mann geschenkt – Luisa registrierte amüsiert diese Formulierung aus ihrer gemeinsamen Klosterschulzeit – und jetzt hatte Inge vollauf zu tun mit der Familie, weniger mit den Hauhaltsarbeiten, dafür gab es eine Festangestellte. So konnte sie ihrem Mann, Ministerialrat im Finanzministerium, gelegentlich Schreibarbeiten abnehmen.

"Dann bist du ja voll ausgelastet und geübt im Organisieren, wie früher. Bei Kindern kann ich nicht mitreden, stattdessen habe ich meinen Beruf. Aber sag mal ...", Luisas Blick schwenkte durch den Raum, "ich vermisse Renate. Kommt sie nicht?"

"Doch, doch, sie schrieb mir, dass sie wegen eines anderen Termins etwa zwei Stunden später käme. Zum Nachtisch sozusagen."

Der kam dann bald, eine himmlisch-sündige Mousse-Kreation in Schwarz-Weiß mit einer Früchte-Selektion in Rot. Fahnenfarben, dachte Luisa, Bekenntnisse zum Vaterland, Bekenntnisse zur Vaterschaft – Herrgott, ich will jetzt nicht daran denken!

Sie stand auf und ging ins Vestibül. Die Toilettentür mit dem in Gold gefassten D. Gepflegter Schick mit großem Spiegel und einem echt aussehenden Blumenarrangement, drei Kabinen.

Eine Weile saß sie da hinter der geschlossenen Tür, den Ellenbogen auf dem Knie, das Kinn in die Faust gestützt und fühlte sich wie auf der Flucht. Geflohen in ein *Weißt du noch?* Meistens waren es Erinnerungen an Vorkommnisse, wie es sie nur auf Klosterschulen geben konnte, etwa an Mutter Direktorin und ihr unvermittelter Auftritt im Sportunterricht, um unzüchtige Outfits zu kritisieren, dieselbe Nonne, die sich durch allgemeine Lebensfragen – und daran mangelte es ihnen nie – leicht von ihrem Unterrichtsfach der Mathematik ablenken ließ und, einmal von vorgeblich interessierten Schülern angezapft, die ganze Mathematikstunde verquatschte und sie im Klassenbuch als Lebenskunde vermerkte.

Manches hatte Luisa vergessen, und beim Erzählen war dann doch so etwas wie ein Gemeinschaftsgefühl in ihr hochgekommen. Solange, bis Sonja angefangen hatte, Familienfotos kreisen zu lassen, Vater, Mutter, Kinder, abgeknipst im Garten oder sonst wo – *mein Gott, hast du hübsche Kinder! kein Wunder, bei so einer Mutter!* Klar, Sonja war die Klassenschönheit gewesen, da wollte dann kaum einer nachstehen und immer mehr Fotos wurden herumgereicht, sie wusste dann schon gar nicht mehr, von wem sie kamen. Lauter fremde Menschen, die sie nicht die Bohne interessierten, Schwiegermütter, Onkel und Tanten mit den Sprösslingen in verschiedenen Altersstufen, Mielchen – Emilie, schon beim Abitur in anderen Umständen – konnte sogar mit ihrem ersten Enkelsohn aufwarten.

Ob Renate auch Kinder hatte?

Sie zog die Toilettenspülung und ging in den Vorraum zurück, um sich die Hände zu waschen. Der neumodische Sensor des Wasserhahns reagierte nicht und sie sah zu der Frau hinüber, die daneben stand und ihre Hände unter dem Trockner rieb. Der Luftstrom stoppte, die Frau drehte sich um und Luisa blickte in ihr Gesicht, und dann fing sie an zu lachen, auch die andere lachte, und auf einmal war es ihnen, als seien sie wieder im Café Greco auf der Via Veneto in Rom und lachten sich schlapp über erzieherische Wichtigtuer.

"Renate, wie oft haben wir früher an einem Waschbecken nebeneinander gestanden ...",

"... und da sehen wir uns nach fünfundzwanzig Jahren ausgerechnet an einem solchen wieder", ergänzte Renate.

Luisa streckte die Hände aus: "Wie schön, dich zu sehen, hab dich schon vermisst. Lass dich ansehen."

"Und was siehst du, Luisa? Die Pfunde, die ich zugelegt habe? Meine raspelkurzen Haare?"

Ja, Renate hatte sich schon verändert, das jugendlich Pummelige hatte sich ins eher Schwergewichtige stabilisiert, das runde Gesicht mit Wangen, die anfingen, über die Kinnlinie hinab zu driften, im Kontrast dazu die jung wirkenden, extrem kurzen weißblonden Haare.

"Und deine Augen, liebe Renate! Immer noch sprühend und ein bisschen spöttisch, wenn du dich selbst aufs Korn nimmst. Komm, gehen wir zu den anderen."

Ein großes Hallo gab es für die zu spät Kommende nicht mehr. Renate ging von Platz zu Platz, schüttelte Hände, hin und wieder eine kurze Umarmung und ein paar Worte. Am Ende der Tafel setzte sie sich auf den einzig noch freien Platz, Luisa tauschte den ihren mit Sonja, die sich immer noch in Bewunderung sonnte.

Es war eine längere Geschichte, die Renate zwischen der nachgeholten Vorspeise und dem sündigen Dessert erzählte, auf den Hauptgang verzichtete sie unter Hinweis auf ihre Pfunde und die fortgeschrittene Zeit.

Ja, sie hatte tatsächlich Chemie studiert, ein langes Studium, das sie mit Jobs finanziert und mit schlafarmen Nächten durchlitten hatte. Zunächst mit Kneipenkellnerei, dann mit Nachhilfeunterricht, ein paar Putzjobs bei allein stehenden älteren Damen, Babysitting, was ihr am angenehmsten gewesen war, weil sie die Zeit zum Lernen nutzen konnte. Bei einem dieser Putzjobs hatte sie den Enkel der alten Dame kennen gelernt, BWL-Student im vorletzten Semester, ein langer Schlacks mit lustigen Augen, der sich am Wochenende liebevoll um seine Großmutter kümmerte.

"Und so kam noch zu dem ganzen Stress mit Studium und Geldverdienen die Verlieberei dazu", sagte Renate, "was mich ein zusätzliches Semester gekostet hat, weil ich nicht genug Zeit zum Lernen hatte. Nach Karls Abschluss haben wir geheiratet und er hat bei einer Bank angefangen. Ich habe mein Studium zu Ende gebracht und anschließend anderthalb Jahre in Leverkusen bei Bayer Health Care im Bereich der Pharma-Forschung gearbeitet. War hochinteressant." Sie machte eine Pause. "Ja, und dann ...", Renate seufzte energisch, "wurde ich schwanger, unser Sohn Thomas wurde geboren, und alles hat sich geändert."

Nach dem Ende des Mutterschaftsurlaubs hatte Karl gemeint, Renate brauche nicht wieder in den Beruf zurück, er verdiene sehr gut und wolle nicht, dass sein Sohn bei Pflegemüttern herumgereicht werde, und ein Einzelkind solle er ja auch nicht bleiben. Familie sei ein hoher Wert, der zu pflegen sei.

"Da hatte Karl das Lustige in seinen Augen, die ich einmal so anziehend fand, schon verloren. Pflicht und Verantwortung stand drin, in Großbuchstaben. Und Tadel, als ich mich seiner Maßgabe nicht gebeugt habe."

Es kam, wie es vorgezeichnet schien und endete mit der Scheidung, Einzelheiten wollte Renate nicht breit treten. Der kleine Thomas war seiner Mutter zugesprochen worden, sie hatte ihn allein großgezogen. Auch er hatte sich gerade für ein Chemiestudium entschieden. "Und du? Hast du Kinder?"

"Wir wollten beide keine", erwiderte Luisa und wich Renates fragendem Blick aus. Nach allem, was passiert war, war sie sich dessen nicht mehr so sicher. Sie schwieg einen Moment.

"Und? Was ist, warum zögerst du?"

Sie sah Renate an, ihre alte Schulfreundin, die einen Sohn geboren hatte, und deren Mann ihr den Beruf hatte nehmen wollen und sah ihren eigenen Mann vor sich, im Ehebett, wie er sich von ihr herunterrollte ... tut mir leid, ich kann im Moment nicht ..., um ihr dann den Grund für seine Potenz hemmenden Probleme zu gestehen, und plötzlich wurde sie wütend und stieß es heraus: "Mein Mann ist jetzt Mitte Fünfzig und wird demnächst ein Kind bekommen."

Renate riss die Augen auf und beugte sich mit prüfendem Blick auf Luisas Taille vor. Dann lehnte sie sich kopfschüttelnd wieder zurück.

"Nicht von mir, Renate, nicht von mir, bin ja wohl nun auch zu alt."

Es tat ihr gut, nun endlich reden zu können, einen Zuhörer zu haben, der nicht zu ihrer unmittelbaren Umgebung gehörte und es herumtratschen könnte. Es floss aus ihr heraus, zunächst die Wut angesichts der Situation, in die Roberts nicht zu verzeihende Unbeherrschtheit sie und ihr ganzes Leben gebracht hatte und unwiderruflich verändern würde. Dann ihre Wut auf sich selbst, auf ihre Blindheit angesichts der Zeichen, die sie übersehen oder falsch interpretiert hatte. Und schließlich ihre machtlose Wut auf Gerlindes Niedertracht, ihre Falschheit, ihre Berechnung, ihren unterschwellig zur Schau getragenen Triumph. Es fiel ihr schwer, ihre Erregung im Griff zu behalten.

"Ich weiß nicht, was ich tun soll, Renate, zum ersten Mal in meinem Leben bin ich ratlos. Nicht nur das; ich kann nicht arbeiten, ohne ständig daran denken zu müssen, wir haben eine gemeinsame Kanzlei, jeden Tag sehe ich diese ... diese ... ", sie rang nach Luft und nach einer treffenden Bezeichnung und *diese Person* stieß sie endlich heraus, obwohl ihr *Schlampe* auf der Zunge gelegen hatte. Doch das war nicht ihr Vokabular.

"Du solltest für eine Weile die Umgebung wechseln, Luisa. Verreisen, dich ablenken."

"Wie das? Ich habe noch ein paar Fälle abzuwickeln, eine Scheidung, eine Erbstreitigkeit, eine Vaterschaftsklage ..., ach Gott, gerade jetzt, passt alles wunderbar ins Ambiente ..."

"Kann dein Mann das nicht übernehmen? Die Vaterschaftsklage meine ich. In der Situation eines werden wollenden Vaters wird er sicher überzeugend argumentieren können."

Luisa rang sich ein müdes Lächeln ab. "Du hast recht, Renate, soll er das doch machen. Und meinetwegen auch die Scheidung." Mit einer Kopfbewegung wies sie zum Fenster, auf den Scheiben rannen Regengüsse und suchten sich in Bächen verzweigend ihren Weg. "Und ich flüchte irgendwohin, wo die Sonne scheint. Auf die Kanaren vielleicht."

"Mir kommt da eine bessere Idee", sagte Renate, "wie würde dir der Tegernsee gefallen?"

"Der Tegernsee?" Luisa hob die Schultern.

"Ich besitze da eine Pension, ein kleines Hotel Garni dicht am See und mit wundervollem Blick auf den Wallberg. Ich lad dich ein. Bleib für ein paar Wochen und komm zur Ruhe. In dieser Umgebung kann man wunderbar abschalten. Weiß ich aus eigener Erfahrung."

Renate hatte nach ihrer Scheidung nicht in Köln bleiben wollen und war mit der Aussicht auf eine neue Arbeit nach München gezogen. Tatsächlich fand sie eine Anstellung als Chemikerin in einem Biotechnologie-Unternehmen in Martinsried. Dort hatte sie an der Entwicklung neuer Wirkstoffe für Erkrankungen mit einem hohen medizinischen Bedarf gearbeitet.

"Und ich fand Hannes Himmerich", fügte sie hinzu, "oder soll ich sagen: Er fand mich? Er war, beziehungsweise ist immer noch Immobilienmakler und vermittelte mir eine Wohnung in Sendling. Ich hab ihn im Café Luitpold kennen gelernt, ein piekfeiner Laden, nichts für meinen quengelnden Fünfjährigen, der ständig herumrannte und auf den Spielplatz wollte. Und dieser Herr Himmerich am Nachbartisch hat es fertig gebracht, ihn mit einem Kartenspiel, Uno oder Mau Mau – ich weiß nicht mehr so genau – auf dem Stuhl zu halten."

"Ein Immobilienmakler, der ein Kartenspiel in der Tasche mit sich herumträgt? Hoffentlich kein Taschenspielertrick, sich an Frauen heranzumachen?"

"Na ja, ich weiß nicht, Luisa, ein Macho war er schon, aber das wusste ich damals noch nicht. Und natürlich habe ich ihn gefragt, ob er das immer bei sich hat und im passenden Moment zum Einsatz bringt. Und habe dann erfahren, dass er das Wochenende mit seinem Sohn verbracht hat. Auch ein Scheidungskind, drei Jahre älter als mein Thomas. Wir haben jedenfalls zu dritt Karten gespielt und Thomas mochte ihn. Ich auch. Und dann hat er diese Wohnung für mich gefunden. Vorübergehend."

Sie schwieg, ihr Mundwinkel verzog sich.

"Sehe ich Resignation?", hakte Luisa nach, "wieso vorübergehend?"

"Wir kamen uns näher, auch, weil er sich mit Thomas hervorragend verstand. Nachdem ich mich in der Firma gut eingearbeitet hatte, gut verdiente und eigentlich auch selbstständig gut zurechtkam, bin ich auf sein Angebot eingegangen, zu ihm in die Adalbertstraße zu ziehen. So war ich eine Art Mutter für seinen Oliver, wenn der turnusmäßig oder in den Ferien bei seinem Vater war, und er war ein Vater für meinen Tommy. Wir haben sogar geheiratet, das vereinfachte manches, und natürlich mochten wir uns auch, allerdings ohne dass es eine wirkliche Liebe gewesen wäre. Andernfalls hätte ich über seine Seitensprünge nicht Jahre lang hinweg sehen können. Aber die Details ...", sie schüttelte den Kopf, "erspare ich uns jetzt, das übliche banale Herumeiern, anfangs noch Entschuldigungen und Beteuerungen, wenn es mal wieder passiert war, bis er sich schließlich nicht mehr bemüht hat, seine Eroberungen vor mir zu verbergen. Das war erniedrigend. Ich musste weg von ihm. Schlimmer aber war, dass ich meine Arbeit bei der MorphoSys AG aufgeben musste. Mein Leben hat sich total verändert."

Durch den jahrelangen Umgang mit toxischen Substanzen hatten sich ihre Leber- und Nierenwerte bedenklich verändert. Augenreizungen und zunehmend empfindlicher reagierende Atemwege hatte sie zunächst ignoriert; als dann aber das Blutbild alarmierende Veränderungen zeigte, wurde es Zeit, über eine andere Tätigkeit nachzudenken.

"Das Risiko, an Virusinfektionen zu erkranken", sagte Renate, "war stark erhöht, also dachte ich: Frischluft tut Not und bin aufs Land gezogen, mehr oder weniger. Hannes besitzt ein größeres Ferienhaus am Tegernsee und hat es mir zur Verfügung gestellt, er hat ein bisschen umgebaut und nun ...", sie lachte amüsiert, "... bin ich seit drei Jahren die Wirtin vom Tegernsee und sehe ihn nur gelegentlich. Thomas und Oliver sehe ich dagegen häufig, München ist ja nicht weit, sie kommen oft zum Wochenende und regelmäßig in den Semesterferien, Skifahren, Bergsteigen, Wandern. Wie wäre es: Hättest du nicht Lust, ein paar Wochen in meinem Haus zu verbringen und in Ruhe alles zu überdenken?"

Der Ober erschien mit der Weinflasche und blickte fragend. Luisa nickte, er schenkte nach. Sie nahm einen Schluck, drehte das Glas zwischen den Fingern, während ihr Blick am Fenster hing. Der Regen rann immer noch in Sturzbächen über die Scheiben.

"Ich muss hier raus", sagte sie schließlich, "und dein Angebot ist verlockend. Ich wäre für mich und hätte überdies jemanden, mit dem ich reden kann, wenn mir danach ist. Gib mir ein wenig Zeit. Gibt es Restriktionen wegen eines Termins? Saisonbedingt?"

"Zu dieser Jahreszeit nicht. Ab Mai vielleicht."

"Ich denke, es könnte Januar werden. Der ist eher ruhig, weniger Ratssitzungen", sagte sie und als Antwort auf Renates fragenden Blick: "Ach ja, du weißt ja nicht, dass ich den Vorsitz im Kulturausschuss habe." Sie seufzte. "Wie soll ich das nur alles in den Griff kriegen."

"Vertrau auf deine Stärke und gib dir ein wenig Zeit."

Ein Satz, der lange in ihr nachhallte. Sich Zeit geben – oder eher nehmen? Sich etwas geben, um es sich wieder zu nehmen. Zeit war kein Begriff für sie, bisher nicht, jedenfalls nicht im Sinn von Etwas-nicht-in-einer-vorgegebenen-Zeit-schaffen-Können. Sie ist so furchtbar schnell hatte sie Robert einmal im Vorbeigehen sagen hören, es war bei einem ihrer Tage der Offenen Tür und er sagte es, beim Rotwein sitzend, zu einem seiner Golffreunde. Sie hatte es als Anerkennung für ihre Arbeit interpretiert, das furchtbar hatte sie überhört. Nun, zwei Wochen nach dem im Nachhinein als uneffektiv empfundenen Klassentreffen – abgesehen von dem Wiedersehen mit Renate – hatte sie sich daran erinnert. Na schön, sie war furchtbar schnell und Robert furchtbar gründlich, resümierte sie, während sie unkonzentriert Akten hin und her schob auf der Suche nach Notizen zu einer Erbstreitigkeit – zwei Schwestern, die das Testament ihres dementen Vaters anfochten - abgelenkt wieder einmal durch zermürbende Gedanken über das, was werden sollte, nachdem Robert die Vaterschaft anerkannt hatte.

Sie klopfte mit dem Stift auf die Schreibtischunterlage, als erwarte sie eine Antwort von irgendwoher, wippte ihn zwischen Mittel- und Zeigefinger hin und her. Die Tür stand einen Spalt breit offen und sie hörte Frau Jonsch etwas zu Frau Burscheid sagen; es ging um Kontoführung und der Name Krantz fiel. Abrupt stand sie auf und drückte die Tür ins Schloss. Einen Moment blieb sie unschlüssig, dann ging sie zurück zum Schreibtisch und schnappte sich den Hörer.

Es wurde ein kurzes Gespräch. Ja, die Reservierungsbestätigung würde ihr sofort per E-Mail zugesandt: Einzelzimmer mit Seeblick vom 7. bis 20. Januar und ja, die Grüße an Frau Richtmeier würden unverzüglich übermittelt.

Damit war nun die Gedankenspielerei, über Weihnachten und Neujahr an den Tegernsee zu fahren, endgültig vom Tisch. Es war ihr dann doch wie eine Flucht vor den Tatsachen erschienen, auch wie eine Flucht vor der Auseinandersetzung mit Robert. Die war notwendig, denn sie wusste immer noch nicht, was zum Himmel ihn bewogen haben mochte, das Kind seiner kleinen Angestellten nicht nur auf dem Papier als sein eigenes anzuerkennen. Fehlte ihm die Erfahrung, ein Vater zu sein, für ein Kind zu sorgen, eine Familie zu haben, fehlte ihm ein Familienleben? Familienleben! Undenkbar.

Sie stand auf, öffnete das Fenster zum Hinterhof und sog die kalte Luft ein. Es schneite seit Tagen. Auf der weißen Rasenfläche zwischen den Büschen stand ein behäbiger, dicker Schneemann mit Baseballkappe und zerfranstem Tennisschläger zwischen sich kreuzenden Schlittenspuren, Fußspuren, große, kleine – Kinder, Mütter, Großmütter, Großväter ... Schneeballschlachten ... vielleicht sollte sie die Skier mitnehmen, es gab ein paar schöne Abfahrten vom Wallberg hinunter bis ins Tal, dann ins Café Seeblick, Nachmittagstee mit Musik, Tanzen in Skistiefeln, die mit einem Mal ganz leicht wurden.

Sie kniff die Lippen zusammen und schloss das Fenster.

Zurück am Schreibtisch arbeitete sie konzentriert bis zur Mittagspause, nachdem sie endlich die Notizen mit den gesuchten Telefonnummern im falschen Ordner gefunden hatte. Sie wollte gerade die Akten zusammenlegen, da stand Robert in der Tür. Er zögerte kurz, als er ihren fragenden Blick wahrnahm, dann warf er mit einer lockeren Handbewegung zwei Karten auf ihren Tisch. "Zweiter Feiertag", sagte er, "ich habe noch zwei Karten für den neuen Dirigenten Schnitt-Meinburg ergattern können."

"Und? Was dirigiert er?" Sie warf einen Blick drauf, aha, in der Alten Philharmonie, für gewöhnlich war sie diejenige, die für Konzert, Theater und Kartenbesorgung zuständig war.

"Bruckner, Sinfonie mit dem Paukenschlag und nach der Pause Strawinsky, Psalmensinfonie, glaube ich."

Sie nickte: "Ungewöhnliches Programm für Weihnachten. Aber interessant."

"Noch was." Robert griff nach den Karten. "Heiko hat eben angerufen, lädt uns zu Silvester ein, Essen in kleiner Runde, fünf Ehepaare, unter anderem Hinrichsen, euer großer Sponsor."

Luisa verzog die Mundwinkel. Großer Sponsor und große Klappe. Aber solche Leute brauchte man im Kulturausschuss.

"Dann hoffe ich nur, dass er nicht mein Tischherr ist."

"Gut, ich werde zusagen."

Er wedelte ihr mit den Karten zu und verschwand.

Während Luisa die Akten zusammenlegte und den nächsten Fall für den Nachmittag zurecht legte, fühlte sie sich seltsamerweise erleichtert. Sie hatte keinerlei Planung für die Feiertage gemacht, außerstande, darüber nachzudenken, was Robert gefallen könnte. Zuhause herumzusitzen in stummer Zweisamkeit wäre schwer zu ertragen, die größere Runde versprach Normalität, wenn auch eine vorgetäuschte.

Nun also schnell hinüber ins Da Franco. Die Ampel zeigte Rot, und während sie wartete, sah sie Hinrichsen auf der anderen Straßenseite in offenbar angeregter Unterhaltung vor dem Lokal stehen.

"So ein Zufall", sprach sie ihn im Vorbeigehen an, "gerade noch haben wir von Ihnen gesprochen, wir sehen uns an Silvester bei unseren Freund Heiko in Bad Oynhausen."

Sie warf einen Blick auf die junge Frau, die neben ihm stand, sie kam ihr bekannt vor. Schmales Gesicht, umrandet von einer Fellkapuze, energische Kinnlinie, mit der Rechten schob sie ein quengelndes Kind in einem Buggy hin und her. Roxana?

"Ja, richtig, wir haben zugesagt."

"Wollen Sie auch ins Da Franco zum Essen? Mittagspause? Ich lade sie ein." Sponsoren sollte man sich gewogen halten.

"Nein, nein", wiegelte er ab, "muss schnell zurück in die Firma."

Der Weihnachtsabend verlief fast entspannt.

Luisa hatte sich im Gedanken an den bevorstehenden Urlaub vorgenommen, ihre Probleme auszuklammern, was ihr während des Zusammenseins mit Robert weitgehend gelang. Für die Nacht gab es Schlaftabletten, für den Abend hatte sie Carpaccio vorbereitet, gefolgt von Käse und Baguette. Am ersten Feiertag war Robert der Koch, er servierte Langouste à l' Americaine, als unverfängliches Gesprächsthema bot sich die Anschaffung einer neuen Küche an, schon seit der letzten großen Einladung zum Tag der Offenen Tür geplant.

Am zweiten Feiertag ins Konzert. Bekannte im Foyer, Begrüßung mit Guten Wünschen zum Fest, der übliche Small Talk. Dann die Musik.

Sie sitzt in ihrem Sessel, will sich eigentlich nur entspannen, lässt sich von Klangvorhängen umwehen und hört nicht richtig zu. Der erste Satz rauscht an ihr vorbei. Die Dissonanzen zum Beginn des zweiten Satzes aber, schmerzhaft penetrant ausgehalten und unterstützt vom drohenden Klang der Hörner, holen sie aus ihrer Lethargie. Doch schon besänftigt eine tänzerische Melodie, die Musik blüht auf, Geigen legen sich in die Kurven, Celli tun es ihnen gleich. Es ist, als sprächen sie miteinander, sie fallen sich ins Wort und manchmal reden sie durcheinander, bis sie sich im Schwelgen des Anfangs wieder finden. Wenn es doch auch im richtigen Leben so wäre, denkt Luisa. Doch da fährt das Blech mit scharf polierten Höhen dazwischen, in der Tiefe rumoren quälend die Bässe, die Bläser, von den Hörnern angegriffen, formulieren eine neue Sprache, andere Klangebenen tun sich auf in wechselnden Tonarten, es ist wie das Ausbreiten eines Teppichs in immer neuen Farben, ein Gesprächsgewebe, in dem man sich verlieren kann.

Luisa hört aufmerksam zu. Es geht um Hören und Zuhören, um Argumente, um Zustimmung oder Ablehnung, eine Meinungsaustausch im Hin und Her. Das Ende der Diskussion bahnt sich an, die Streicher übertönen nun alle, immer lauter, immer höher, die Töne schrauben sich in gleißende Höhen ... ein Paukenwirbel ...und dann eine Explosion in einem ungeheuren Beckenschlag!

Erschreckend.

So weit darf es nicht kommen. Wir werden das überstehen, obwohl... Wie das alles erklären... die Mitarbeiter, die Mandanten, Freunde, die Kollegen im Rat, alle werden sich das Maul zerreißen, wie überhaupt will er sich um das Kind kümmern? Zum Bespaßen am Wochenende, ein- oder zweimal im Monat? Mit Bauklötzchen auf dem Wohnzimmerteppich, hoppe hoppe Reiter, Kinderprogramm im Zoo, Herbstsend-Kirmes auf dem Schlossplatz, das volle Programm. Ich kann das nicht, ich will das nicht, es geht einfach nicht.

Die nachfolgende Psalmensinfonie konnte sie zunächst nicht von ihrer Wut ablenken. Sie kannte und liebte sie seit ihrer Zeit im Hochschulchor der Uni, und mit den Klängen kam die Erinnerung. Mit welcher fast körperlich empfundenen Inbrunst sie das schräge Alleluia zum Ende des dritten Satzes gesungen hatte. Sie war in Cristian verliebt, er studierte Germanistik und sang im Bass, und nach dem Konzert hatte er sie in ihre Studentenbude begleitet, und da war es passiert. Silvester danach waren sie zusammen zum Skilaufen in den bayerischen Alpen gewesen, schön war's gewesen. Wenig später hatte Cristian seinen Abschluss gemacht und war von der Bildfläche verschwunden. Danach war Robert in ihr Leben getreten. Und jetzt hatte er ihr gemeinsames Leben aufs Spiel gesetzt.

Die Rückfahrt verlief bis auf ein paar Kommentare zur Aufführung schweigend. Zuhause das übliche Zeremoniell zum Abschluss einer Kulturveranstaltung *Trinken wir noch ein Glas?*, sich dabei am weihnachtlichen Glanz der Stadt draußen vor den Panoramafenstern erfreuen und miteinander reden. Luisa versuchte wieder, das Gespräch darauf zu lenken, wie er sich die Zukunft mit Kind vorstelle – er blockierte mit einem vagen *Weiß nicht, bin noch nicht soweit.* Ein anderes Thema wollte sich nicht ergeben.

Nach fünfzehn Schweigeminuten verzog Luisa sich: "Ich geh dann jetzt schlafen."

Silvester schneite es wieder. Vorsorglich hatte Robert ein Doppelzimmer im Trollinger Hof in Bad Oynhausen gebucht. Im Lauf des Nachmittags checkten sie ein, kurz nach zwanzig Uhr begrüßte Heiko sie in seinem Haus an der Mittelbachstraße. Luisas Hoffnung, Ralph Hinrichsen möge ihr als Tischherr erspart bleiben, erfüllte sich nicht ganz, er saß zu ihrer Rechten, doch mit ihrem Nachbarn zur Linken fühlte sie sich entschädigt. Peter Grund war Archäologe und hatte in der Osttürkei elftausend Jahre alte Megalithhäuser entdeckt, Grabungsfunde, deretwegen die Sesshaftwerdung der Menschheit weit früher zu datieren war. Er staunte noch immer über das, was er entdeckt hatte. Hier sollte alles angefangen haben? In dieser verkarsteten Mondlandschaft der Ursprung aller Zivilisation?

"Dieser Megalithhügel hat das Weltbild der Urgeschichtler erschüttert", sagte er, „es war die Ausgrabung des Jahrtausends. Englische Grabungsteams haben Spiegel aus poliertem Vulkanglas in der Ruinenstadt gefunden, kleine Salblöffel, Muscheln mit

Schminke, Armspangen, Schmuckketten mit Blei- und Eisenkugeln. Es gibt auch Wandbilder, in denen das abstoßende Totenritual dargestellt ist: Geflügelte Geier, die Menschenköpfe in den Krallen halten und damit durch die Lüfte fliegen."

Natürlich wollte Luisa mehr wissen und hörte fasziniert, manchmal auch angeekelt dem Vortrag über Pueblos ohne Fenster und Türen, Totenbestattung im Schlafzimmer, zentnerschwere Vogelköpfe und marterpfahlartige Säulen zu. Ob er seine Entdeckungen vielleicht in einer Ausstellung im Archäologischen Museum in Münster vorstellen könne oder in einem Vortrag innerhalb des Kulturprogramms?

Ein Vortrag sei eine einfache Übung, meinte er, aber eine Museumsausstellung? Er könne ihr Material zur Verfügung stellen oder die Quellen vermitteln, es gebe unter anderem neue Computersimulationen der neolithischen Metropole, doch die Organisation müsse er ihr überlassen.

"Das ist dann meine Übung", lächelte Luisa, "Sie hören von mir."

Nach den Vorspeise-Variationen vom Buffet wurde der Fischgang serviert, und während Luisa beim Genuss von Seeteufel in Sesamhülle mit Wirsing über Titel und Ansprechpartner für eine mögliche Ausstellung sinnierte, beugte Hinrichsen sich vertraulich ihrem Ohr zu.

"Nun, meine liebe Frau Dr. Liberti, in diesem Jahr kein Urlaub über die Feiertage? Immer nur Arbeit an der Karriere?"

"Ach, Herr Hinrichsen …", Luisa verdrehte die Augen und zerteilte sehr konzentriert den Fisch auf ihrem Teller, "Karriere …", sie ließ das Wort in der Luft hängen, "ich denke gerade über eine Ausstellungsmöglichkeit nach, die ich bei der nächsten Sitzung im Kulturausschuss vorstellen möchte. Und Sie …", schob sie nach und nickte seiner Frau, ihr schräg gegenüber sitzend, zu, "Sie sind ja heuer auch nicht in Bayern zum Skilaufen, sonst hätte ich sie neulich ja auch nicht vor dem Da Franco getroffen." Sie nahm einen Bissen Fisch auf ihre Gabel. "Mit einer hübschen jungen Frau", fügte sie mit keckem Seitenblick hinzu.

"Ach, nur eine ehemalige Bürokraft", meinte Hinrichsen, "ich traf sie zufällig und wollte wissen, wie es ihr so geht. Sie wollte unbedingt Jura studieren."

"Tja, junge Mutter mit Studium und Kleinkind, nicht so einfach das …" Luisa sah ihn vielsagend an, "wahrscheinlich …", sie stockte und schüttelte den Kopf: "Ach nichts." Der Gedanke an Gerlinde drohte, ihr den Abend, der so interessant begonnen hatte, zu verderben.

Eine Weile reagierte sie einsilbig auf alles, was Hinrichsen über Personalprobleme in der Baubranche von sich gab, rang sich ein *Ach ja? Tatsächlich?* oder *Nicht-zu-glauben* ab. "Was meinen Sie", schloss er seine Klagelitanei, "ob Ihr Mann mich wohl beraten kann in rechtlichen Fragen im Ausland? Ich möchte ein Ferienhaus für uns auf Mallorca bauen, vielleicht auch mehrere, die Leute interessieren sich zunehmend für solche Geldanlagen, da gibt es einen regelrechten Markt, vor allem für Rentner: Altersheim oder ein Haus in Spanien. Das Leben ist billiger da und das Klima besser. Ich werde ihn mal anrufen."

"Tun Sie das", meinte Luisa, "er wird Sie sicher gern beraten."

Sie hatte nur mit halbem Ohr zugehört, weil sie versuchte, dem Gespräch ihres Tischherrn Peter Freund mit Heikos Frau Irina zu seiner Linken zu folgen. Vielleicht könnte sie sich einklinken und an ihr vorheriges Gespräch anknüpfen?

Keine Chance, wie sie feststellte. Neben Irina Robert, wahrscheinlich fachsimpelnd über Golf und Greens mit Heiko und – zwischen ihnen sitzend – Charlotte Brönenkamp, Neurologin. Hinrichsen hatte sich inzwischen Frieda Freund, seiner Dame zur Rechten zugewandt und es schien, als habe er nun ein interessanteres Thema gefunden. Blieben noch Sebastian Brönenkamp und Lydia Hinrichsen, eine zierliche, den Beschützerinstinkt herausfordernde Blondine mit Rehaugen. Schwer zu sagen, ob Brönenkamp, Finanzchef beim Gerling-Konzern Münster, glatt gescheitelt mit Intellektuellenbrille, sich von etwas anderem als Zahlen herausfordern ließ.

Der Hauptgang wurde serviert, Rehmedaillon, flambiert – eine Zeremonie, die Brönenkamp Anlass gab, sich als Jäger zu outen.

Das hätte man ihm nicht zugetraut! Wie er das zusammen bringe, Zahlen jonglieren und nebenbei Tiere abschießen? Der Kontrast sei es, erklärte er; ersteres spiele sich vorwiegend im Kopf ab, das zweite vereine Aktion mit Intuition und Instinkt. Jagd sei aufregend. Ein wild lebendes Tier zu erbeuten sei etwas anderes, als eine alte Henne mit dem Hackebeil in ein Suppenhuhn zu verwandeln. Damit war ein abendfüllendes Thema gefunden, das zwischen Riten, Tierschutz, Jägerlatein und empfehlenswerten Rezepten hin und herpendelte.

Kurz vor Glockenschlag Zwölf wechselte man mit einem Dom Perignon Vintage Rosé auf die nächtliche Terrasse, nach dem Anstoßen mit Neujahrswünschen und Wangenküssen frönten die Männer ausnahmslos ihren pyromanischen Bedürfnissen – Heiko hatte reichlich vorgesorgt, und der Himmel über Bad Oynhausen barst in knallenden Farbexplosionen aus Gärten und Straßen rundherum.

"Ein schöner Jahresübergang, kurzweilig und interessant", bedankte sich Luisa bei Heiko, während sie wieder hinein gingen. "Danke auch für die Beratung, Robert sagt, er weiß nun, wie er es anpacken soll."

"Welche Beratung?"

"Schon vergessen? Robert war doch bei dir, vor sechs Wochen ungefähr, wegen dieses Mandanten, Steuerhinterziehung, du weißt schon, den du auch schon mal aus irgendeiner krummen Sache herausgehauen hast."

„Ich weiß jetzt wirklich nicht, welchen Mandaten du meinst, liebe Luisa, aber das tut doch nichts zur Sache, Robert ist ja öfter hier und wir spielen 'ne Runde Golf, da reden wir schon mal über Mandanten."

"Golf Mitte November und dann auch noch im Schnee?" Luisa schüttelte den Kopf. "Ich weiß es deshalb so genau, weil es ein Sonntag war und zudem unser Hochzeitstag, den ich ganz vergessen hatte."

"Nun ja, liebe Luisa, ich weiß es nicht mehr so genau", wiegelte Heiko ab, "lass gut sein." Er wirkte genervt.

Gar nichts werde ich gut sein lassen, nahm Luisa sich vor und setzte sich zu der Runde, die sich um den mitten im Raum stehenden Kamin versammelt hatte und eine heiße Ochsenschwanzbrühe schlürfte. Die Gespräche dümpelten nach dem Höhepunkt des Tages so dahin, die Wärme des Kaminfeuers und das opulente Mahl machten müde, und gegen zwei Uhr war allgemeiner Aufbruch. Robert und Luisa waren die letzten.

"Morgen zum späten Frühstück, wie verabredet circa zwölf Uhr?" Heiko öffnete die Haustür. "Nur wir vier."

"Wie verabredet", bestätigte Robert, "privatissime."

Privatissime – was ist privatissime zwischen Heiko und Robert?

Luisa konnte nicht einschlafen. Wieder war da die störende Frage, die nach seinem nächtlichen Geständnis vor sechs Wochen eher beiläufig aufgetaucht war: Was hat Robert bei Heiko gemacht? War er überhaupt dort gewesen? Heikos genervte Reaktion auf ihre erstaunte Frage, ob er sich nicht daran erinnere, ließ vermuten, dass Robert nicht die Wahrheit gesagt hatte, und natürlich wollte Heiko seinen Freund decken. Was gab es da zu verbergen? Robert, ihr Mann seit neunzehn Jahren – kannte sie ihn wirklich?

Morgen, beim Frühstück, würgte sie ihre Grübeleien ab, morgen werde ich mir Klarheit verschaffen.

Der Neujahrsmorgen war klar, knirschend kalt und strahlend schön, das Frühstück opulent, die Unterhaltung lebhaft, zunächst um den gestrigen Abend kreisend, dann erweiterte sie sich auf besondere Vorkommnisse des verflossenen Jahres, Erfolge, Misserfolge, Vorhaben und Wünsche für das neue Jahr. Zum Ausklang hatte Irina eine köstliche Nachspeise angekündigt, verschwand kurz in der Küche und erschien mit einer großen schwarz schimmernden Schale.

"Mein Schneewittchendessert", sagte sie, "schwarz-weiß-rot, Himbeeren in gefrorenem Sahneschnee mit Baiserstücken, serviert in schwarzem Glas."

"Winterzauber wäre auch ein passender Name für deine Kreation", schlug Luisa vor, "ganz so wie das Wetter heute. Oder wie auch vor sechs Wochen schon mal", lächelte sie und schaute Heiko an, "an dem Wochenende, an dem Robert hier war und über Nacht soviel Schnee gefallen war."

"Vor sechs Wochen? Das war Mitte November, da war ich in Rom; Städtereise mit Freundinnen, und da war das Wetter prachtvoll", sagte Irina, während sie die Nachspeise in Dessertteller füllte.

Sie fiel also als Bestätigung für Roberts An- oder Abwesenheit aus – schade.

Heikos Blick war, während er Irina zusah, kurz zu Robert geschwenkt. Luisa glaubte, ein warnendes Aufleuchten in Roberts Augen zu sehen. Sie wandte sich wieder Heiko zu.

"Wie hieß er denn noch, der Mandant, über den ihr euch beraten habt?"

"Liebe Luisa, gestern schon habe ich dir gesagt, dass ich es nicht mehr weiß, weil wir uns öfter mal über unsere Mandanten austauschen und …"

"Rudolf Siepmann ist der Mandant, über den wir gesprochen haben und das nicht zum ersten Mal", fiel Robert ihm ins Wort, "aber das weißt du doch, Luisa, warum fragst du?" Er klang ungehalten.

"Nun ja, auch ich vergesse schon mal etwas."

Habe ich keineswegs, dachte Luisa, aber ihr beide habt vergessen, euch über dieses Wochenende abzustimmen. Heiko hätte Roberts Antwort nur zu bestätigen brauchen. Diesen Siepmann kennt er nur zu gut, ein verdammter Choleriker, wie Robert sagt, sein Verhalten vor Gericht unberechenbar, sicher hätte er d e n nicht vergessen. Wo also war Robert gewesen, wenn nicht hier? Und warum war es nötig, das zu verschweigen?

Sie kam auf dieses Thema nicht mehr zurück, auch nicht während der Rückfahrt nach Münster, aber die ganze nächste Woche über schleppte sie Zweifel und Ungewissheit mit sich herum. Sie konnte Robert nicht ansehen, ohne sich zu fragen, was hinter seiner Stirn vorging. Hatte er sie schon öfter belogen? Vielleicht gab es anderswo noch eine Geliebte? Sie fragte sich, ob sie das überhaupt noch wissen wollte angesichts der weitaus schlimmeren Vaterschaftssache. Im Büro gelang es ihr halbwegs, diese Gedanken weg zu schieben und einen beruflich-sachlichem Ton zu halten, allein schon wegen der Mitarbeiter. Robert verhielt sich, als habe es ihre Frage nie gegeben. Musste er wohl auch, um alles normal aussehen zu lassen. Abends blieb sie ein paar Mal länger im Büro, schützte Arbeit vor, die sie noch vor ihrem Urlaub erledigen müsse. Den Scheidungsfall Dohmen./.Bockmüller – welche Frau wollte schon Bockmüller heißen! – bereitete sie vor und legte ihn auf Frist, die Vaterschaftsklage der Maria Liebeling – schon der Name war eine Einladung! – legte sie Robert auf den Schreibtisch, kommentarlos. Während sie nach der Akte in der Erbstreitigkeit der Schwestern Rangoldson suchte, rief Frau Burscheid an. Sie habe Lücken in den Buchungsunterlagen festgestellt, ihre Vorgängerin Frau Krantz sei da wohl auch nicht weitergekommen, und auch Frau Jonsch habe keine Kenntnis über das Spendenkonto bei der Commerzbank. Ob sie ihr die Unterlagen rüberbringen könne. Könne sie, meinte Luisa und wunderte sich. Gerlinde Krantz und schlampige Arbeit? Ihr Sich-Wundern schlug beim Durchblättern der Kontoauszüge um, zunächst in Ärger. Sie musste sich mit der Arbeit ihrer Angestellten beschäftigen, die arbeitsunfähig geschrieben war bis ultimo, einer Arbeit, zugewiesen vor einem halben Jahr und bis heute nicht erledigt! Dann, beim Abgleich des Kontostandes mit den Einzahlungen, die Robert getätigt hatte, wollte sie ihren Augen nicht trauen und zwei Minuten später der Vermutung nicht nachgeben, Robert habe Gelder nicht ordnungsgemäß eingezahlt; die Liste mit ihren handschriftlichen Notizen zu Spender, Datum und Beträgen war nicht abgeheftet worden, deshalb auch nicht feststellbar, ob alle Gelder eingezahlt wurden. Und natürlich war die ach so tüchtige Gerlinde Krantz darüber gestolpert, hatte Robert möglicherweise befragt, bei Fragen wenden Sie sich an meinen Mann, hatte sie selbst ihr ja empfohlen. Wahrscheinlich hatte er ihr nichts erklären können, wenn ja, hätte sie es plausibel verbucht. Hatte sie aber nicht.Hatte aber Anlass für einen Verdacht. Hatte ein Druckmittel. Dann die

Schwangerschaft kurz danach. Tolle Kombination, jemanden zu erpressen. Vielleicht war Robert ja doch nicht der Vater dieses Bastards! Von Erpressung hatte er nichts gesagt. Sie war kurz davor, mit der Akte hinüber in sein Büro zu rennen, war schon aufgestanden, den Finger zwischen den Auszügen, setzte sich wieder hin. Unklug, ihn damit zu überfallen, sie musste nachdenken, Genaueres wissen. Wofür um Himmels willen hatte er das Geld gebraucht? Und das bei ihren Einkommen ... gab es doch eine andere Frau irgendwo? Mit Ausgaben, die nicht im Privatkonto dokumentiert werden durften?

Ich muss weg, dachte Luisa, weg, weg, weg, ich brauche Ruhe und Zeit zum Nachdenken, ehe mir alles über den Kopf wächst.

Die Maschine landete pünktlich auf dem Flughafen Franz Josef Strauß, Renate würde sie abholen. Sie atmete auf. Endlich dem Babygeplärr auf dem Sitz hinter ihr entflohen! Bei dieser Geräuschkulisse zu vergessen, weshalb sie an den Tegernsee floh – kaum möglich. Nachdem sie als Letzte endlich ihren Koffer vom Gepäckband gezogen hatte, empfand sie Renates Umarmung Alles wird gut wie ein Versprechen, in das sie sich bereitwillig fallen ließ. Auf der Fahrt nach Rottach-Egern die weiße Landschaft unter strahlendem Blau genießen, ausatmen, plaudern, small talk mit *wie wars Weihnachten? wie hast du Silvester verbracht?*, sich an das Klassentreffen erinnern. Problemerörterungen, wenn überhaupt, verschieben.

Das Landhaus Himmerich lag direkt am See, eine landestypische weiße Fassade mit umlaufendem Balkon und grünen Fensterläden, zwischen denen sie über Blumenkästen mit blauen Lobelien und rosa Petunien hinweg auf das eisige Alpenpanaroma jenseits des Sees blickte. Die leicht abfallende verschneite Rasenfläche unter ihrem Fenster führte zu einem Anlegesteg unmittelbar neben einem Bootsschuppen. In der warmen Jahreszeit biete sie ihren Gästen die Möglichkeit, mit dem Ruderboot den See und die umliegenden Badestrände zu erkunden, sagte Renate, für Eilige gebe es auch ein motorisiertes Schlauchboot. Ob man denn hier nicht ins Wasser dürfe, wollte Luisa wissen. "Doch, schon", sagte Renate, "aber der Boden ist sehr steinig. Komm mit, ich zeige dir den Pool unten im Haus, er ist nicht so groß, etwa zehn Meter lang, aber durchaus fitness- und entspannungstauglich. Und ein kleine Bar zur Selbstbedienung gibt's auch."

Es war dann doch üppiger, als Luisa erwartet hatte. Eine bodentiefe Fensterfront mit Schiebetüren zur Seeseite hin holte Landschaft und Jahreszeit nach drinnen, bot gleichermaßen Abgeschlossenheit und Weite. Ein idealer Ort, zu sich selbst zu finden.

"Wird der Pool denn genügend gewürdigt?", wollte Luisa wissen, "ein Hotel Garni ist doch eher nur eine Unterkunft zum Schlafen."

"Skigäste lieben ein gutes Frühstück und sind erst am späten Nachmittag wieder zurück und schätzen dann durchaus Entspannung im Pool. Und im Sommer wird gewandert, und wer die Badestrände nicht abklappern will, kann den Tag auch hier am Pool verbringen, bei geöffneten Schiebetüren ist es fast wie im Freibad. Zum Essen kannst du nebenan ins *Barcaiolo* gehen oder ins *Bistro Webers*, es gibt eine Reihe guter Restaurants in der Nähe."

Nach einer kleinen Führung durchs Haus, Kofferauspacken, einem Begrüßungs-Prosecco aus der Minibar und einem kurzen Telefonat mit Robert *bin gut angekommen, fühle mich gut*, schnappte Luisa sich ihr Badezeug und ging hinunter. Nach ein paar kräftigen Zügen von Beckenrand zu Beckenrand schob sie eine Liege vor die Fensterfront, wickelte sich in ihren Bademantel und ließ sich hineinfallen. Dieser Blick nach draußen! Lichtgeweitet trotz der einengenden Berge ringsum, mit Horizonten in jeder Richtung, hinter denen sich wieder andere Weiten und Horizonte aufbauten, Farben zwischen schmerzendem Weiß und blendendem Blau. Sie fühlte sich wie in einer anderen Welt, Ballast fiel ab, sie hatte Zeit, zwei Wochen lang, nur für sich.

Wie damals.

Sie waren zum Skilaufen hergefahren, neunzehnhundertsechsundachtzig, eine lange Zugfahrt im Liegewagen, auf jeder Seite drei Betten übereinander, sie die ganze Nacht bäuchlings auf der mittleren Ebene und Cristian, der am Morgen, in der offenen Abteiltür stand und Verliebte schlafen auf dem Bauch sagte. Wie sie am Abend in der Skihütte nebeneinander gesessen und diskutiert hatten. Über Gott und Rilkes Stundenbuch. Wann je wieder hatte sie einen Mann getroffen, der einen Gedichtband im Rucksack herumtrug! Der Silvesterabend in der Hütte, dieses altmodisch urige Himmelbett! Er hatte eine Flasche Champagner aus dem Supermarkt mitgebracht und auf der Bettkante sitzend den Korken aus dem Flaschenhals herausgedreht, während sie ihm dabei zugesehen hatte. Mit einem Knall war der Korken hoch geschossen, an der Zimmerdecke abgeprallt und auf dem zart durchscheinenden Batist des Baldachins liegen geblieben. Schau, er schwebt, hatte Cristian gesagt, ein gutes Omen, eine Explosion, plötzlich, heftig wie bei uns und ohne abzustürzen. Das Omen hatte getrogen. Zum Ende des Semesters hatte er sein Examen in der Tasche und war zum Piper-Verlag nach München verschwunden. Ein paar Telefonate noch, dann nichts mehr.

Dann hatte sie Robert kennen gelernt. An einem Dienstag beim Schlangestehen am Mensabuffet. Sie konnte sich nicht entscheiden, und er hatte gesagt: Nimm doch den Kartoffelsalat, der ist heute extragut, und die Rostbratwurst dazu. Sie hatte sich extra viel Senf auf den Teller gedrückt, worauf er einen Flirtversuch gestartet hatte: Wenn du ebenso scharf denkst wie du isst, muss der gegnerische Anwalt sich warm anziehen. Eigentlich hatte sie diese Anmache als platt empfunden, doch sie wollte nicht brüsk erscheinen und hatte ihm im Weggehen über die Schulter hinweg zugeworfen: Wir können uns ja mal gemeinsam Fälle vornehmen, dann wirst du's wissen.

Eine Woche später trafen sie sich wieder in einer Arbeitsgemeinschaft. Er war der leitende Anwalt, Thema: Fallbearbeitung im Wirtschaftsrecht. Sie hatte den wissenschaftlichen Assistenten des Professors erwartet, einen Wichtigtuer mit kreisrunder Nickelbrille. Diesen Dr. Liberti fand sie angenehmer, er lehrte praxisbezogen, ohne die Methodik der Fallbearbeitung zu vernachlässigen. Beim Verlassen des Seminarraums hatte sie im Vorbeigehen gesagt es war interessant heute, und er hatte, ohne das Gespräch mit einem anderen Seminarteilnehmer zu unterbrechen, lächelnd die Hand gehoben und ihr zugenickt. Noch jetzt sah sie ihn deutlich vor sich; Robert, wie er da gestanden hatte, den Kopf leicht gebeugt seinem Gesprächspartner zugewandt, wie in Zeitlupe das Aufblitzen in seinen Augen, als sie vorbeiging – sie waren grünbraun –, die Langsamkeit, mit der er seine Hand gehoben hatte, so, als wolle er sie berühren, noch bevor sie etwas gesagt hatte. Wie in Zeitlupe sah sie es. Es war ein magischer Moment, dachte Luisa, ein Moment, in dem alles schon entschieden war, ohne, dass ich es wusste. Ob Robert es wusste? Ich habe ihn nie gefragt.

Danach war alles sehr schnell gegangen.

In der Woche darauf hatte er sie nach der AG in die Mensa-Cafeteria eingeladen, wo sie ein gerade besprochenes Fallbeispiel aus dem Strafrecht noch einmal erörterten, ein paar Tage später waren sie im Kino gewesen. Zeugin der Anklage mit Marlene Dietrich. Da wusste sie schon, dass er erfolgreich in einer Sozietät arbeitete und daran dachte, sich mit eigener Kanzlei niederzulassen. Er hatte sie nach Hause gebracht, im Auto, und sie hatte ihn nicht hereingebeten, weil sie wusste, was passieren würde. Er hätte annehmen können, sie wolle eine Beziehung mit ihm, um sich damit in die geplante Kanzleigründung zu bewerben. Damals hatte sie den Eindruck gehabt, ihre Zurückhaltung habe ihm gefallen, denn wenig später, am Sonntagmorgen beim Joggen am Rubbenbruchsee, waren sie sich zufällig über den Weg gelaufen. Vielleicht auch nicht zufällig, dachte sie jetzt. Er hatte sie überholt, und eine Weile waren sie nebeneinander hergelaufen, bis die Strecke durch das kleine Wäldchen führte. Sie war keuchend stehen geblieben, hatte sich, auf die Oberschenkel gestützt, auf ihre Atmung konzentrieren wollen, doch er hatte sie hochgezogen und in ihre Atemlosigkeit hinein umarmt, ihren nach Luft schnappenden Mund in Besitz genommen, ihr Keuchen ignoriert, so, als wolle er nicht länger warten.

Es hat eine Ewigkeit gedauert, erinnerte sie sich, bis ich wieder bei Sinnen war und normal atmen konnte. Dann hatte sie gelacht, nicht so stürmisch! Kannst du auch langsam? Und ihm ihre Variante gezeigt, mitten auf dem Waldweg. Danach hatten sie miteinander geschlafen, beide Versionen in gleicher Reihenfolge

Das, was man einen Antrag nennt, hatte es nicht gegeben. Es war alles klar zwischen ihnen. Robert hatte sie zum Tee in sein Elternhaus, in der Nähe von Osnabrück gelegen, abgeholt – *so formell?* war ihre Reaktion gewesen, doch als sie die kiesbestreute Auffahrt hochfuhren, wusste sie warum.

Eine hochherrschaftliche Villa, Jugendstil, schätzte sie, in parkähnlicher Umgebung, schmiedeeisernes Gartentor zur Straße hin, Blumenrondell vor den beiden Aufgängen zum säulenflankierten Portal hinauf. "Familienbesitz seit hundert Jahren", erklärte Robert, "mein Großvater hat das Haus Ende des neunzehnten Jahrhunderts erworben, er hat sein Geld an der Börse gemacht. Mein Vater übrigens auch, ist immer noch tätig, als Privatier allerdings nur noch gelegentlich."

Luisa war beeindruckt, wenn nicht sogar überwältigt vom konservativem Luxus des Hauses. Schon die Treppe im Entree! Wie in dem Film *Vom Winde verweht* schwang sie sich ins obere Geschoss. Hatte nicht Rett Butler auf einer solchen Treppe seine Scarlett geküsst? Überall hohe Räume und große bogenförmige Fenster, teilweise mit Buntverglasung. Stuckdecken, Kassettentüren, Terrakotta- und Parkettböden, vom modernen Luxus der Bäder ganz zu schweigen. Robert hatte nie über sein Elternhaus gesprochen. Es war alles so schnell gegangen, vier Wochen nur bis zu diesem Augenblick.

Dann die Teezeremonie im Sitzbereich vor dem Kamin, einem spannenden Mix aus Moderne und Louis Seize. Jedenfalls sah es nach Louis Seize aus. Seine Mutter, eine elegante, große Frau Mitte Fünfzig, zunächst zurückhaltend und mit forschenden Blicken, dann aber gastfreundlich und gesellschaftlich gewandt, brachte sie zum Reden. Über ihre Eltern und Geschwister, Hobbys, Interessen und Wünsche.

Luisa verstand: Robert war ihr einziges Kind, zwar schon seit Jahren aus dem Haus, aber nun musste sie sich seine Liebe mit einer anderen Frau teilen, und das auf Dauer. Für eine Mutter vielleicht nicht so einfach?

Mit Roberts Vater verstand sie sich auf Anhieb. Ein kraftvoll wirkender Mann, älter und etwas kleiner als seine Frau, und sehr charmant. So etwas wie ein Frauenversteher, war ihr erster Eindruck gewesen. Sicher kein Kostverächter, dachte sie jetzt, wie auch sein Sohn.

Doch über Robert wollte sie jetzt nicht nachdenken. Gib dir Zeit, hatte Renate gesagt, und die wollte sie sich nehmen. Erst einmal fürs Skifahren, Lesen, auch mal shoppen oder mit Renate ins Theater. München war ja nicht weit.

Nach dem Frühstück am nächsten Morgen ging sie zur Talstation der Bergbahn. Auf der Rückseite des Gebäudes gab es einen Skiverleih. Ein junger Mann, Typ Naturbursche mit Grübchen in Wangen und Kinn, zeigte ihr verschiedene Skier, sie probierte und entschied sich dann für ein Modell von Head.

"Gute Wahl", lobte der junge Mann, "den fahre ich auch. Stöcke?"

Er taxierte ihre Größe und holte zielsicher ein Paar vom Haken. Er sieht fast aus wie Cristian damals, dachte Luisa, gleiche Größe, Haarfarbe dunkelblond wie er, leicht gelockt, kantiges Kinn. Die netten Grübchen allerdings hatte Cristian nicht gehabt. Altersmäßig hätte er sein Sohn sein können. Wenn denn Cristian … damals … Silvester hier am Tegernsee … eine andere … War sie nicht wegen einer anstehenden Klausur früher nach Hause gefahren? Ohne ihn?

"Noch etwas?"

Der junge Mann band Skier und Stöcke zusammen.

Sie schüttelte den Kopf und schalt sich blöde. Roberts Unbeherrschtheit hatte nicht nur ihre Beziehung und ihr Leben verändert, nein, auch ihr Denken war vergiftet. Untreue, Unwahrheit, Unterschlagung – konnte sie nichts anderes mehr denken?

Sie zahlte und packte die Skier unter den Arm. Der junge Mann hielt ihr die Tür auf.

"Wenn Sie wieder etwas brauchen sollten, Handschuhe, Skibrille, Wachs oder so, ich habe alles da. Übrigens: Ich bin der Joschi."

"Danke, Joschi."

Sie lächelte.

Am Hang stehen, ganz oben, die mäandrierenden Spuren der Skiläufer im Blick, die Lungen voll pumpen und die Kälte im Gesicht fühlen, hinuntersehen in die Landschaft mit ihren Wellen und Bögen, dem Blau und dem Weiß und Schwarz, Licht und Freiheit von Luft und Himmel spüren, tief drinnen, sodass man gleich die Flügel ausbreiten möchte, um abzuheben. Sich dann den Hang hinabstürzen, den Körper in jedem Schwung fühlen, die Buckel nehmen wie nichts, beugen, strecken, atmen. Das letzte Stück im Rausch der Schussfahrt hinter sich bringen, rasant abschwingen, dass der Schnee knirscht und stiebt. Und keuchend dastehen. Und dann gleich wieder hinauf und noch mal. Und immer wieder.

Das hier, das Sich-selbst-Spüren, das hatte sie gebraucht.

Am frühen Nachmittag gönnte sie sich eine Pause, Schweinsbraten mit Dunkelbiersauce im Panoramarestaurant. Danach eine halbe Stunde auf der Terrasse. Eingewickelt in eine Decke, genoss sie Sonne und Wärme auf ihrem Gesicht wie eine beschützende Zuwendung. Niemand wollte etwas von ihr, sie fühlte sich zuhause bei sich selbst. Kein Gedanke an Robert.

Danach noch ein paar schnelle Abfahrten zur Übung, ehe sie sich morgen die schwarze Piste am Glaslhang hinunterwagen würde. Beim Verlassen der Gondelbahn lief Joschi ihr über den Weg.

"Wie war's, gut gelaufen mit dem Head?"

"Wunderbar! Morgen werde ich mir den Glaslhang vornehmen."

"So fit schon nach einem Tag?" Er schaute skeptisch. "Na dann viel Spaß und Hals- und Beinbruch!"

Renate fand die Idee mit dem Glaslhang verfrüht, wenn nicht gar tollkühn. Luisa widersprach, sie sei eine excellente Läuferin und kenne die Strecke von früher, außerdem trainiere sie mindestens zweimal die Woche im Fitnessstudio, sie jogge am Wochenende und überhaupt: Ihr Körper brauche das einfach, gerade jetzt.

Am nächsten Tag, als sie am Nachmittag oben stand und den engen, steilen Hang hinunterblickte, zweifelte sie, ob es nur ihr Körper war, der Bestätigung suchte. Ihr Ego spielte auch mit. Schwierige Situationen meistern, das war es. Nun denn, sagte sie sich, gehen wir's an!

Die mehr als drei Kilometer lange Strecke war eine echte Herausforderung und verlangte volle Konzentration. Fünfundvierzig Grad Gefälle in einem Kanonenrohr, eine Gasse abwärts zwischen Baumbestand, da zwang die Geschwindigkeit zu schnellen Reaktionen. Schneefreien Stellen rechtzeitig ausweichen, sich von den steinigen Rändern der Piste fernhalten, bei kürzeren Schwüngen mit Druck auf die Skienden und die Kanten das Tempo leicht drosseln, nicht stürzen an diesem Hang – es würde sie sonst wohin reißen – tief in die Knie, Vorlage, Hüftschwung, Abschwung und Pause. Atmen. Sie war allein auf der Piste, nur hundert Meter weiter unten leuchtete es rot über schwarz, eine Pudelmütze über einem Anorak. Die Abfahrt endete in einem Weg, am Ortsrand hinter den letzten Häusern entlang führend bis zum *Café Seeblick*. Après-Ski mit Tanz bei Kaffee und Kuchen – ob es das noch gab? Sie schnallte die Skier ab und hob sie in den Skiständer. Im Vorraum kam Joschi ihr entgegen, rote Pudelmütze und schwarzer Anorak.

"Na so was", sagte sie, "dann waren Sie das, vor mir am Glashang? Ich hab's geschafft, ohne Sturz."

"Chapeau! Das verdient eine Heiße Oma", lachte er, "kommen Sie mit."

"Heiße was?"

"Kennen Sie nicht? Ein Après-Skigetränk, heiße Milch mit Eierlikör, Vanille und Sahne. Ist entspannend nach der Anstrengung."

Nicht nur das Getränk war es. Der Blick nach draußen über den See hinweg war immer noch so beeindruckend wie vor zwanzig Jahren; ihr Gegenüber, ein junger, sympathischer Kerl, war unkompliziert, sie redeten über Skilaufen und Schneeverhältnisse, über sein Leben als Skilehrer in Rottach-Egern und das Leben im Allgemeinen, über die Touristen und ihre Ansprüche – es war alles so herrlich belanglos und warm und gemütlich. Nach der

Schwarzwälder Kirschtorte eine Sangria, die Musik, Klavier und Saxophon, war inspirierend, sie wollte tanzen, er auch, und die Skistiefel wurden wieder so leicht wie damals. Cristians Sohn, kam es ihr, während er sie in eine Drehung unter seinem erhobenen Arm zog, was für eine nette Vorstellung! Sie gluckste.

"Ach nichts", beantwortete sie seinen fragenden Blick. "Sie sehen jemandem, den ich früher mal gekannt habe, so unglaublich ähnlich."

"Muss ein lustiger Kerl gewesen sein, wenn Sie es zum Lachen finden."

"Ach es ist nur so, dass Eierlikör und Sangria mich lustig machen. Ich glaube, ich muss nach Hause, in mein Hotel."

"Soll ich Sie begleiten? Ist ja schon dunkel draußen."

"Nein, nein, mein Hotel ist nicht weit von hier."

"Morgen wieder skilaufen?"

"Kann schon sein."

Draußen, in der gläsernen Schneeluft wurde ihr Kopf wieder klar. Cristians Sohn! Dieser Joschi war keine Zwanzig, eher um die Dreißig. Immerhin war sie mittlerweile schon entspannt genug, über sich selbst lachen zu können.

Der schmale Fußweg zum Hotel führte dicht am See vorbei. Es war still hier, nur der Schnee unter ihren Stiefeln knirschte. Jetzt im Dunkeln sah der See sah so anders aus, silbrig-zerfaserte Eisschollen an den Uferrändern, das dunkle Wasser bewegungslos wie schwarzes Glas, in dem sich die lichtglühenden Fassaden der Hotels spiegelten. Am gegenüberliegenden Ufer schimmerte die Straße blass hinter den rhythmischen Silhouetten der Bäume, und über allem der Mond am höchsten Punkt der schwarzblauen Kuppel, den See umfassend mit einem Gewölbe aus Licht. Musste das erst sein, das mit Robert, fragte sie sich, damit ich an diesen Ort komme, an dem ich vor zwanzig Jahren war und jetzt wieder sehe, wie schön das alles ist, sehe, was ich lange nicht mehr wahrgenommen habe, wie besoffen von Arbeit und Erfolg.

In dieser Nacht schlief sie ohne aufzuwachen bis zum Morgen.

Nicht, dass sie es erwartete hätte, aber es wurde zum Ritual. Zum Tagesabschluss, nach der Abfahrt am Glaslhang, auf einen Sprung ins Café Seeblick, eine „heiße Oma" oder einen Irish Coffee mit Schwarzwälder Torte, Klavier und Saxophon. Und Joschi. Entweder war er schon da, oder er tauchte auf, wenn sie ihren Kuchen schon vor sich hatte. Die Gesprächsthemen hatten sich erweitert: Joschi und die Musik.

Als sie zum zweiten Mal hier war, hatte er sich, als die Musiker eine kurze Pause einlegten, ans Klavier gesetzt und einen Chopin dahin perlen lassen. Das war überraschend und überraschend gut.

"Aber nicht gut genug, um als Pianist Erfolg zu haben", sagte er, "und davon leben zu können."

Er habe sein Musikstudium abgebrochen, als ihm das klar geworden sei, Musiklehrer habe er nicht werden wollen. Dann besser den Laden und privater Skilehrer und am Keyboard in einer Band. Jazz und Pop, je nachdem, für welche Veranstaltung sie engagiert würden. Im Moment fühle er sich wohl damit. *Und keine Klassik mehr?*, wollte sie wissen. Doch schon, zu Hause, ein inzwischen verstorbener Onkel habe ihm seinen alten Bösendorfer von neunzehnhundertvier vermacht, der müsse natürlich am Leben erhalten werden, damit er bespielbar bleibe.

"Ein schönes Instrument", fügte er hinzu, "mit einen geschnitzten Notenpult und drei Pedalen. Kostbar und klangschön. Ich kann es Ihnen gern mal vorführen, den Chopin dürfen Sie wählen."

"Wie wär's mit Bach? Streng und schnörkellos?"

"What ever!", grinste er.

"Perhaps", erwiderte sie.

Am Abend hatte Renate eine Überraschung.

"Wolltest du nicht ins Theater? Ich habe Karten reserviert, *Top Dogs,* eine hoch gelobte Sozialsatire, morgen Abend in den Münchner Kammerspielen."

Natürlich wollte sie.

Ob sie einverstanden sei, wollte Renate wissen, wenn Hannes – *du weißt schon, mein Immer-noch-Mann* – dabei wäre, er habe angerufen und seinen alljährlichen Besuch angekündigt, aber sie wolle nicht, dass er sich tagelang bei ihr einniste. Stattdessen habe sie ihm ein Treffen in München vorgeschlagen, Theaterbesuch inclusive, und er sei darauf eingegangen.

"Aber erst, nachdem ich ihm gesagt habe, dass meine attraktive Freundin Luisa Urlaub bei mir macht und auch mit dabei sein wird." Sie zwinkerte.

"Dann bin ich also der Köder, damit er dir fernbleibt?", meinte Luisa, "na schön, wenn es dir hilft – gern."

"Ein Abendessen vorher habe ich noch draufgelegt, der Kommunikation wegen. Den Tisch habe ich schon reserviert."

Als sie gegen halb sechs den noblen Brenner Operngrill betraten, erwartete Hannes Himmerich sie schon. Nach Renates Schilderung seiner Eskapaden hatte sie einen Macho erwartet, den Typ Mann, dem sie mit Abstand begegnete. Doch Hannes Himmerich wirkte so, wie er beim ersten Kennenlernen wohl auch auf Renate gewirkt haben mochte: Sympathisch, zugewandt, unter einem vollen eisengrauen Haarschopf freundliche Augen, in denen auch schon mal der Schalk blitzte, wenn er im Gespräch mit Charme und Witz konterte.

Sie war erleichtert, nicht gezwungen zu sein, Abneigung mit Freundlichkeit zu übertünchen und betonte, wie froh sie sei, sich am Tegernsee, mit dem sie Jugenderinnerungen verbinde, vom Alltagsstress erholen zu können, bei Renate, in seinem schönen Haus. Der private Pool im Haus – der reinste Luxus, Entspannung pur, der Blick über den See, die Berge, die Luft – "eine Woche erst", sagte sie, "und ich fange an, Ballast abzuwerfen. Stress in der Kanzlei", fügte sie auf seinen interessiert-fragenden Blick hinzu. Er nickte, und in Luisa keimte der Verdacht, dass Renate ihm gesagt haben könnte, um welche Art von Stress es sich handelte. Jedenfalls legte das der nachdenkliche Blick nahe, der sein Nicken begleitete. Renate lenkte ab, erzählte von den Studienfortschritten ihres Sohnes, fragte nach Oliver, der sein BWL-Studium in München gerade abgeschlossen hatte, erzählte von ihren Erfahrungen als Hotelière.

"Und was tut sich auf dem Immobilienmarkt?", interessierte sich Luisa und war froh, nicht über die Kanzlei reden zu müssen.

Der Theaterabend, die harte Realität des Wirtschaftslebens durchmischt mit lustigen und skurrilen Szenen, wurde ein voller Erfolg, für Schauspieler und Publikum gleichermaßen. Danach noch ein Absacker in der Theaterbar, Kommentare zum Erlebten, Händeschütteln und Wangenküsse zum Abschied, *genießen Sie ihren Urlaub in meinem Haus, wie lange bleiben Sie noch?* wollte Hannes wissen und dann mit dem Taxi zurück nach Rottach-Egern.

"Ich hoffe, er kreuzt in den nächsten Tagen nicht doch noch hier auf", sagte Renate, als sie die Eingangstür aufschloss, "traue ich ihm zu, nachdem er nun weiß, dass du noch ein paar Tage hier bist." Sie stöhnte. "So ist er, so bleibt er."

"Hast du ihm den wahren Grund für deine Einladung an mich genannt?"

"Ach, nicht so ganz genau, ich habe nur gesagt, dass es Probleme bei euch gibt, na und so was …", sie zog die Schultern hoch, "kennt er ja aus eigener Erfahrung zu Genüge."

Am darauf folgenden Tag kränkelte die Sonne blass zwischen grauen Wolkendecken. Diesige Schneeluft, leichtes Flockengetänzel. Kein Grund, im Zimmer zu bleiben, befand Luisa, vielleicht sieht's oben besser aus.

Kurz vor dem Einstieg zur Gondelbahn lief Joschi ihr über den Weg.

"Sie kommen gerade recht, eine Skischülerin wollte heute eine Rodelabfahrt mit mir machen und hat vor fünf Minuten abgesagt, kein Wetter, hat sie gemeint. Dabei sieht's droben gar nicht so schlecht aus. Wie wär's mit Ihnen? Haben Sie Lust? Ich hab' einen Zweierrodel. Ihre Skier können Sie derweil im Laden unterstellen."

"Und? Wie geht das vor sich?"

"Sie müssen gar nichts machen, Sie sitzen hinter mir und machen nach, was ich vormache, zurücklehnen, vorlehnen, Beine seitlich raus in die Kurven legen, so was."

Luisas Blick blieb skeptisch.

"Für Eine, die den Glaslhang täglich runterbraust, ein Klacks. Außerdem können Sie sich gern an mir festhalten. Sechs Kilometer Rodelvergnügen sollten Sie sich nicht entgehen lassen!"

Joschi hatte Recht, oben war die Sicht besser und trotz fehlender Sonneneinstrahlung waren Unebenheiten im Boden gut erkennbar. Das Vergnügen, von dem er gesprochen hatte, stellte sich erst auf halber Strecke ein. Unsicherheit zunächst wegen der ungewohnten Sicht, so nah am Boden mit vierzig, fünfzig Kilometer Geschwindigkeit dahin zu brausen, nicht selbstständig agieren zu können, einem anderem die Führung überlassen zu müssen. Sich festhalten an jemandem. Dann, allmählich, begann es ihr zu gefallen. Sie dachte nicht mehr nach, musste sich nicht mehr krampfhaft auf Joschis Bewegungen konzentrieren, um es ihm nachzutun. Sie sah über seine Schulter hinweg nach vorn, fühlte die Kraft seines Rückens und reagierte fast instinktiv, nahm die Strecke wahr mit ihren wechselnden Baumkulissen, die steilen Abhänge links oder rechts der Bahn, sie hörte den Schnee unter den scharfen Kufen zischen und seufzen.

Auf dem letzten Kilometer, schon fast im Tal, verschlechterte sich die Sicht. Der Schnee fiel dicht in schweren, nassen Flocken und kleisterte ihre Skibrille zu. Blindflug.

"Keine Sorge", beruhigte Joschi, "ich kenne mich aus, wir sind gleich da."

Die Rodelbahn endete an einem Parkplatz, gleich daneben ein Restaurant. Jetzt schon zurück ins Hotel? Es war gerade erst Mittagszeit.

"Wie ist's? Gehen Sie etwas essen mit mir? Ich lade Sie ein. Kleiner Dank für Ihre Rodeleinladung, war wirklich toll."

Die Karte bot nichts Besonderes, Fastfood und Landestypisches für Eilige. Nach Spanferkel und Schweinsbraten mit Knödel gab's Kaiserschmarren zum Nachtisch.

"Den zweiten Nachtisch nehmen wir bei mir", bestimmte Joschi.

Luisa zog eine Braue hoch.

"Ich meine einen Nachtisch musikalischer Art. Wollten Sie sich nicht mal meinen historischen Flügel ansehen? Ich meine: anhören? Freie Programmwahl!"

"Wollte ich das?"

"Ist nicht weit von hier, Sie kommen ohnehin dran vorbei auf dem Weg in Ihr Hotel. Ich wohne im Haus meiner Eltern am Staudacherweg, in der Einliegerwohnung im Erdgeschoss."

Unterwegs konnte er nicht aufhören, von der Klangschönheit seines Bösendorfers zu schwärmen, stellte Unterschiede zum antiken Steinway fest, verglich ihn mit einem Koch&Korselt von 1915 und einem Schwechten von 1881, Namen, die sie noch nie gehört hatte. Offensichtlich kannte Joschi sich aus.

Auf der Klingel las sie, während er die Eingangstür aufschloss: Joshua Steinhuber. Biblisch und Bayerisch in Symbiose, kam es ihr. Die Einrichtung hatte nichts von beiden. Eine lichtlose Diele, bis auf die sparsame Helligkeit, die durch die Glaseinsätze der Türen fiel. Dahinter der im Winkel angelegte Ess- und Wohnraum mit Blick in einen kleinen Garten, schneebedeckter Rasen mit kahlen Büschen drum herum. Vor dem Fenster linkerhand ein massiver rustikaler Esstisch mit zehn ebenso rustikalen Holzstühlen. Aus dem Winkel weit in den Raum hineinragend der Bösendorfer, Noten auf dem Pult, offene Klaviatur. An der Wand, dem zweiten Fenster gegenüber, eine lange graue Couch. Sechziger Jahre, schätzte sie. Und eine Musikanlage mit integrierten CD-Fächern unterhalb der Fensterbank. Keine Sessel, kein weiterer Tisch.

"Ein Raum für die Musik, ob life oder Konserve, nichts lenkt ab", fasste Luisa ihren Eindruck zusammen.

"Na ja, hab schon mal ein paar Kumpels hier von der Band, wir proben und danach kochen wir was und essen zusammen."

Beim Eintritt hatte sie es nicht bemerkt, weil der Flügel so dominant ins Auge stach, aber jetzt sah sie es: Das große Bild gegenüber dem Esstisch.

"Ist das ein Penck? Sie besitzen einen Penck? Ein Museumsstück?"

"Ich besitze es leider nicht, ist nur eine Leihgabe meines Bruders, der hat in München eine kleine Galerie und wenig Lagerfläche, er meinte, er könne das Bild hier erst mal parken, und außerdem bräuchte der Raum mit all den Altertümchen etwas Moderne."

"Wie ist der Titel?"

"Hab ich vergessen. Kunst ist schön, aber macht Arbeit, und da arbeite ich lieber an meinem Flügel. Ist er nicht ein Prachtstück? Was wollen Sie hören?"

"Whatever haben Sie vor ein paar Tagen gesagt. Also?"

"Sie haben Bach vorgeschlagen, streng und schnörkellos wollten Sie's." Er wies auf das Notenpult. "Hier habe ich gerade einen Purcell vor mir, mögen Sie den? Streng genug? Die Ouverture zu Dido und Aeneas."

Sie nickte und setzte sich auf die Couch.

Joschi hatte nicht übertrieben. Der Klang verbreitete sich warm und samtig im Raum, ohne schwammig zu werden oder an Substanz zu verlieren.

"So habe ich einen alten Meister noch nicht gehört", meinte sie. Er hatte die Hände von den Tasten gehoben und sah sie fragend an.

"Es klingt weich und rund, aber gleichzeitig auch kernig, zum Schluss klang es, als wehten die Töne davon, sie brechen nicht einfach so ab. Man hört hinterher."

"Chopin klingt natürlich hier ganz anders als auf dem Klavier im Seeblick, oder ein Debussy."

Er verschwand und kam mit einer Flasche Wasser und zwei Gläsern zurück, stellte sie auf einen kleinen Beistelltisch und setzte sich neben Luisa.

"Dido und Aeneas ...", sagte Luisa, während er Wasser in die Gläser goss, "gibt es darin nicht diese wunderbare Arie der Dido, kurz bevor sie ..."

"*Remember me* meinen Sie? Ja, das ist in der Tat eine wunderbare Musik, bin gerade damit beschäftigt, sie zu sampeln, wir stellen ein neues Programm für die Band zusammen. Hab sie auch auf CD mit ...mit ...", er sprang auf und schnappte sich eine CD, die auf der Fensterbank lag, "... mit Janet Baker, wollen Sie hören?"

"Aber ja – Joshua."

Er zog den Mundwinkel hoch. "So kann man in Bayern nicht heißen, da bin ich halt der Joschi." Er schob die CD in den Player.

"Joshua passt besser", sagte sie, "klingt kraftvoll. Joshua Steinhuber. Einer der Steine hebt." Sie hielt einen Moment inne. "Um was darunter zu finden?"

Er sah überrascht zu ihr hinüber, dann drückte er auf Start. "Was ich finden will … sollte …, ich weiß es nicht. Ich weiß noch nicht einmal, was ich suche."

Er klang nachdenklich.

Remember me — die lodernde Klage über eine verlorene Liebe. Remember me hatte sie gesagt, als der Zug anfuhr, scherzhaft hatte sie es gesagt und eine Leichtigkeit in ihre Stimme gelegt, nach der ihr nicht zumute war. Er hatte ihr, hinter dem geschlossenen Abteilfenster stehend, zugewunken, während sie schon wusste, dass sein Erinnern mit jedem zurückgelegten Kilometer verblassen würde. Sie sah sich da stehen, dem Zug hinterher sehen, fühlte wieder die Leere in sich. Ich kann das jetzt nicht hören, quälte sie sich, nicht hier, neben einem, der so aussieht wie er. Die klagende Stimme füllte den Raum und rührte an einen alten Schmerz, den sie vergessen geglaubt hatte. Ihre Augen brannten.

Sie fühlte seine Hand über die ihre streichen.

"Es ist nichts", sagte sie und rieb ihre Wange, "unpassende Erinnerungen."

Sie schloss die Augen und wandte den Kopf ab. Er streichelte ihre Hand. Sie überließ sie ihm. So sehr hatte sie Cristian gewollt, damals, und er war einfach gegangen. Sie fühlte sich unfähig, dem auferstandenen Schmerz zu widerstehen, und wusste gleichzeitig doch, dass es die Suggestion der Musik war, die ihn nach so vielen Jahren wieder zum Leben erweckt hatte. Fast mit Lust ließ sie sich hinein sinken in ihre Trauer, ließ sich hinein sinken in die tröstenden Hände des Mannes neben sich, waren es nicht Cristians Hände? — sein Mund, sein Atem, seine leisen Worte an ihrem Ohr. Er zog sie hoch, sie weiter umarmend hörte sie ihn flüstern *hab dich schon vom ersten Tag an gewollt,* er zog sie mit sich, hinaus in einen benachbarten Raum. Sie immer noch haltend ließ er sich mit ihr auf das Bett fallen. Der plötzliche Ortswechsel war wie eine kalte Dusche.

Der suggestive Klagegesang war verstummt, ihrem lustvollen Schmerz der Klang- und Gefühlsraum genommen. Sie entzog sich ihm und fuhr mit beiden Händen durch ihre Haare. Was tat sie hier? In einem Schlafzimmer wie aus den Fünfzigern, zwei Betten nebeneinander, flankiert von hölzernen Nachtschränkchen. Ehebetten. Er fingerte an einer Fernbedienung herum, und aus einer Musikanlage hoch oben auf dem altertümlichen Kleiderschrank säuselte eine weichgespülte Entspannungsmusik.

Sie stand auf und richtete ihren Pullover. "Nein ...", sie zögerte, "Joschi ..., ich bin nicht die, nach der du suchst."

Er lag auf dem Bett und schaute zu ihr hoch, Bedauern im Blick. "Schade", murmelte er.

Sie ging hinaus, er folgte ihr in die Diele.

"Morgen?" Er sah sie fragend an.

"Ich weiß nicht. Meine Skier stehen ja in deinem Laden, vielleicht brauche ich sie nicht mehr. Am Wochenende reise ich ab. War nett, dich kennen gelernt zu haben."

Unterwegs schalt sie sich, seiner Einladung gefolgt zu sein. Den Klang eines Flügels begutachten! Eine gut etikettierte Verschleierung seiner wahren Absichten. Und dann noch dieses Remember me! Sie war hineingeschliddert in diese Situation, weil sie in der Stimmung war, alles leicht und belanglos zu nehmen, sich erholen zu wollen – zu müssen. Die ganze Zeit über, während sie sich in Cristians Umarmung hinein gewünscht hatte, waren ihre Augen geschlossen gewesen, sie hatte sie erst in dem Moment wieder geöffnet, als sie mit Joschi aufs Bett gefallen war. Und da war etwas in seinem Blick gewesen, nicht die Zärtlichkeit, die seine Hände sie hatte fühlen lassen, da war ein Haben-Wollen, zielstrebig drängend. Sex-Lust. Plötzlich hatte sie Robert vor sich gehabt, über Gerlinde gebeugt, mit dem gleichen Ausdruck in seinem Gesicht. Es war, als hätte sich in ihrem Gehirn ein Schalter umgelegt. Auch er war hinein geschliddert, auch er, ohne es zu wollen, allerdings mit schwer wiegenden Konsequenzen. Robert ... in den nächsten Tagen würde sie ihn anrufen und ihm die Daten ihres Rückfluges mitteilen.

Renate empfing sie mit genervtem Augenaufschlag.

"Ich hab' s geahnt. Hannes hat angerufen, er trifft sich morgen mit einem Interessenten wegen einer Immobilie in Tegernsee und will am Nachmittag kurz vorbeischauen. Kurz" ... sie verdrehte die Augen, "hoffentlich bleibt' s dabei."

"Ich kann ihn dir ja vom Leibe halten", meinte Luisa, "eigentlich ist er ja ganz nett und auch unterhaltsam."

Am Dienstagmorgen zeigte sich der Himmel wieder heiter. Doch nach Skifahren war ihr nicht. Ihre Bretter waren noch in Joschis Laden, doch sie wollte ihm nicht begegnen. Heute nicht. Lesen wäre eine gute Alternative, John Irvings Roman *Witwe für ein Jahr* lag auf ihrem Nachttisch, Lesezeichen auf Seite achtundzwanzig. Doch das konnte warten bis zum Nachmittag.

Nach dem späten Frühstück ging sie in den Ort, schlenderte durch ein paar Läden, erstand einen Kaschmirpullover und behielt ihn gleich an, fasste in einem Einrichtungshaus eine Bronze von Paul Wunderlich ins Auge, ein Einhorn mit abschraubbarem Horn. Vielleicht ein Geburtstagsgeschenk für Robert? Im Mai geboren, im Tierkreiszeichen des Stiers. Abschraubbares Horn ... sie lachte in leiser Verzweiflung in sich hinein, Hörner hatte sie ihm nicht aufgesetzt. Sie nicht. Warum gab es im Sprachgebrauch nicht auch gehörnte Ehefrauen?

Damit war der Gedanke an einen Kauf vom Tisch.

Kurz nach Mittag war sie zurück in ihrem Zimmer. Badezeug anziehen, Buch in die Tasche des Bademantels und runter zum Pool. Niemand da außer ihr – gut. Sie duschte, zog ihre Kreisbahnen – vierzig mussten es schon sein bei einem so kleinen Becken –, zog das nasse Zeug aus, wickelte sich in ihren Bademantel und warf sich in eine der Liegen vor den Panoramafenstern, das Buch unaufgeschlagen auf dem Bauch. Dieser Blick nach draußen! Wie immer grandios. Die Mittagssonne stand auf den Scheiben, Wärme hüllte sie ein, draußen gleißte der Schnee in schmerzendem Weiß über blauen Schatten. Sie schloss die Augen.

Als sie sie wieder öffnete, war das Gleißen einer grauen Dämmerung gewichen. Sie war wie benommen, fast zwei Stunden hatte sie geschlafen. Sie stand auf, das Buch wanderte wieder in der Tasche des Bademantels, den immer noch nassen Bikini in der Hand verließ sie den Raum. Auf der Treppe kam ihr Hannes Himmerich entgegen.

"Sieh da, sportlich bis zum Umfallen, Glaslhang und kein Ende, und danach noch schwimmen? Renate hat mir schon erzählt, was Sie sich so alles trauen."

"Heute kein Glashang, hab am Morgen eine Rodelpartie mit einem Skilehrer gemacht und bin doch tatsächlich unten auf meiner Liege eingeschlafen. Und jetzt bin ich erst so richtig müde. Und ungemütlich kalt ist mir auch."

Sie hob ihre linke Hand mit dem nassen Badezeug. Hannes Himmerichs Blick folgte der Handbewegung, dann wanderte er zu ihrer rechten Hand, mit der sie den Bademantel vor der Brust zusammen hielt. Er sah ihr in die Augen und lächelte. Leicht maliziös, war ihr Eindruck. Sie stopfte den Bikini in die andere Tasche, zog den Bademantel fester um sich und schlug die Kragenecken übereinander. Er trat einen Schritt zurück und ließ sie vorbei gehen.

"Werden Sie mit uns zu Abend essen? Renate hat was vorbereitet."

"Ich denke ja", antwortete Luisa über ihre Schulter hinweg und stieg die Treppe weiter nach oben. Sie ärgerte sich. Der lüsterne Blick, begleitet von einem Lächeln, war eine angedeutete Botschaft, setzte Einvernehmlichkeit voraus. Wie kam der dazu!

Beim Abendessen – Renate hatte eine kalte Fischplatte mit Grün-Salaten vorbereitet – verflog ihr Ärger wieder. Hannes Himmerich kehrte wieder den charmanten Unterhalter heraus, keine Anzüglichkeiten. Ob sie morgen wieder den Glaslhang hinunter wolle?

Sie denke schon. "Und Sie? Reisen Sie wieder ab?"

"Er fährt am Freitag zurück", sagte Renate und stand auf, "ich hole mal den Nachtisch." Sie räumte die Teller zusammen und trug sie in die Küche.

"Für Freitagmittag habe ich einen Helikopter samt Pilot gebucht, ich brauche Luftaufnahmen von mehreren Immobilien, die ich in München betreue. Und Sie fliegen am Freitag zurück nach Münster?"

"Ganz recht, am späten Nachmittag."

Er schwenkte den Rotwein in seinem Glas, nahm einen Schluck.

"Hätten Sie Lust, München einmal aus der Luft zu sehen? Zeit genug wäre. Wir steigen um zwölf Uhr dreißig hoch – klare Sicht vorausgesetzt –, der Flug dauert etwa eine Stunde. Danach bringe ich Sie zum Airport. Was meinen Sie?"

"Klingt reizvoll." Luisa hob auffordernd ihr Glas, er schenkte nach. "Ich werde es mir überlegen."

"Morgen noch einmal den Glaslhang hinunter", hatte sie gestern Abend vor dem Zubettgehen zu Renate gesagt, nachdem sie ihr von Hannes' Einladung erzählt hatte, und *lass das,* hatte Renate ihr geraten. "Er wird dich bearbeiten, noch ein paar Tage in München zu bleiben, weil es eine Ausstellung oder ein Konzert oder tolles Event irgendwo gibt, das man unbedingt erlebt haben muss. Er ist hartnäckig."

Wie hartnäckig, hatte sie vor zwei Stunden beim Frühstück erlebt.

"Ich kenne einen interessanten Skiwanderweg auf den Rückhängen des Wallbergs, den müssen sie noch kennen lernen vor ihrer Abreise. Langlaufski können wir an der Talstation ausleihen."

"Bei Joschi, ich weiß."

"Sie kennen ihn?"

"Mit diesem Pianisten ...", das P explodierte zwischen ihren Lippen, "hab' ich die Rodelpartie gemacht."

"Pianist?"

Sie hätte sich auf die Zunge beißen mögen und sah sich nun genötigt, flaue Erklärungen abzugeben, um nicht als eine da zu stehen, die sich mit jungen Männern abgab. Ein nettes Gespräch hie und da, im Laden beim Aussuchen der Skier, am Abend bei der Rückkehr, sagte sie, wobei er von seinem abgebrochenen Studium erzählt habe. Wahrscheinlich war es nur Wasser auf die himmerichen Mühlen gewesen, jedenfalls blieb er hartnäckig mit der Schilderung der landschaftlichen Schönheiten des rückwärtigen Wallbergs. Bis sie vom Tisch aufgestanden war: "Jetzt zum Abschied noch einmal den Glaslhang."

Da hatte er aufgegeben.

An der Talstation angekommen hatte sie es sich anders überlegt. Die Skier waren schon in Joschis Laden, wohin sie sie nach der Abfahrt hätte zurück bringen müssen, dann aber über den Umweg durch den Ort. Sie nahm die Gondel und fuhr hinauf, schnappte sich einen Liegestuhl auf der Sonnenterrasse beim Restaurant und sah den Skiläufern und Snowboardern zu. Zeit zum Nachdenken, Zeit zum Schauen und Abschiednehmen. In mäandrierenden Girlanden zogen sich ihre Spuren durch den Schnee, unter der hohen Sonne hinterließen sie ein Relief mit tiefblau veschatteten Furchen, die im schwarzen Tannendickicht verschwanden. Dazwischen die Schneise der Gondelbahn, eine weiße Wunde ins Schwarz geschlagen.

Wunde – was hatte dieser Urlaub ihr gebracht. Ablenkung – ja. Lösung – nein. Die konnte sie nur gemeinsam mit Robert finden, wenn er denn nun bereit war zu reden. Eines war klar: Er würde die Vaterschaft anerkennen, und sie musste seine Entscheidung mittragen.

Nach zwei Stunden, als die Kälte anfing, durch die Kleidung zu kriechen, fuhr sie zurück. Lautloses Schweben, sie allein in dem gläsernen Gehäuse, an einem Seil hängend hoch über die Landschaft gleitend, beim Überqueren des Trägermastes ein leicht stockendes Rumpeln, um danach wie losgelöst in die Tiefe fallen gelassen zu werden. Dann unten ankommen, vorbei an Joschis Laden, vorbei, vorbei. *Joshua* ..., sie wollte lächeln, doch ihre Mundwinkel zuckten nur kurz.

"Nun? Abschied genommen vom Schnee?", empfing sie Hannes Himmerich.

Nach einem kurzen Spaziergang längs des Seeufers war sie in ihr Zimmer gegangen und hatte ihr Badezeug angezogen. Sie brauchte Bewegung. Begleitung brauchte sie dabei nicht. Doch Hannes war nun einmal da und schien sein sportliches Ego bestätigt wissen zu wollen. Zog immer noch durchs Wasser, nachdem sie sich, in ein großes Badetuch gewickelt, an einen kleinen Tisch am Beckenrand niedergelassen und den Espresso aus der Kaffeemaschine schon ausgetrunken hatte. Aber er schwamm nicht einfach so, nein, es musste schon der Schmetterlingsstil sein, mit dem er sich in Szene setzte. Lächerlich in einem Becken von zehn Meter Länge! Nicht lächerlich war seine Muskulatur, wie sie feststellte, als er sich mit Armstütze am Beckenrand aus dem Wasser hebelte.

"Haben Sie es sich überlegt?"

Er kam aus der Umkleide, ein Handtuch um die Hüften geschlungen, die nasse Badehose legte er über die Stuhllehne.

"Was überlegt?"

"Nun, mein Angebot, München aus der Luft zu sehen." Er tat einen halben Schritt auf sie zu.

Sie schüttelte den Kopf. Sich einer Anmache des Herrn Himmerich auszusetzen hatte sie keine Lust. Sie stand auf.

"Ich will am Vormittag mit Renate noch einen Abschiedsbummel durch den Ort machen", sagte sie und angelte mit den Zehen nach ihren Flip-Flops unter dem Tisch. Der Boden war nass, sie rutschte aus – *bloß jetzt nicht hinfallen!*, - stieß den Stuhl um, versuchte, sich am Tisch festzuhalten, verlor das Gleichgewicht und fiel gegen Hannes. Er fing sie auf und drückte sie fest an sich.

"Gut inszeniert", sagte er grinsend und blickte auf sie hinunter. Luisa, noch halb benommen von dem Schreck und dem missglückten Versuch, sich auf den Beinen zu halten, sah ihn an. Und dann war nur noch Wut in ihr.

Über diese Bemerkung, die sie genau so schon einmal aus Roberts Mund gehört hatte, als er Gerlindes Inszenierung der Übelkeitsattacke schilderte, über den Blick, der sie aus Himmerichs Augen traf, gestern hatte Joschi sie genauso angesehen – nein nein! Sie stemmte ihre Hände gegen seine Brust und stieß ihn zurück. Er taumelte und fiel. Fluchtartig verließ sie den Raum.

III

ROBERT

"Schön, dass Sie da sind", hatte Renate gesagt und ihn hinauf in Luisas Zimmer begleitet. "Wenn Sie noch irgendetwas brauchen, lassen Sie es mich wissen. Luisa ist vor ungefähr zwanzig Minuten aus dem Haus gegangen, wie ich durch' s Bürofenster gesehen habe." Seinen fragenden Blick interpretierend hatte sie hinzugefügt: "Nein, natürlich habe ich ihr nichts von unserem Telefonat gesagt, es soll ja eine Überraschung sein." Sie ging hinaus."Vielleicht möchten Sie sich die Wartezeit verkürzen und eine Runde im Pool drehen? Den finden Sie im Souterrain. Falls Sie keine Badehose dabei haben — für Gäste liegt Badekleidung zum Ausleihen in den Umkleideräumen bereit. Beim Verlassen bitte in den Wäschekorb werfen."

Das also war Luisas Freundin. Ehemalige Freundin, Schulfreundin. Möglicherweise hatte Luisa ihr erzählt, was vorgefallen war und warum sie ihren Urlaub allein verbrachte. Na ja. Er hatte geschwankt, ob es nicht besser sei, ihre Rückkehr abzuwarten. Dann aber entschieden, mit ihr zu reden, ehe sie beide wieder vom Alltagsgeschäft der Kanzlei vereinnahmt sein würden. Die vor zwei Tagen angekündigte Betriebsprüfung war für den siebenundzwanzigsten Februar angesetzt worden, nun endgültig. Trickreich deklariert als Umsatzsteuersonderprüfung. Im Juli hatte das Finanzamt um Mitteilung gebeten, auf welchem Weg Herr Clausen üblicherweise seine Rechnungen bezahle. Er hatte auf das Mandantengeheimnis hingewiesen. Darauf die Ankündigung einer Sonderprüfung. Seinem Einspruch wurde nicht statt gegeben. Er hatte Klage erhoben. Die wurde abgeschmettert.

In fünf Wochen sollte nun eine so genannte Routineprüfung stattfinden. Und möglicherweise würde er einiges erklären müssen, das er zuvor mit Luisa besprechen sollte.

Er hob sein Bordcase auf die Kofferbank, ging ins Bad und wusch sich die Hände. Kurzer Blick in den Spiegel. Er presste die Lippen zusammen und strich prüfend über seinen Dreitagebart. Luisa mochte ihn. Er gebe ihm eine Aura von Kreativität. Hatte sie gesagt, kurz, nachdem sie sich kennen gelernt hatten. Die Rechtsprechung habe weniger mit Gerechtigkeit als mit Kreativität zu tun, natürlich auf dem Fundament eines soliden Wissens.

Er ging zurück ins Zimmer und tat einen Schritt hinaus auf den Balkon. Gute Luft, phantastische Aussicht. Und Ruhe. Ein Ort, sich zu entspannen. Was ihr hoffentlich gelungen war.

Auf dem Flug von Münster nach München war er zu einem Entschluss gekommen. Wobei natürlich ihre Reaktion nicht vorauszusehen war. Immerhin sollte sie in der Zwischenzeit verstanden haben, dass es ihm ernst war. Er würde das Kind als sein eigenes nicht nur anerkennen, er wollte ihm ein Vater sein, soweit es möglich war, ohne ihr gemeinsames Leben völlig umzukrempeln. Als Einzelkind aufgewachsen, hatte er sich einsam gefühlt zwischen seinen Eltern, der Vater immer in Geschäften und Terminen, die Mutter in Gesellschaft und Kultur unterwegs. Familienleben: Fehlanzeige. Nicht so bei Luisa. Ein Kind nach dem anderen, Familie und nur Familie. Immer Rücksicht nehmen. Einschränkung, so habe sie es empfunden. Er hatte nachgegeben und ihre Bedingung akzeptiert: Keine Kinder! Jedenfalls nicht in den ersten zehn Jahren. Danach hatten sie nicht mehr darüber gesprochen, sie liebten sich und hatten sich arrangiert in ihrer kinderlosen Ehe. Und es wäre sicher weiter so gegangen, wäre nicht Berlin passiert. Passiert, der Ausdruck passte. Ein Unfall, ein verdammter. Er hatte sich merkwürdig losgelöst gefühlt, schon auf der Fahrt nach Berlin, wie einer, der auszieht, etwas zu erleben. Wie damals mit zwanzig, zu Beginn des Studiums. Sein Einser-Abitur hatte der Vater mit einem BMW 501 Cabriolet honoriert, und er war losgefahren, Richtung Korsika. Mit seinem Schulfreund Hanno. Unterwegs hatten sie eine Tramperin vom Straßenrand aufgepickt. Greta, Schwedin, nettes Mädchen, hübsch, unkompliziert. Sie hatten sich beide in sie verliebt, genug, ein paar wilde Wochen miteinander zu haben. Freie Liebe zu dritt, am Strand, in dem geräumigen Zimmer, das sie in einer verfallenden Villa gemietet hatten, oder irgendwo unterwegs in der Macchia. Wie in Jules und Jim, Truffauts Film, den er kurz zuvor gesehen hatte. Ja, es war dieses Gefühl von Leichtigkeit gewesen, das ihn in Berlin wieder befallen hatte, von Unbekümmertheit, sich nehmen zu können, was immer er wollte, was immer sich bot. Leichtsinnig.

Leichtsinn gehörte eigentlich nicht zu seinen Charaktereigenschaften. Die Juristerei war eine verantwortlich planende, nichts dem Zufall überlassende Tätigkeit.

Was zum Teufel hatte ihn geritten, sich so zu verhalten?

Er fuhr sich mit der Rechten durch' s Haar. Jetzt nur nicht darüber nachdenken, die andere Sache war im Moment drängender. Für den Fall, dass auch das Konto des Weißen Rings ins Visier der Prüfer geraten sollte, musste er eine Erklärung parat haben, warum er im Mai nur die Hälfte der Spendengelder eingezahlt hatte. Und dann erst im Oktober, Wochen nach der Einrichtung eines separaten Kontos, die zweite Hälfte überwiesen hatte unter dem Verwendungszweck: Rückzahlung einer Privatentnahme. Wäre nicht der übliche Freitagsstau auf der Königsstraße gewesen, dann hätte er die Gelder rechtzeitig bei der Bank eingezahlt. So aber war der Umschlag in der Innentasche seines Jacketts geblieben und ihm am Samstag, da er seine Kreditkarte nicht dabei hatte, beim Casinotreff mit Heiko zu pass gekommen. Er hatte sich mit etwas über zweitausend Euro aus dem Umschlag bedient, und als die verspielt waren, hatte Heiko ihm mit weiteren zweitausend ausgeholfen. Die er ihm im Juni beim verpatzten Bridge-Abend hatte zurückgeben wollen und dann aus lauter Frust auch noch verspielt hatte, sowie weitere zwölftausend über seine Kreditkarte. Erst Mitte November hatte er seine Schulden bei Heiko beglichen und sein Konto damit weiter ins Minus getrieben. Ausgleich war jetzt nur möglich über das gemeinschaftliche Privatkonto. Luisa würde Fragen stellen. Sie war es, die angeregt hatte, die Gelder des

Weißen Rings auf ein separates Konto zu transferieren. Transparenz sei wichtiger als Kostenersparnis. Richtig. Vernünftig.

Er schnaufte.

Diese Vokabel!

"Sei vernünftig!", hatte sein Vater nach dem Korsikatrip gesagt, und seine Mutter hatte genickt. "Jetzt bietet sich dir ein Studienplatz, und das sogar hier in Osnabrück, mach Jura und vergiss die Architektur, Weimar hat zwar die Bauhaus-Universität, aber die Bedingungen für die Aufnahme sind hoch gehängt. Jura dagegen ist eine sichere Bank."

Er war vernünftig gewesen, hatte Jura studiert, den Abschluss summa cum laude gemacht, eine Dozentur bekommen, und Luisa war in sein Leben getreten. Über sie hatte er ihre Kommilitonin Irina kennen gelernt, damals schon mit Heiko liiert, beide Jurastundenten im letzten Semester. Es wurde eine Freundschaft zu viert, eine Arbeits- und Feiergemeinschaft. Anlässlich Heikos mit Bravour bestandenem Staatsexamen hatte er alle ins Gourmet-Restaurant Walhalla eingeladen. Jetzt noch sah er Luisas Gesicht vor sich und den strafenden Blick, mit dem sie die Wahl seiner Vorspeise quittiert hatte: Gebratene Wachtelbrust an Blattsalaten in Beerenvinaigrette mit glasierten Trauben und Nüssen – schon beim Lesen der Speisekarte war ihm das Wasser im Mund zusammen gelaufen. Ich esse keine Vögel hatte sie gesagt. Na ja, andere Tiere aß sie schon. Gegen seinen gegrillten Hummer oder sein Lammfilet in Kräuterkruste hatte sie nichts einzuwenden. Nach dem Essen dann hatte er alle ins Casino eingeladen, ganz spontan und nur mal so zum Spaß. Jetons gab's für für jeden im Wert von fünfzig D-Mark. Brot und Spiele, das gehörte zusammen. Die Kugel rollte, und er hatte gewonnen, er als Einziger. Dann wieder verloren, eine nicht akzeptable Niederlage für sein Selbstgefühl. Also noch mal und noch mal und immer wieder gesetzt und gewonnen. Am Ende hatte er ein paar Tausender in der Tasche. Er hatte noch nicht einmal nachgezählt.

So war's und alles war bestens gelaufen, achtzehn Jahre lang. Bis zu jenem schwarzen Tag vor zwei Jahren, an dem sein Vater sein Vermögen in den Turbulenzen der Eurokrise verloren hatte.

Die Villa wurde verkauft, einen Bruchteil aus dem Erlös hatte er ihm, seinem einzigen Nachkommen, übertragen. Danach Umzug in eine Eigentumswohnung. Bald darauf war sein Vater gestorben. Seine Mutter, nun Mitte Siebzig, hatte sich nach einer halbjährigen Trauerzeit aufgerafft und in ihrem Singledasein arrangiert, an Kontakten fehlte es ihr nicht. Wie und wann er ihr vermitteln sollte, dass sie nun bald Großmutter werden würde – oft genug hatte sie diesen Wunsch geäußert und inzwischen wohl endgültig begraben – machte ihm Kopfzerbrechen. Am besten war es wohl, ihr das Enkelkind in die Arme zu legen. Ihr Sohn war der Vater, nur das würde zählen. Hoffentlich.

Das war die eine Sache.

Ansonsten: Abwarten, wie sich alles entwickeln würde. Und natürlich war Frau Krantz nicht länger haltbar. Frau Krantz … er zog die Luft ein. Dann entspannte er sich wieder.

Er ging wieder zurück ins Zimmer und schloss die Balkontür. Während er die Treppe zum Pool hinunter stieg, versuchte er, sich Luisas Reaktion vorzustellen.

Es gelang ihm nicht wirklich. Zu lange schon war aus dem ehemals wortlosen Einvernehmen zwischen ihnen ein wortloses Nebeneinander geworden, das die schmerzhafte Distanz nur brüchig überdeckte.

Auf der untersten Treppenstufe lag ein Badetuch. Er hob es auf. Die Tür zum Poolbereich stand offen. Ein umgefallener Stuhl, ein Tisch, darunter Flip-Flops. Auf dem Tisch eine Espressotasse. Leer. Jemand lag im Becken, am Grund, Gesicht nach unten, ausgebreitete Arme, nackt. Keine Bewegung.

Der Reflex kam automatisch: Grundausbildung, erste Hilfe bei Badeunfällen: Ertrinkenden aus dem Wasser ziehen, Bewusstsein überprüfen, ansprechen, sanft schütteln.

Keine Reaktion.

Atmung prüfen, Hören, Fühlen, Sehen.

Atmung nicht feststellbar. Stabile Seitenlage.

Handy nicht dabei, nach oben rennen.

Rezeption nicht besetzt.

Rufen und immer wieder rufen.

Renate kommt aus dem Büro: Notarzt anrufen!

Wieder die Treppe runter, Renate stolpert, er fängt sie auf.

Der Mann liegt auf den Fliesen, muskulöser Körper, schlaff, wie schlafend.

"Das ist mein Mann", sagt Renate.

Der Notarzt kommt.

Wiederbelebungsversuche, mehrfach und erfolglos.

"Wie kann das passiert sein?", fragt der Arzt.

"Ich weiß es nicht, er war ein ausgezeichneter Schwimmer", sagt Renate, "warum ist er nackt?"

"Herzinfarkt, plötzliche Ohnmacht?", rätselt der Arzt, "war er allein im Pool oder war noch jemand hier? Wir müssen ihn untersuchen."

Renates Blick schweift durch den Raum. "Da ist eine Tasse auf dem Tisch und Flip-Flops, die sind vom Haus. Ich werde rumfragen. Die rot-schwarz gestreifte Badehose auf der Lehne, die gehört meinem Mann. "

Die Sanitäter kommen mit der Trage und bringen den Mann in den Notarztwagen. Renate steht mit hängenden Armen da und schaut dem Auto hinterher. Sie steht auch noch da, als die Rücklichter längst nicht mehr zu sehen sind. Robert fasst sie am Ellenbogen, und sie gehen hinein.

Robert hatte Renate in ihr Büro begleitet. Überlegungen, ob die Polizei zu benachrichtigen sei, wurden schnell verworfen. Da war nichts, kein Anhaltspunkt für etwas anderes als ein Unfallgeschehen. Das Ergebnis der ärztlichen Untersuchung war abzuwarten. Renate hatte sich schnell gefasst, keine Larmoyanz, keine Kopflosigkeit.

"Eine neue Situation, ich habe keine Erfahrung mit so etwas", sagte sie und griff nach Stift und Papier, "bin noch etwas benommen und sehr dankbar für Ihre Hilfe." Sie blickte zum Fenster. "Da kommt Luisa."

Er stand auf. "Lassen Sie mich mit ihr reden. Zuerst muss ich ihr erklären, warum ich überhaupt hier bin. Möglicherweise empfindet sie meinen Besuch zwei Tage vor ihrer Abreise als Überfall."

Er ging hinaus und schloss die Tür hinter sich. Die Hand noch auf der Klinke, sah er Luisa durch die Verglasung der Eingangstür draußen stehen und sich den Schnee von den Schultern klopfen. Dann, beim Eintreten, plötzliches Innehalten.

"Du?" Ihre Stimme klang nicht erfreut.

"Komm", sagte er und umarmte sie kurz, "ich wollte nicht, dass Renate dir meinen Besuch ankündigt. Wir müssen etwas besprechen, bevor der Alltag uns wieder hat. Meine Sachen sind schon auf deinem – unserem Zimmer."

Oben wollte sie sich zuerst etwas Bequemeres anziehen und die schneenassen Haare fönen. Vor dem Spiegel im Bad stehend fragte sie nach seinem Flug, gab es Neuigkeiten in der Kanzlei?

"Das Finanzamt hat eine außerplanmäßige Betriebsprüfung angesagt, nennt das eine Routineprüfung, und darüber will ich mit dir sprechen. Aber vorher noch etwas anderes." Er tat einen Schritt auf sie zu. "Hast du Renates Mann im Lauf des Tages gesehen?"

"Hannes? Den Weiberheld?"

"Er hatte einen Unfall oder eine Herzattacke, der Notarzt konnte es nicht feststellen. Er ist ertrunken, im Pool, ich habe ihn aus dem Wasser gezogen. Vor ungefähr anderthalb Stunden."

"Ertru... wie...?"

Sie ließ den Fön sinken und drehte sich zu ihm um. Ihr Gesicht war mit einem Mal sehr blass. "Wie soll das passiert sein? Er war ein hervorragender Schwimmer." Sie setzte sich auf die Bettkante, der Fön fiel ihr aus der Hand. "Seit wann bist du schon hier?"

"Du bist wohl, kurz bevor ich kam, aus dem Haus gegangen, und Renate hat mir empfohlen, die Wartezeit im Pool zu verbringen. Ich bin dann zuerst aufs Zimmer und etwa eine Viertelstunde später runter. Und da lag er am Grund. Habe noch versucht, ihn wiederzubeleben. Alles zu spät."

"Ich verstehe das nicht", murmelte sie und hob den Fön auf. Und zu ihm aufschauend: "Als ich den Pool verließ, war er putzmunter, putzmunter genug, mich auf widerwärtige Art und Weise anzumachen."

"Wie das?"

"Schon seit zwei Tagen wollte er mich überreden, ihn bei einem Rundflug über München zu begleiten – er ist Immobilienmakler –, und da unten fing er wieder davon an. Ich wollte gehen und bin ausgerutscht und gegen ihn gefallen, und das hat er ausgenutzt und falsch interpretiert." Sie kniff die Lippen zusammen. "Ich hätte den Ausrutscher absichtlich provoziert, hat er mit einem blöden Grinsen gesagt. Was bildet der sich ein?"

"Und dann?"

"Dann bin ich raus, in mein Zimmer und hab mich umgezogen."

"Hast du dich noch mal nach ihm umgesehen, hast du irgendetwas gehört?"

"Nein. Und was hätte ich möglicherweise hören können? Oder sollen? Er hat jedenfalls nicht hinter mir hergerufen."

"Vielleicht einen Wasserplatscher, als er ins Becken fiel?"

"Der hätte mir keine Sorgen gemacht, er war ein sehr guter Schwimmer."

"Trotzdem ist er ertrunken. Warum?"

Beim Abendessen mit Hirschgulasch und Spätzle war die Stimmung gedrückt. Es war Hannes' Lieblingsgericht, und er hätte dabei sein sollen.

"Ich mag gar nicht daran denken, was jetzt auf mich zukommt", sagte Renate. "Wir sind ja immer noch verheiratet, ich habe aber überhaupt keinen Einblick in seine Arbeit. Ich hoffe, es gibt ein Testament."

"Du musst dir diesbezüglich keine Sorgen machen." Luisa legte ihre Hand auf Renates Unterarm. "Wir werden dich rechtlich beraten in allem, was zu tun ist. Jetzt warten wir erstmal den Untersuchungsbefund ab."

Ein Anruf in der Pathologie am nächsten Vormittag klärte die Lage. Nicht ganz allerdings. Herzversagen als Todesursache wurde ausgeschlossen, jedoch eine Prellung am Hinterkopf festgetellt, über dem linken Ohr gelegen, Folge eines Schlags oder eines Aufpralls. Der Pathologe hatte einen Rechtsmediziner hinzugezogen, der die Verletzung als eher leicht einstufte, jedoch als verantwortlich für die Bewusstlosigkeit. Zudem war in der Lunge Wasser gefunden worden, beim Sturz ins Wasser hatte Himmerich also noch gelebt. Der zuständige Beamte werde die Örtlichkeit noch in Augenschein zu nehmen.

Kommissar Nettenhuber kam am frühen Nachmittag. "Reine Formsache", erklärte er. Luisa demonstrierte den Ablauf mit sichtlich unterdrückter Erregung, offensichtlich fühlte sie sich in der ungewohnten Rolle einer Angeklagten. Nettenhuber zeigte sich zufrieden. Die Position der Prellung über dem linken Ohr bestätige Luisas Darstellung. Himmerich sei, ausgelöst durch den Stoß, gestürzt, vielleicht auch ausgerutscht und über die linke Schulter seitlich mit dem Kopf auf dem Beckenrand aufgeschlagen, dann ins Wasser gefallen. Die Form der stumpfen Verletzung, eher flach und mit seitlichem Druckverlauf, wie der Rechtsmediziner festgestellt hatte, könne durchaus durch die Beschaffenheit der gefliesten Pooleinfassung erklärt werden. Er bedankte sich für die kooperative Zusammenarbeit und erklärte den Ortstermin für beendet.

Beim anschließenden kurzen Mittagsimbiss im *Barcaiolo* nebenan wurde vorwiegend geschwiegen. Renate schien über Probleme bei der Nachlassabwicklung nachzudenken, jedenfalls schloss Robert das aus ihrer Frage nach möglicherweise noch offenen Verbindlichkeiten ihres Mannes. Sie würde ein paar Tage in München sein müssen, um einen ersten Einblick in seine Geschäfte zu bekommen. Kontakt zu seinem Büro aufnehmen. Die Firma wahrscheinlich verkaufen.

"Bei rechtlichen Problemen nehmen Sie bitte Kontakt mit uns auf", sagte Robert, "jederzeit."

Luisa schien kaum zuzuhören. Sie wirkte abwesend, erschöpft. Robert versuchte, sie mit einem anderen Gesprächsthema aufzumuntern, wollte wissen, ob sie ihre alte Liebe zum Tegernsee, dem Wallberg und dem Schnee neu beleben konnte, doch sie antwortete nur mit einem müden Lächeln *später … später …*

"Ich muss jetzt mal allein sein", sagte sie und zog sich ins Zimmer zurück. Renate verschwand in ihrem Büro, am dringendsten sei es, Kontakt mit der Flughafenverwaltung aufzunehmen. Und danach mit Oliver und Thomas, nachdem der Ablauf des Unfalls ja nun geklärt war.

Robert war sich überflüssig vorgekommen und gegangen. Abstand nehmen, auch er. Unterwegs auf einem Wanderweg am See entlang wurde ihm bewusst, dass er keine Gelegenheit gefunden hatte, mit Luisa über sein Fehlverhalten und die Betriebsprüfung und zu reden. Hätten sie sich nicht zu Anfang ihrer Ehe neben einem jeweils eigenen separaten Kreditkartenkonto für ein gemeinschaftliches Privatkonto entschieden, wäre er nicht in diese Lage geraten. Sich nach dem Tod des Vaters ein eigenes Privatkonto einzurichten, wäre eine Option gewesen. Aber das war ihm zu diesem Zeitpunkt der Erbschaft schier unmöglich erschienen. Es hätte Luisa getroffen.

Er holte aus und kickte einen Stein beiseite, ein hässlicher schwarzer Fleck auf dem makellos weißen Schnee. Das nicht existierende eigene Konto für eine missliche Lage verantwortlich zu machen! Er lachte grimmig in sich hinein. So etwas würde er einem Mandanten nicht durchgehen lassen! Nein, nein, er hatte am Spieltisch etwas wiederholen wollen, was ihm einmal geglückt war, besser: in den Schoß gefallen war. Und er hatte nicht aufgehört, es wiederholen zu wollen, als er schon längst über sein Limit hinausgegangen war. Es hatte Macht über ihn gehabt. Die Überzeugung, er müsse dranbleiben, dies sei ein Fall, den er zu lösen habe. Vielleicht hätte er eher aufgegeben, wären da nicht diese Augen gewesen, deren Blick er sich ausgesetzt gefühlt hatte, die ihn heraus gefordert hatten. Sein Gegenüber am Spieltisch: bernsteinfarbene Iris mit dunklem Rand, krause, honigblonde, wild wuchernde Haarmähne. Der Blick, zielgerichtet, beobachtend, doch ohne sichtbare Emotion, den Oberkörper leicht vorgebeugt über den Spieltisch hatte sie ihn von unten her angesehen: eine Löwin kurz vor dem Sprung. Und wieder hatte er sich jung und unbekümmert gefühlt wie damals auf Korsika, die Welt gehört dir, du kannst alles, du könntest auch diese Frau haben, wenn du wolltest. Immer wieder hatte er gesetzt, Glücksmomente, wenn die Kugel ihm einen kleinen Gewinn bescherte, hatten ihn beflügelt und dann doch immer weiter in den Verlust getrieben. Risikobereit. Wäre Heiko dabei gewesen, wäre das alles nicht passiert. Der vernünftige Heiko. Aber er war nicht da gewesen. Er habe kurzfristig einen Termin mit einem Mandanten vorziehen müssen, hatte Irina bedauernd gesagt, als er vor der Tür stand, und er habe vergeblich versucht, ihn telefonisch zu erreichen. Da Luisa auch nicht an ihrem turnusmäßigen Treffen zum Bridge teilnehmen konnte – sie war gebeten worden, bei der Eröffnung einer neuen Konzertreihe für die erkrankte Bürgermeisterin einzuspringen – hatten sie sich auf Skat geeinigt. Und nun stand er da. Irina hatte ihn herein gebeten, aber nach einer halben Stunde bei einer Tasse Tee hatte er das Gefühl, er langweile sie. Vielleicht hatte er auch, unbeabsichtigt, seinen Ärger durchblicken lassen, die weite Strecke umsonst gefahren zu sein. Aus lauter Frust war er ins Casino gegangen. Ablenkung, Frustabbau. Leute sehen, herumschlendern, beobachten, das ein oder andere Gespräch. Und dann: Versuchs doch! Wiederhole dein Glück! Als ihm endlich klar wurde, dass sich Glück mit Dranbleiben nicht zwingen lässt, als er endlich aus seiner rauschhaften Ohmacht aufgewacht war, war die Frau ihm gegenüber verschwunden und sein Kartenkonto mit neuntausend Euro belastet. Über das Privatkonto hätte er die Summe bequem ausgleichen können, doch dann hätte Luisa davon erfahren. Erst im letztjährigen Urlaub, bei einem Casinobesuch auf Sveti Stefan, hatte sie ihm beim Verlieren zunächst nur zugeschaut. Dann aber, als die Verluste sich auf dreitausend Euro zu bewegten, war sie energisch geworden, und er hatte Enthaltsamkeit versprochen. Jetzt Farbe bekennen? Schon wieder? Das, was man einen Spieler nennt, war er nicht. Und nur aus einer momentanen Verlegenheit hatte er Geld aus der Sammlung für den Weißen Ring abgezweigt. Geborgt, das traf es eher. Doch in den Kontounterlagen sah es nicht danach aus. Er bohrte die Hände in die Manteltaschen und ging einen Schritt schneller. Für den Fall, dass auch das Konto des Weißen Rings geprüft würde, musste eine plausible Erklärung her. Unumgänglich also, das mit Luisa zu klären. Doch solange sie noch unter Schock zu stehen schien, war es nicht ratsam, sie mit seinem Versagen zu konfrontieren. Eher dann während des Rückflugs, sozusagen als Einstimmung in den Alltag. Seine Vorstellung von einem Gespräch mit Luisa in entspannter Atmosphäre, vielleicht bei einem schönen Essen? Er grunzte. Seine Reise hierher – ein Schlag ins Wasser.

Am nächsten Morgen Frühstück in gefasster Abschiedsstimmung. Renate hatte entschieden, Hannes' BMW in die Münchner Garage zurück zu bringen und sich in seiner Wohnung einen Überblick zu verschaffen. Oliver würde auch da sein. Robert und Luisa konnte sie auf dem Weg dorthin am Flughafen absetzen.

Luisa hatte den Beifahrersitz Robert überlassen, Gelegenheit, mit Renate noch einmal die To Do-Liste durch zu gehen: Versicherungen, Totenschein, Sterbeurkunde, Erbschein. Mietvertrag für seine Münchner Wohnung? Es sei eine Eigentumswohnung, sie könne sie ja vermieten, warf Renate ein. Dann: Bestattung. "Ende nächster Woche vielleicht", meinte sie.

"Wir werden kommen", versicherte Robert.

Luisa saß stumm auf dem Rücksitz, den Kopf gegen die Stütze gelehnt.

Die Verabschiedung vor dem Flughafengebäude fiel kurz aus. Renates Gedanken schienen auf das Kommende gerichtet. "Ihr hört von mir, sobald ich einen Termin für die Beisetzung habe." Luisa, sie umarmend: "Es hätte ein so schöner Urlaub sein können, wenn nicht … ", sie zögerte, "dieses Ende … es tut mir so leid." Renate nahm Luisas Hände zwischen die ihren, rieb sie, stieg ins Auto, drückte kurz auf die Hupe und fuhr davon.

Einchecken, noch eine halbe Stunde bis zum Abflug, die Wartelounge überfüllt. Robert hatte Luisa den einzigen noch freien Sitzplatz überlassen, sie sah angestrengt und abwesend aus unter ihrer Urlaubsbräune. Seine Frau, seine Luisa, der nie etwas zuviel wurde, die zupacken konnte, ein Talent besaß, Probleme zu lösen. Jedenfalls für andere. Ihr Problem war jetzt eines, das sich nicht mit Tatkraft lösen ließ.

Er lehnte sich gegen die Panoramascheibe. Das Bordcase zwischen den Füßen ließ er seinen Blick schweifen. Vorwiegend Männer in der Wartelounge, in Business-Schwarz gekleidet, mit übereinander geschlagenen Beinen in lässiger Haltung im Sitz hängend, schwarz auch die Roll-Aktenkoffer, überdimensionierte Laptop-Umhängetaschen, modische Wickelschals, umherschweifende Augen, Kopf auf die Hand gestützt, Zeigefinger an der Schläfe: Denkerhirne, die die Welt verkaufen. Dann: Mein Beobachtungstalent hätte ich in Berlin nutzen sollen, dann wäre ich nicht in die Falle getappt. Und: Luisa scheint in ein Loch gefallen.

Die Maschine war voll besetzt, Freitagabend, Wochenendausflügler, Rückkehrer. Luisa am Fenster sitzend, einsilbig, nach draußen schauend.

"Nun erzähl doch mal. Es gab vierzehn Tage vor dem schrecklichen Unfall, und die haben dir, nach deiner Farbe zu urteilen, gut getan. Wie war dein Urlaub? Was hat dir am meisten gefallen?"

"Ach Robert."

Sie wandte sich ihm kurz zu, um sogleich den Blick wieder nach draußen ins abendlich dämmernde Blau zu richten. "Vor vierzehn Tagen saß ich im Flugzeug und habe von oben auf die Wolken geblickt und gehofft, meine Probleme unter ihnen zurück zu lassen; jetzt sitze ich wieder hier, sehe nach draußen und schleppe neue Probleme mit mir nach Hause zurück."

"Aber du trägst keine Schuld an Himmerichs Tod, das weißt du!"

"Schuld, Schuld! Keine Schuld im Sinne des Strafgesetzbuches, ja, mein Ausrutscher war nur ein Auslöser, n-u-r! , aber er hat einen Menschen das Leben gekostet. Wie kann ich da einfach so drüber hinweg gehen?"

"Eine Verkettung unglücklicher Umständen. Banal. Aber so ist es."

"Du sagst es. Eine Banalität hat ihn umgebracht. Viele davon. Die Banalität, sich vor mir aufzuplustern mit seinem Schwimmstil und seiner Muskulatur, seiner Einladung zum Rundflug, die Banalität der nassen Fliesen, meine rutschigen Füße, sein abstoßendes

Grinsen und, ja ...", sie unterbrach sich, schüttelte den Kopf und schwieg.

"Was ... und ja? Sag' s mir."

Sie zögerte einen Moment, dann stieß sie heraus: "Er hat genau das zu mir gesagt, was ich in einem ähnlichen Zusammenhang schon einmal von dir gehört habe, mit einem Blick, der ..."

"Was hab ich zu dir gesagt? Wann?"

"Denk an deine Berlin-Affaire." Sie wandte den Blick ab.

"Frau Krantz." Er schwieg. Nach einer Weile: "Was war ähnlich an seiner Äußerung zu meiner? Hat er nicht gemeint, du habest den Ausrutscher absichtlich ..."

"... inszeniert, ja." Sie sah ihn direkt an. "Wie deine Meinung zu Frau Krantz' Verführungs-Inszenierung, der du zum Opfer gefallen seiest. Ich letztlich auch, in Anbetracht der Konsequenzen."

Ich stecke also auch mit drin in diesem Unfall-Drama, dachte er. Parallelen. Alles hängt mit allem zusammen. Himmerich, ein Opfer von Umständen. Ich eher nicht. Liebt sie mich noch, nach alle dem? Wäre sie noch einmal bereit, wie noch vor einem halben Jahr, mir zuliebe eine Fortbildung abzusagen? Es war ihr nicht leicht gefallen, die Teilnahme am Musik- und Literaturfest der Veranstaltungsreihe *Wege durch das Land* abzusagen; sie plante, etwas Ähnliches in Münster aufzubauen. Information vor Ort sei da unerlässlich.

Er sah wieder ihr Gesicht vor sich, in dem Moment, als er sie bat, mit ihm nach Malmö zu fliegen. Unwillen zunächst, dass er der kurzfristigen Einladung eines Jugendfreundes, der überdies fast dreißig Jahre lang nichts von sich habe hören lassen, Priorität einräume. Aber was für eine Einladung, was für eine Neuigkeit! Hanno lud zu seiner Hochzeit ein! Seine zweite Ehe und − Überraschung: Seine neue Frau diejenige, die sie beide als frisch gebackene Studenten auf ihrer Korsikareise kennen gelernt hatten, Greta, die nette, unkomplizierte schwedische Greta! Bei seinem Anruf am Tag der Offenen Tür, gegen Mittag, kurz bevor die Gäste kamen, hatte Hanno nur soviel gesagt, dass er sie bei einem Geschäftsessen überraschend wieder getroffen habe, sie arbeite als Development Manager bei Ikea. "Später mehr", hatte er versprochen, "schriftliche Einladung kommt noch. Ich rechne mit deiner Zusage! Wenn du eine Frau hast, bring sie mit!"

Luisa hatte schließlich eingewilligt, die Veranstaltung in Detmold sausen zu lassen und sich für eine spätere anzumelden. Möglicherweise hatten auch seine Andeutungen, Gretas Anteil an der Korsikareise betreffend und absichtlich verschwommen gehalten, ihre Neugierde angestachelt. Vielleicht auch, weil sie – viel beschäftigte Anwältin, Ratsmitglied, Kulturausschuss, Weißer Ring – so stark in außerberufliche Aktivitäten eingebunden war. Da gab es wenig Zeit für Gemeinsames. Manchmal hatte er sich schwach gefühlt ihr gegenüber, fast unterlegen. Nicht gleichermaßen von ihr begehrt, nicht so, wie er sie begehrte. Seine Liebe, zu wenig bestätigt. Liebst du mich noch – nie in den vergangenen Jahren hatte sie das wissen wollen. Diese Frage in jener Nacht im November, dieser vermaledeiten Nacht, in der er im Bett versagt hatte, und der Druck der letzten Wochen sich Bahn brach in dem Geständnis seines Fehltritts. Und danach froh war, es gesagt zu haben, ehe sie es über andere Kanäle erfahren hätte. Die Konsequenzen – ja. Sie hatte Recht.

"Luisa, ich könnte dir etwas über die Konsequenzen sagen. Ich hatte Zeit, darüber nachzudenken." Spontan war ihm dieses Bedürfnis gekommen. Der Flieger, eigentlich ein unpassender Ort für dieses Thema, aber zu lange schon trieb es sie beide um.

"Ich habe auch nachgedacht, Robert", sagte sie, ohne ihn anzusehen, "in den letzten zwei Tagen. Sie tut dir leid, diese Sache in Berlin; täte sie dir auch leid, wenn sie ohne Folgen geblieben wäre? Wahrscheinlich hättest du sie verschwiegen."

"Wahrscheinlich. Wozu sollte ich dich verletzen mit etwas, was mir nichts bedeutete und mit uns rein gar nichts zu tun hat."

"Hatte. In dem Moment, als es passierte, vielleicht nicht." Sie sah ihn an. "Oder vielleicht doch? Was hat dich gereizt an dieser Frau? Nur die Tatsache, dass sie dich begehrte? Für dich sah es so aus, aber vielleicht war es noch nicht einmal das. Vielleicht hatte sie etwas ganz anderes im Sinn", sagte sie und wandte ihren Blick wieder zum Fenster. "Dieser Verdacht ist mir erst in den letzten zwei Tagen gekommen, beim Nachdenken über meine Reaktion,

Stichwort Inszenierung." Und in sein Schweigen hinein: "Erinnerst du dich an Hinrichsen? Kurz vor Weihnachten habe ich ihn zufällig vor dem Da Franco getroffen, vertieft in eine Unterhaltung mit einer hübschen jungen Frau, ich habe sie wieder erkannt. Roxana, die Freundin von Frau Krantz. Eine ehemalige Bürokraft, hat Hinrichsen gesagt. Er lügt. Sie studiert und hat ein Kind. Und Frau Krantz wohnt bei ihr, in einer Dreizimmerwohnung, wie sie mir erzählte. Wie kann die sich das leisten? Antwort: Der Kindsvater zahlt, und mehr als nur die Wohnung. Und: Wer ist der Kindsvater?"

Robert: "Vermutung: Hinrichsen."

Luisa: "Noch eine Vermutung: Deine Frau Krantz hat sich ihre Freundin zum Vorbild genommen. Bald wird sie mehr Gelder über Unterstützung erhalten als sie monatlich verdient. Zudem: Kündigung während der Schwangerschaft und bis zu vier Monaten nach der Entbindung ist gesetzlich untersagt."

"Ich weiß, wir werden zu Anfang Juni kündigen, das Kind wird wahrscheinlich Ende Januar da sein."

"In ungefähr einer Woche also." Nach einer Weile: "Wie fühlst du dich dabei?"

Er zögerte. Zum ersten Mal fragte sie nach seinem Empfinden, nicht nach seinen Überlegungen für die Gestaltung einer Zukunft mit Kind.

"Schwer zu sagen."

Seinen Gefühlen hatte er nicht nachgespürt, bisher nicht herausgefunden, welches das beherrschende Empfinden war. Eine Chronologie, ja, die hatte es gegeben: Wut, Ablehnung, Scham, das Bedürfnis, Frau Krantz zu bestrafen. Dann hatte sich etwas verändert in ihm, unmittelbar, nachdem er einem Vaterschaftstest zugestimmt hatte. Anfang November, an einem Abend, an dem er Luisa bei einer ihrer Abendverpflichtungen wusste, hatte er Frau Krantz zu einem Gespräch in die Kanzlei gebeten, nach der Bürozeit. Er wollte ihr deutlich machen, dass, sollte er der Vater des Kindes sein … – an dieser Stelle hatte sie ihn unterbrochen *Sie sind es hundert Pro* – er hatte sich nicht beirren lassen … keine wie immer auch geartete neue Nähe geben werde, zum Ende des Mutterschutzes werde sie die Kündigung erhalten. Eine Fortsetzung des Beschäftigungsverhältnisses sei seiner Frau und den übrigen Angestellten nicht zuzumuten. Damit schien sie, ihrem Schulterzucken nach zu urteilen, gerechnet zu haben. "Und Sie werden Stillschweigen über die ganze Sache bewahren. Das gilt auch für die Zukunft", hatte er hinzugefügt. "Ich kann beweisen, dass Sie der Vater sind", hatte sie mit kühlem Blick gesagt und eine kleine Plastiktüte aus der Handtasche hervorgeholt. "Da! Ihr Kamm! Die Haare habe ich behalten für den Test, sind genügend da, mit Wurzel." Sie kramte erneut in ihrer Tasche und warf ein Schriftstück auf seinen Schreibtisch. "Sie müssen diese Erklärung unterschreiben, dass Sie einverstanden sind mit der DNA-Analyse. Anderenfalls wird meine Ärztin Sie in die Praxis zitieren und eine Probe von Speichel oder Mundschleimhaut entnehmen."

Für einen kurzen Moment war er sprachlos gewesen, er hatte den Kamm nicht vermisst. Ein persönlicher Gegenstand, Zeugnis seines Fehltritts. Dass er intim geworden war mit dieser Person, ekelte ihn jetzt an. Flüchtig streifte ihn der Gedanke, ob es nicht besser sei, die Geburt des Kindes abzuwarten und dann den Vaterschaftstest zu machen, entschied dann aber, möglichem zukünftigen Ärger vorzubeugen.

"Nun gut", sagte er, prüfte den Wortlaut des Dokuments und griff nach seinem Stift, "ich lege keinen Wert darauf, Ihre Ärztin kennen zu lernen. Sie wird mich über das Ergebnis informieren."

Das war wenige Tage später per Post gekommen. Das Labor hatte die DNA des Ungeborenen aus dem Blut der Mutter herauspräpariert und mit seiner aus der Haarwurzel gewonnenen DNA verglichen. Treffer.

Es war dann auch keine Überraschung für ihn, Frau Krantz hatte sich zu sicher gegeben, wahrscheinlich hatte sie in der fraglichen Zeit niemand anderen an sich heran gelassen. Das sprach für ihre Absicht, sich mit ihm einen finanzkräftigen Erzeuger für ihren Bastard zulegen zu wollen. Bastard. Eine abschätzige Bezeichnung, jedenfalls heutzutage, aber schon zu früheren Zeiten hatte es sie gegeben, um nicht standesgemäße Abstammungen zu titulieren. Trotzdem: Die Gewissheit, in der Zukunft ein Kind zu haben, einen Sohn, war seltsam. Luisa zuliebe hatte er ihrem Wunsch nachgegeben und auf Kinder verzichtet, er hatte es nie bereut. Es war keine Zeit gewesen für Reue, kein Moment, in dem er gewünscht hätte, ein Kind im Arm zu halten, mit ihm zu spielen, ihm Geschichten vorzulesen, es zu Bett zu bringen, zu trösten. Fußballspielen – ja, vielleicht, wenn es älter wäre. Oder die Welt erklären. Und wieder musste er an seine eigene Kindheit denken zwischen oft abwesenden Eltern, versorgt von Angestellten.

"Meine Gefühle sind zwiespältig, Luisa. Ich schäme mich. Andererseits bin ich der Vater dieses Kindes und habe Verantwortung, die will ich wahrnehmen. Ich könnte es nicht ertragen, keinen Einfluss auf seine Erziehung zu haben. Bis es soweit ist, wird es noch dauern und ich weiß nicht, was ich dir zumuten kann."

Luisas Seitenblick streifte ihn, dann sah sie wieder aus dem Fenster. Die Erde rückte näher, regenverhangen.

Über die Betriebsprüfung hatte er immer noch nicht gesprochen.

Der Kanzleialltag hatte sie wieder.

Luisa erschien ihm bedrückt, ihre immer vorwärts strebende Energie gedämpft. Abends, nach Abendbrot und Tagesschau und nachdem das Wichtigste für den nächsten Tag besprochen war, entschuldige sie sich mit Müdigkeit und verschwand im Bett. Kein später Krimi, keine Dokumentationen auf ntv oder Phönix. Die Energie, die sie üblicherweise für Prozessvorbereitungen aufwandte, schien einer flauen Routine gewichen, die sogar Frau Jonsch aufgefallen war. "Ist Ihre Frau krank? Sie sieht so gut aus, aber hat sie sich wirklich erholt?" Er hatte etwas von momentaner Unpässlichkeit gemurmelt, was man so sagt, wenn man eigentlich nichts sagen möchte und gehofft, dass es nur das war. Vielleicht würde sie nach Himmerichs Beerdigung wieder zu ihrer alten Form finden. Besser, sie erst dann mit Geständnissen über fehlende und verspätete Buchungsunterlagen zu belasten. Zwar kam ihm der Gedanke, eher noch das ungute Gefühl, wieder einmal etwas zu verdrängen. Aber auch das schob er beiseite.

Die Beerdigung fand am frühen Nachmittag des letzten Januartages auf dem Nordfriedhof in München statt. Die Trauergesellschaft in der Friedhofskapelle war überschaubar. Angesichts der Todesumstände und der Tatsache, dass sie schon seit Jahren nicht mehr mit Hannes zusammen lebte, hatte Renate nur Familienmitglieder und wenige enge Freunde informiert. Beide Söhne waren da, Oliver, der mit Statur und vollem dunklem Haar an seinen Vater erinnerte, Thomas, Renates Sohn, schlaksig, groß, Intellektuellenbrille. Sie saßen in der ersten Reihe zwischen Renate und einem alten Paar. Hannes Eltern, vermutete Robert. Der Geistliche sprach über den Verschiedenen, seine Familie, seine Verdienste, sein Leben, während sie vor einem Podest mit Urne saßen, vor Blumenschmuck und Kerzen und einem schwarz umflorten Foto, auf dem der Verstorbene sehr ernst blickte und jünger aussah als die achtundfünfzig Jahre, die er erreicht hatte. Das *Vater Unser* wurde gebetet, alle erhoben sich, Musik erfüllte plötzlich den kleinen Raum, als käme sie aus einem Land fernab der banalen Wirklichkeit. Eine Stimme, opulent, flehend, sang von *trouble* und *fate*, von Schicksal und Abschied und Erinnern. Remember me. Luisa, links neben ihm am Seitengang stehend, blickte auf ihre Hände hinunter, mit denen sie die Lehne des vor ihr stehenden Stuhls umklammerte, als müsse sie sich daran festhalten. Ihre Augen waren geschlossen, die Mundwinkel zuckten. Bei der dritten Wiederholung hörte er sie murmeln *ich kann das nicht*, während sie sich umdrehte und nach draußen ging. Was konnte sie nicht? Alles hatte sie gekonnt, immer. Er sah sie vor sich bei Hannos Hochzeit, beim Empfang im Grand Hotel in Oslo, locker plaudernd, den Prosecco in der Linken balancierend, während das Brautpaar - eine lächerliche Bezeichnung, dachte er, für ein spätes Paar in den Fünfzigern, das sich zum wiederholten Mal traute – umher ging und die Gäste begrüßte. Hannos erster Blick hatte Luisa gegolten. Uwerfend war sie gewesen in ihrer schulterfreien schwarzen Robe, seitlich geschlitzt bis hoch hinauf zum Oberschenkel, das schwere schwarze Haar gebändigt in einer schlanken Nackenrolle, an den Ohren die langen Smaragdtropfen in Konkurrenz zum zum Grün ihrer Augen. Dann erst hatte Hanno neben der schönen fremden Frau seinen alten Schulfreund wahrgenommen. Wiedersehensfreude, Umarmungen mit Schulterklopfen und Wangenküssen. Greta dagegen hatte ihn schon von weitem erkannt. Ihre Lippen auf seiner Wange hatten ihn an andere Küsse erinnert, ihr Blick an andere Blicke, ihr *Robert! Wie schön!* an ihre tiefe Stimme während der Lust, ihr ehemals wildes Haar trug sie in einer lockigen Kurzhaarfrisur.

Jetzt, plötzlich, in diesem Moment angesichts des Todes und des vielfältigen Erinnerns sah er die Frau am Spieltisch vor sich, die Faszination, die sie auf ihn ausgeübt hatte – fesselnder Blick, lodernde Mähne, eine Löwin, bereit zum Sprung auf die Beute ... Greta und die unbeschwerte Zeit in den Siebzigern mussten wohl plötzlich da gewesen sein. Die weiße Kamelie hinter Gretas Ohr, Kameliendame, hatte er gedacht, ihre fünfte Ehe, ob sie halten wird? Die Kinder im Gefolge: Hanno mit Sohn und Tochter, Schwiegerkindern und zwei Enkeln – seltsamerweise hatte Robert eine Empfindung von Neid gestreift – dann Greta mit Tochter, ihr Ebenbild von damals.

"So hat sie vermutlich ausgesehen, die Greta, in eurer wilden Zeit auf Korsika", hatte Luisa spät am Abend im Hotelzimmer zu ihm gesagt und mit einem neckischen Seitenblick hinzugefügt: "Sicher gäbe es da noch einiges zu erzählen."

"Wir waren jung, und die Richtige habe ich erst sehr viel später gefunden", hatte er geantwortet, während er den klemmenden Reißverschluss ihres Kleides löste, "ist es bei dir nicht genauso gewesen?"

Das *Remember me* holte ihn zurück in die Gegenwart. Immer noch klang es, während Träger herein traten und die Urne auf eine Trage luden. Die Anwesenden erhoben sich und folgten, voran Renate mit den beiden Söhnen, danach Himmerichs Eltern und die wenigen Trauergäste. Ein kleines Geleit für einen großen Macho, dachte Robert, an meiner Luisa ist er gescheitert. Oder sollte ich sagen: Sie war sein Todesengel? Er hasste sich für seine unpassenden Gedanken, hatte er den – wie der Geistliche gesagt hatte: "Verschiedenen" – doch nur in eben diesem Zustand kennen gelernt. Einiges über ihn wusste er aus Luisas Mund, auch über Renates gescheiterte Ehe. Gleichwohl stand ein Ausdruck von Schmerz in ihrem Gesicht, als sie an ihm vorbei ging. Seine eigene Ehe? Luisas herbe Schönheit hatte ihn sofort gefangen genommen, das klassisch strenge Profil, die selbstsichere Ausstrahlung; ihre Intelligenz und Zielstrebigkeit. Keine Niedlichkeiten wie bei Greta, der süßen Greta, die jeder haben konnte. Luisa hatte er wie weiland Siegfried die Brünhilde als Herausforderung empfunden. Manchmal jedoch empfand er sich mehr als Bestandteil ihres erfolgreichen und geachteten Lebens in der Gesellschaft, denn als Liebhaber.

Sie wartete vor dem Eingang. Nach der Beisetzung die Riten der Beileidsbekundungen am Grab, Renates Söhne, der eigene und der angeheiratete, rechts und links neben ihr. Luisa schien sich gefasst zu haben, sie umarmte Renate und flüsterte ihr etwas zu. Renate nickte. Ein flüchtiges Lächeln, dann drückte sie Luisas Hände.

"Ein folgenreiches Klassentreffen, das uns hierher gebracht hat", kommentierte Robert später beim Rückflug nach Münster, "aber für deine Freundin wird sich wohl nicht viel ändern nach Himmerichs Tod. Sie kommt gut allein zurecht."

"Aber sie ist ja nicht allein! Natürlich war sie immer sehr selbstständig, oft auch eigenwillig in dem, was sie dachte und tat. Wie sie dastand, am Grab, zwischen ihren beiden Söhnen! Ihre schlohweißen kurzen Haare, ein rundlicher Kopf mit einer Knabenfrisur auf einem stabilen, eher kleinen Körper. Mir drängen sich oft Bilder auf, wenn ich Menschen in besonderen Situationen sehe. Sie sah so kraftvoll aus, wie ein Turm auf dem Schachbrett zwischen Läufer und Pferd."

"Und das hast du ihr gesagt? Hat sie deshalb gelächelt?"

"Ich habe ihr gesagt, dass sie stolz sein kann auf ihre beiden Söhne."

"Auf deinem imaginierten Schachbrett befinden sie sich in einer prekären Situation, falls der Turm am Zug ist."

"Ach Robert … Gedankenspielerei …"

Nach einer Pause, leise, während sie den Blick zum Fenster wandte: "Ich würde in einer solchen Situation ohne Begleitfiguren da stehen."

Später, wieder zuhause, klang dieser Satz in ihm nach. Hatte er in ihrer Stimme so etwas wie Bedauern über ihre Kinderlosigkeit gehört? Schwer vorstellbar. Doch wenige Tage später, am neunten Februar, als die erwartete Nachricht von der Geburt des Kindes kam, geschäftsmäßig per WhatsApp über Gerlindes Handy mit angehängtem Foto eines in ein Handtuch gewickelten Säuglings – *Unser Sohn ist da, Leon, 3645 g, 60,1 cm* – hatte Luisa das Foto ohne erkennbare Emotion angesehen.

"Am besten, du fährst gleich ins Krankenhaus und guckst dir das Kind an. Ich halte es nicht für gut, sie zu Hause in ihrer Privatatmosphäre zu besuchen. Danach sehen wir weiter. Sie wird Forderungen stellen."

Auf der Entbindungsstation im Franziskus-Hospital zeigte man ihm hinter einer Glasscheibe ein weißes Bündel auf dem Arm einer Schwester, ein kleines zerknautschtes Gesicht unter einem Büschel schwarzer Haare. Er staunte.

"Das ist nichts Ungewöhnliches", sagte die Schwester, "Babys verlieren ihre Neugeborenhaare nach drei Monaten, der Kopfumfang nimmt zu, die Kopfhaut wird gedehnt, der Hormoneinfluss der Mutter lässt nach, und die Haare fallen aus. Und manchmal verändert sich dann die Haarfarbe."

"So so", meinte er, "mir gefällt sie."

Ob ihm sonst noch etwas gefiel, wusste er nicht. Sein Sohn – Tatsache – doch nicht vorstellbar. Ein Gedanke, ein Wissen, aber kein Gefühl. Später vielleicht, in ein paar Monaten, wenn aus dem Bündel ein kleiner Mensch geworden war.

"Und?", wollte Luisa wissen.

Robert hob die Schultern. "Ein Neugeborenes halt. Ein verhutzeltes Gesichtchen, schwarze Haare, die bleiben aber nicht. Du hast doch fünf jüngere Geschwister, erinnerst du dich nicht, wie sie kurz nach der Geburt ausgesehen haben?"

"Schon. Jedenfalls an die beiden letzten. Ich habe meine Mutter im Krankenhaus besucht und ihre Erschöpfung gesehen. Und wieder eins, habe ich gedacht, das ich in der Karre 'rumfahren muss. Aber ich war nur die Schwester, nicht die Mutter. Als Mutter fühlt man sicher anders, als Vater wohl auch. Ein Kind ist ein Wunder, hat der meine jedes Mal gesagt."

Am Abend fand die diesjährige erste Sitzung des Kulturausschusses statt, Haupttagespunkt: Verwendung der Mittel für Sonderausstellungen im Rahmen der mittelfristigen Finanzplanung der Museen. Luisa wollte ihre Idee einer Ausstellung der archäologischen Forschungsergebnisse in der Osttürkei vorstellen, über die Peter Grund bei Heikos Sylvesteressen so faszinierend berichtet hatte. Es schien Robert, als habe die Beschäftigung mit diesem Thema ihre depressiven Verstimmungen vertrieben.

Nach dem Abendessen, ehe sie ging, warf sie wie beiläufig einen blauen Jeton neben sein Weinglas.

"Das hier hat Antonella in deinem hellgrauen Boss-Anzug gefunden, in der Innentasche, ein paar Anzüge mussten in die Reinigung. Vielleicht erinnerst du dich, wann und wo du ihn getragen hast." Damit war sie zur Tür hinaus.

Er presste die Luft aus seiner Lunge. Auch das noch! Warum hatte er nicht längst mit ihr geredet! Ein freiwilliges Eingeständnis wäre allemal besser gewesen als diese Zufallsentdeckung. Noch heute musste er ihr reinen Wein einschenken. Wenn sie nach der Sitzung überhaupt noch zugänglich war.

Gegen Elf war sie zurück, sichtlich gut gelaunt.

"Nun, hast du dein Vorhaben durchgebracht?"

"Noch nicht, aber es sieht gut aus. Hinrichsen war als Vertreter der Sponsoren geladen und findet das Projekt gut, hat am Rande wohl auch etwas mitgekriegt von meinem Gespräch mit Peter Grund. In diesem Zusammenhang fiel mir ein, was er mir bei unserem Silvesteressen über Roxana Nieverding gesagt hat, als ich ihn auf die hübsche junge Frau vor dem Da Franco ansprach. Eine ehemalige Bürokraft, hat er geantwortet. Und da konnte ich es mir nicht verkneifen, nach Sitzungsschluss mit einem *Ach übrigens* so nebenbei zu erwähnen, dass unsere Mitarbeiterin Frau Krantz, soeben mit einem Sohn niedergekommen, mit seiner ehemaligen Bürokraft befreundet ist, und die beiden sich eine Dreizimmerwohnung in der Weberstraße teilen. Danach wurde er sehr einsilbig und hat sich schnell verabschiedet."

"Wenn wir Recht haben mit der Vermutung, dass er der Vater von Tobias ist, wird er Roxana zur Rede stellen und Gerlinde rausschmeißen."

"So wird es kommen, Robert, und Frau Krantz braucht dann eine neue Wohnung und wird alle Unterstützungsgelder anfordern, die sie nur kriegen kann. Betreuungsunterhalt für mindestens drei Jahre, Kindergeld, Elterngeld – hat sie die dreijährige Elternzeit nicht schon angemeldet? – die Erstausstattung für das Kind, dazu Unterhalt, also ihr Nettoeinkommen bis zum Ende des Mutterschutzes, du kennst die Gesetze. Sie steht finanziell besser da als je zuvor, wenn ich es mal kurz überschlage, so an die dreitausend Euro monatlich. Wenn sie nach Ende des Mutterschutzes verlängerte Elternzeit beansprucht, wirst du lange zahlen müssen."

"Lass uns schlafen gehen, Luisa."

Ein unerquickliches Thema. Seine Finger drehten den Jeton in seiner Jackentasche. Ebenso wie das Spielbankthema. Eine passende Überleitung wollte ihm nicht einfallen.

Eine halbe Stunde später, er schon im Bett, auf dem Rücken liegend, Luisa im Bad.

"Ist dir was eingefallen zum Fundstück in deinem grauen Jackett?" Ihre Stimme klang vernuschelt, er hörte die elektrische Zahnbürste surren.

Er holte Luft. Nun also.

"Ich wollte es dir schon am Tegernsee sagen, aber dann ist soviel passiert, Himmerich, Beerdigung, die Hin- und Herfliegerei, du warst sichtlich angeschlagen, es gab keinen passenden Moment." Er machte eine Pause.

"Und?" Das Surren erstarb.

"Du erinnerst dich an unsere letzte Bridge-Verabredung bei Heiko im vergangenen Sommer? Du musstest die erkrankte Bürgermeisterin beim Rathauskonzert vertreten, da haben wir uns auf Skat geeinigt, und als ich in Bad Oeynhausen ankam, eröffnet mir Irina, dass Heiko kurzfristig zu einem Mandanten musste. Frust hoch drei. Von dem habe ich mich mit dem Casinobesuch ablenken wollen."

Ein zischendes Geräusch unterbrach ihn, die Zahnpasta war im Waschbecken gelandet. Luisa stand im Türrahmen.

"Wieviel?"

Er richtete den Blick zur Decke.

"Ein vierstelliger Betrag über meine Kreditkarte, die Abbuchung wirst du natürlich auf unserem Privatkonto sehen", er wandte den Kopf und sah Luisa an, "aber da sind ja noch nicht angelegte Gelder aus der Erbschaft." Seine Stimme klang cool und er dachte weiter so. "Noch etwas", fuhr er fort, "am siebenundzwanzigsten Februar werden wie eine außerplanmäßige Betriebsprüfung haben. Auch das hätte ich dir schon längst gesagt, aber in all den Turbulenzen wollte ich davon nicht reden."

Luisa hatte sich gegen den Türrahmen gelehnt und die Arme verschränkt, während er anfing, die Gründe darzulegen, die das Finanzamt veranlasst hatten, eine Prüfung anzuberaumen. Ein solches Procedere war ihr nicht unbekannt

Er gab sich einen Ruck.

"Es könnte sein, dass die Prüfer einen Blick in die Unterkonten werfen, der Weiße Ring wurde ja erst Ende Juli ausgelagert. Im Mai habe ich etwas Dummes gemacht, spontan, unüberlegt, inzwischen korrigiert, wenn auch etwas spät. Ich hatte es über den anderen Problemen aus dem Blick verloren." Er setzte sich auf, es war nicht gut, prekäre Dinge im Liegen zu gestehen, während Luisa auf ihn herabsah.

"Im Mai, unmittelbar nach der Charity-Veranstaltung für den Weißen Ring, wollte ich die Gelder einzahlen, Freitag, früher Nachmittag, Stau auf der Königstraße, du kennst das …", er schob die Decke zurück und stand auf. Luisa, immer noch gegen den Türrahmen gelehnt, abwartend, fast lässig, schien ihm. Einmal wechselte sie Stand- und Spielbein, verzog den Mundwinkel und senkte die Stirn, ihn weiter ansehend. Seine Coolness schwand, er begann auf und ab zu gehen und fühlte sich schlechter, je länger er redete. "Ich wollte dich nicht uninformiert lassen, falls Fragen wegen der Unstimmigkeiten auftauchen sollten", meinte er schließlich.

"Fragen habe ich mir auch gestellt, als Frau Burscheid mir die Kontoauszüge zeigte. Und der tüchtigen Frau Krantz sind die natürlich auch aufgefallen – hat sie dich damit erpresst?"

"Nicht direkt, sie hat Andeutungen gemacht, nonverbal, Straßenkarte von Bad Oeynhausen und Foto von der Spielbank obenauf in der Akte." Er setzte sich wieder aufs Bett, ihr den Rücken zuwendend.

"Du kannst natürlich mit deiner Erbschaft machen, was du willst und bist mir keine Rechenschaft schuldig." Ihre Stimme klang sachlich. "Mit den Spendengeldern ist es schon etwas Anderes. Aber letztendlich sind deine verspäteten Buchungen Peanuts im Vergleich zu dem, was du mir mit …", sie hielt inne, er hörte sie mehrmals Luft holen, "mit der Schwängerung dieser Frau angetan hast. UNS angetan hast. Und es mir im Bett gestehst, an unserem Hochzeitstag. **Geschmackvoll.**"

"Du weißt, dass es eine spontane Reaktion war, es kam ohne mein Zutun einfach so heraus, musste wohl auch", erregte er sich. "Auf der Rückfahrt von Bad Oeynhausen habe ich ständig darüber nachgedacht, wie ich es dir endlich beibringen soll, die Gedanken haben mich um und um gedreht und als ich dann total versagt habe, war es wie eine Explosion in Herz und Hirn, es musste raus. In diesem Moment total unpassend." Er schwieg. Dann: "Einen passenden Moment gab es nie."

"Aber wir müssen reden", drängte Luisa und setzte sich neben ihn, "wie stellst du dir das vor? Unser Leben."

"Erstmal wird sich nichts ändern an unserem Leben. Ab und zu werde ich das Kind sehen und mich überzeugen, dass gut für es gesorgt wird. Und später …?", er hob die Hände. "Ich werde es jedenfalls nicht der alleinigen Erziehung einer Frau Krantz überlassen." Er zögerte, weil ihm die Konsequenzen schlagartig klar wurden. Dann, unsicher, wie sie reagieren würde: "Dazu brauche ich die Anerkennung auch der rechtlichen Vaterschaft." Sein Sohn könnte seinen Nachnamen führen: Leon Liberti ...

"Möglicherweise findet sie ja einen Mann, einen Lebenspartner, der dem Kind ein Vater sein will."

Hatte sie nicht zugehört? Sie wusste doch, was eine rechtliche Vaterschaft bedeutet.

"Frau Krantz macht sich nichts aus Männern, das mit mir war ein Ausrutscher. Hat sie gesagt, wörtlich, als ich Zweifel an meiner Vaterschaft äußerte."

"Das bestätigt meinen Verdacht, dass sie es drauf angelegt hat." Luisa knallte die Faust auf's Knie. "Sie lebt mit dieser Roxana zusammen, möglicherweise in einer lesbischen Beziehung? Beide haben ein Kind von einem verheirateten Mann, der keine eigenen Kinder hat. Roxana studiert, Jura, sagte Hinrichsen, da weiß sie natürlich so einiges über die Verpflichtungen außerehelicher Väter. Wie heißt sie noch? Nieverding?" Sie stockte. "Nieverding ... der Name kommt mir bekannt vor, werde morgen mal meine Akten wälzen."

Sie stand auf, wandte sich zum Gehen, zögerte, drehte sich wieder um, er sah Unsicherheit in ihren Augen, dann Gewissheit.

"Jetzt weiß ich es: Es war eine Vaterschaftsklage, einer meiner ersten Fälle, Ende der Neunziger. Den DNA-Abgleich gab's damals noch nicht."

Später, im Bett neben ihm liegend, kurz vor dem Einschlafen: "Wir sollten die Formalitäten, Standesamt, Jugendamt, etc., möglichst schnell hinter uns bringen."

Hatte sie *wir* gesagt?

Gleich darauf war er eingeschlafen.

Er ist wieder zuhause, am Vorabend zurück aus Berlin. In der Nacht steht er auf, geht ins Bad neben dem Schlafzimmer. Es ist kleiner und sieht anders aus: Statt der Dusche eine Badewanne mit Boiler, links ein einzelnes Waschbecken, Toilette daneben. Wasser läuft aus dem Badewannenhahn, ohne dass er ihn betätigt hat. Er will ihn zudrehen, es geht nicht. Nun läuft auch Wasser aus dem Hahn am Waschbecken, er dreht und dreht, bis er den Hahn schließlich in der Hand hält, und das Wasser in breitem Strom herausläuft. Wo ist der Haupthahn? Er dreht ihn, das Wasser stoppt. Er hört Geräusche in der Wohnung, mehrere Leute scheinen da zu sein. Ein Baby schreit. Ist er gestern Abend zu Bett gegangen, ohne sich um das Baby zu kümmern? Er geht in sein Arbeitszimmer, da steht ein winziges Bett neben der offenen Tür. Das Kind sieht ihn an, er nimmt es hoch, es ist mindestens ein halbes Jahr alt, sitzt auf seinem Arm und schaut ihn verständig an. Dann ist es vielleicht schon ein Jahr alt und wiegt etwas schwerer. Mit dem Kind auf dem Arm geht er ins Wohnzimmer, zwei Jungen laufen auf der Terrasse herum, er kennt sie nicht. Einer kommt herein und er sagt zu ihm: verschwinde oder ich rufe die Polizei. Der Junge sagt: Der Martin hat es sich schon im Kinderzimmer bequem gemacht. Er denkt, drei Kinder und wer weiß, wie viele Leute sonst noch in der Wohnung sein mögen.

Am nächsten Morgen, beim Frühstück: "Gestern hast du gesagt: wieder eins, das ich in der Karre rumfahren muss. Nur den zuletzt Geborenen, den Felix?"

"Nein, nein, alle, außer den Zwillingen. Meine Mutter, immer etwas kränklich mit Herzproblemen, hat mich oft mit ihnen an die frische Luft geschickt, durch den Botanischen Garten an der Uni habe ich ihn geschoben, zum Sandkasten, hab auf der Bank daneben gesessen und gelernt, um die Zeit zu nutzen. Oder rund um den Rubbenbruchsee, Enten füttern, Pferde und Gänse angucken." Sie lächelte. "Weißt du noch? Joggen am Rubbenbruchsee?"

"Weiß ich noch und auch alles, was danach kam." Aber er wollte etwas anderes wissen. "Sicher hast du sie auch schon mal tragen müssen, als sie noch klein waren. Wie schwer ist denn so ein Baby mit einem Jahr?"

"Seltsame Frage. Weiß ich nicht so genau. Zehn Kilo vielleicht? Warum willst du das wissen?"

"Letzte Nacht hab ich so seltsam geträumt, von einem Baby, das auf meinem Arm sitzt, von Wasser, das aus sämtlichen Hähnen läuft, von fremden Kindern, die sich in unserer Wohnung herumtreiben …"

"Ohne Wasser kein Leben", sage Luisa, "vielleicht hat es etwas mit neuem Leben zu tun und mit deinen Gefühlen, Träume haben ja doch immer mit Gefühlen zu tun."

"Gefühle?" Er schüttelte den Kopf. "Verantwortungsgefühl: ja, aber das ist doch eher Kopfsache."

Fünf Tage später.

Er sah noch das Gesicht des Standesbeamten vor sich, den Blick eines zu Verschwiegenheit verpflichteten Beamten, nachdem ihm die Erklärung über die Anerkennung der Vaterschaft und die Sorgeerklärung vorgelegt worden waren. Er hatte kurz aufgeschaut und ihn überrascht angesehen, als wolle er sich vergewissern, wen er vor sich hatte. Ursprünglich hatte er die Formalitäten nicht persönlich begleiten wollen, das sei Sache der Mutter, hatte Luisa bemerkt, aber Frau Krantz wollte ihn dringend sehen, telefonieren genüge nicht in der Angelegenheit, um die es gehe. Da war ihm die unpersönliche Umgebung eines Amtes geeigneter erschienen und einem Treffen in der Kanzlei vorzuziehen.

Er hatte dem Treffen mit gemischten Gefühlen entgegen gesehen, eher noch mit Abneigung. Die auftrumpfend selbstsichere Art, die sie sich zugelegt hatte, seit sie sich von ihrem Chef geschwängert wusste, hatte sich womöglich jetzt, da sie sein Kind geboren hatte, noch gesteigert.

Die Sache, um die es ging, war dann diejenige, die Luisa ins Rollen gebracht hatte. Frau Krantz informierte ihn, wobei sie sichtlich bemüht war, Fassung zu bewahren, dass sie eine Wohnung brauche. Frau Nieverding, ihre Freundin, habe sie vor die Tür gesetzt. "Gerade jetzt, wo ich allein noch nicht so gut zurechtkomme mit dem Kind", klagte sie, "Roxana hat doch Erfahrung damit. Warum macht sie so was?"

"Zahlt Ihre Freundin die Miete für die Wohnung? Oder jemand anderer?"

"Ach so … Sie meinen, … der Vater von Tobias – ja also, ich weiß gar nicht, wer das ist – zahlt die Miete? Aber der weiß doch gar nicht … oder doch? Hat es erfahren, und jetzt muss ich raus?"

"So wird es wohl sein Frau Krantz."

"Können Sie nicht … vielleicht haben Sie einen Mandanten, der Wohnungen vermietet? Ich kann doch jetzt nicht nach Anzeigen in der Zeitung suchen und herumlaufen und mir Wohnungen ansehen. In vier Wochen soll ich raus sein, der Vater von Tobias macht Roxana die Hölle heiß, und deshalb ist sie sauer."

"Und kann sie Ihnen nicht bei der Suche helfen?"

"Die steckt in Semesterabschlussprüfungen und ist nicht ansprechbar. Seit ich in Mutterschutz bin, ist sie außerdem irgendwie komisch geworden."

"Na ja, ich könnte mal rumhören. Ich glaube, der Herr Clausen hat Mietshäuser."

"Das wäre gut, den kenne ich."

Eigentlich war ihm nicht danach zumute, einen Mandanten wegen dieser Sache anzusprechen; andererseits war Frau Krantz keine Unbekannte für Herrn Clausen, und letztendlich ging es um Leon.

Herr Clausen hatte keine Mietwohnung frei, wohl aber der Verwalter seines Reiterhofes, ein Herr Rüderstetting. Er bot eine teilmöblierte Zweizimmerwohnung in der Gasselstiege an, keine besonders gute Lage und am Stadtrand gelegen, doch Spielplätze und Kita in der Nähe. Na gut, fürs Erste war etwas gefunden. Weitersehen, abwarten.

Abwarten war nichts für Frau Krantz. Schon am nächsten Tag hatte er ihre E-Mail auf dem Tisch, eine happige Unterhaltsforderung, die sich an seinem Einkommen in einem niedrigen fünfstelligen Bereich orientierte, zweitausend Euro für die Erstausstattung des Babys, Stubenwagen, Kinderwagen, Wickelkommode, Babywaage und -wanne, Buggy oder Karre – um in Luisas Vokabular zu bleiben. Hinzu zu rechnen war das Elterngeld für zunächst zwei Jahre sowie der Differenzbetrag zur Zahlung des Arbeitsamts in Höhe von dreiunddreißig Prozent. Luisa hatte mit ihrer Schätzung noch zu tief gegriffen. Die Zahlungen in dieser Höhe zu verweigern hieße, falls Frau Krantz auf ihrer Forderung beharren sollte, vor Gericht sein Einkommen offen legen zu müssen – ein absolutes No Go. Außerdem klagte sie, in der neuen Wohnung werde sie ohne eigene Möbel da stehen, die müsse sie sich erst mal anschaffen, so nach und nach; außer Bett und Tisch und zwei Stühlen, einem kleinen Kühlschrank, einer Kochplatte und notdürftigem Geschirr in einem Hängeschränkchen über der Spüle gebe es nichts. Oder fast nichts. Trotzdem müsse sie schon in den nächsten acht Tagen dort einziehen, ihre Freundin mache Druck. Dem Kleinen gehe es gut, aber sie selbst sei noch ziemlich erschöpft. Deshalb werde ihre Mutter aus Haselünne kommen und ihr in der ersten Woche mit dem Baby zur Seite stehen, und dann müsse ihre Mutter auf der Luftmatratze schlafen, das sei kaum zumutbar. Er verkniff sich eine persönlich formulierte Antwort auf ihr Lamento, nahm die Überweisung vor und schickte ihr online die Kopie des Belegs.

Wenige Tage später dann die Betriebsprüfung. Er war vorbereitet, es galt, die Verschwiegenheitspflicht gegenüber seinen Mandanten zu wahren. Die Finanzverwaltung hatte sich einverstanden erklären müssen, die gespeicherte EDV-Buchhaltung vollständig ausgedruckt jedoch mit geschwärzten Mandantennamen vorgelegt zu erhalten. Frau Burscheid hatte diese aufwendige Handarbeit geleistet, die relevanten Namen mit undurchsichtigen Labeln überklebt, danach die Dokumente wieder gescannt und elektronisch verfügbar gemacht. Viel Mühe für einen bloßen Verdacht: Der Fiskus fahndete nach Schwarzgeld, mit dem seine Mandanten gezahlt haben könnten, insbesondere wurde der angeblich insolvente Herr Clausen verdächtigt. Sollten die Prüfer sich doch nun durch anonymisierte Datenblätter wühlen, da gab es nichts zu finden.

Am Abend gab es einen doppelten Grund, den Tag zu feiern. Er hatte eine staubbedeckte Rotweinflasche in seinen Beständen entdeckt, einen neunzehnhundertfünfundachtziger Merlot, und stand gerade am Küchentresen, den herausgezogenen Korken beschnuppernd, als er den Schlüssel in der Wohnungstür hörte. Luisa.

"Er muss blechen, und das nicht zu knapp", rief sie aus der Diele zu ihm herüber, "der geizige Herr Kilian muss seiner geschiedenen Frau nun ein Drittel seines Vermögens zahlen, wir haben es durchgesetzt: satte vierzehn Millionen. Frau Kilian und ich, wir sind sehr zufrieden mit diesem Urteil, und mit mir bin ich auch sehr zufrieden. Ja, und danach ist mir jetzt auch", sagte sie mit Blick auf das Rotweinetikett, "als ob du es geahnt hättest. Herr Kilian fand das Urteil natürlich grotesk und unfair. Unfair! Häuft in dreißig Jahren Ehe ein Vermögen mit seiner Versicherungsgesellschaft an, während seine Frau die beiden Söhne erzieht. Das Gericht ist meiner Argumentation gefolgt, das Vermögen sei in Arbeitsteilung aufgebaut worden, und der besondere Beitrag des Unternehmers sei in dem Urteil bereits berücksichtigt, da er ja den Hauptanteil behält."

"Erfolg auf der ganzen Linie also." Robert schwenkte den Wein im Glas, nahm einen Probeschluck. "Excellent, samtig weich und fruchtig", war sein Urteil. Er schenkte ein. "Auf dich, auf uns und auf den erfreulichen Abschluss der heutigen Prüfung. Es gab nichts zu finden, nichts zu bemängeln, auch nicht an der Kontoführung des Weißen Rings. Und: keine Steuernachzahlung!"

Die Tageserfolge feierten sie am Küchentisch, passend zum Rotwein mit Lammlachsen und Keniaböhnchen und auf dem Blech Blech gebackenen Kartoffeln.

Luisa, munter wie lange nicht mehr, brachte ihn zum Lachen mit einer Geschichte, die ein Kollege beim Umtrunk nach der Verhandlung zum Besten gegeben hatte: Ein Beamter war während der Bürozeit eingeschlafen und vom Stuhl gefallen und hatte sich dabei die Nase gebrochen. Ein Arbeitsunfall wegen betrieblicher Überarbeitung, hatte das Landgericht befunden, und die Versicherung musste zahlen.

"Wir haben spekuliert, wie er wohl diesen Erschöpfungszustand erreichen konnte", lachte Luisa, "dem Urteil ließ sich das jedenfalls nicht entnehmen."

"Und zu welchem Ergebnis sei ihr gekommen?"

"Ach, wilde Spekulationen von nächtlicher Überanstrengung im Schlafzimmer, Einschlafen am Arbeitsplatz als Trotzreaktion, weil er nicht vorankam mit seinen Beförderungswünschen oder Frustreaktion wegen komplizierter Verwaltung. Letzteres wäre allerdings plausibel. Die Querelen und Umständlichkeiten mit dem Jugendamt, wie ich sie im Moment habe!" Sie warf die Arme in die Luft: "Die Mutter will sich scheiden lassen und behauptet, der Vater vergreife sich an der Tochter, was aber nicht bewiesen ist, das Jugendamt will den Eltern das Kind wegnehmen und ins Heim geben, ein Gezerre hin und her, man kommt nicht voran, und das Kind leidet darunter." Sie sah ihn an: "À propos: "Was macht DEIN Kind?"

Er antwortete nicht gleich. Immerhin: Sie hatte gefragt, wenn auch, ohne den Namen des Kindes auszusprechen.

"Morgen will ich rausfahren zum Golfen, die Gasselstiege ist ja fast um die Ecke, und dann werde ich Leon einen Besuch abstatten, und dann kann ich dir mehr sagen."

Die Wohnung in der Gasselstiege 463 lag im dritten Stock, sechs Parteien, gefliestes Treppenhaus, halb verdorrte Pflanzen in Plastikkübeln auf den Treppenabsätzen. Er klingelte. Einmal, zweimal. Schritte, ein ungeduldiges *bin ja schon da*. Frau Krantz mit schief zugeknöpfter Bluse, den Säugling gegen ihre Schulter gelehnt. Sie sah müde aus.

"Ach Sie", sagte sie, "kommen Sie rein, bin gerade fertig."

Sie ging voran in ein Wohnzimmer, spärliche Einrichtung mit zaghaften Versuchen, so schien ihm, Gemütlichkeit mit bunten Kissen und Blumenstrauß auf dem Couchtisch zu suggerieren. In der Ecke ein pompöser Stubenwagen, unter dessen aufgespanntem Himmel grüne Filzschühchen baumelten. Sie legte das Baby hinein und strich mit den Fingern zärtlich über seine Wange.

"Ist er nicht niedlich, unser Leon? Hat auch schon brav sein Bäuerchen gemacht."

Bäuerchen? Er trat näher, zwang sich, das *Unser* zu überhören. Ein rundes, rosiges Gesichtchen zwischen hochgereckten Ärmchen mit klitzekleinen Fäustchen, große dunkle Augen, die ihn ansahen. Er beugte sich vor und strich mit der Rechten über den dunklen Haarschopf.

"Das bleibt nicht so", sagte Gerlinde, "in den nächsten acht Wochen oder so werden die Haare ausfallen und danach sind sie möglicherweise blond wie Ihre Haare – jedenfalls waren sie das ja früher wohl mal – oder braun wie meine."

"Ich weiß", meinte er, "schade."

Schade, dass sein Sohn nicht Luisas Haarfarbe haben würde.

"Wieso schade? Ist doch schön, wenn Kinder die Haarfarbe von Vater oder Mutter haben. Ist ja auch spannend zu sehen, wem er später mal ähnlich sehen wird. Würde es Ihnen nicht gefallen, wenn er Ihnen ähnlich sieht, und wenn die Leute sagen, man sieht, dass er Ihr Sohn ist?"

"Über so etwas denke ich nicht nach."

Er griff nach seinem Handy. Ein paar Fotos sollte er machen für den Fall, dass Luisa fragen würde. Leon war inzwischen eingeschlafen, das Köpfchen lag auf der Seite, der rechte Daumen im Mundwinkel.

"Er sieht so friedlich aus."

"Sieht so aus, ja, ist aber nicht immer so, nachts muss ich oft raus. Meine Mutter war ja bis vor zwei Wochen noch hier, da konnten wir uns abwechseln."

"Mein Bruder Felix war das, was man ein Schreikind nennt", meinte Luisa später, nachdem sie Leons Fotos angesehen hatte, "ich hab das alles hautnah mitgekriegt, weil mein Zimmer neben dem Babyzimmer war, und da musste ich auch schon mal aufstehen, weil meine Mutter es nicht gehört hatte, und mein Vater hörte sowieso nie etwas. Diese Familie hat sie überfordert, manchmal war sie total erschöpft."

Anfang April erschien Gerlinde in der Kanzlei, unangemeldet, mit Kind und Karre. Sagte, sie wolle nach ihrer langen Zeit Abwesenheit die Kolleginnen besuchen, hatte aber, so vermutete Robert, etwas anderes im Sinn: Ihre Mutterschaft vorführen und ihren Sohn als Trophäe, besonders vor Luisa. Die Gott sei Dank bei Gericht war. Natürlich gab es Anerkennung mit einem *Ach-wie-süß* von Frau Siebenthal, Frau Jonsch meinte *Hauptsache gesund* und Frau Burscheid hielt sich zurück. Er selbst schaute nur kurz hinein in den Aufenthaltsraum, gratulierte ihr zum Nachwuchs, stellte aus den Augenwinkeln fest, dass Leon gepflegt aussah, wobei es ihm durchaus gelang, wie er später Luisa gegenüber konstatierte, den freundlichen Chef zu geben, den Kinder jedoch nicht sonderlich interessierten. Unmittelbar danach hatte er das Büro verlassen, ein Gespräch unter vier Augen galt es zu vermeiden. Luisa hatte es zu seiner Überraschung bedauert, nicht da gewesen zu sein, zu gern hätte sie seinen Sohn sehen wollen, und noch lieber hätte sie Frau Krantz begrüßen wollen und ihr Glück gewünscht zu ihrer Mutterrolle und hinzugefügt: Wenn sich das Glück auch nicht mit dem Vater des Kindes teilen lässt. Er war nachdenklich geworden, ob es nicht doch ein Glück war oder noch werden konnte, einen Sohn zu haben, wenn auch jetzt erst oder auch gerade jetzt erst, so spät in seinem Leben.

In den folgenden Wochen und Monaten machte er eine Gewohnheit daraus, nach dem Golfen wenigstens einmal monatlich in der Gasselstiege vorbeizuschauen. Frau Krantz zeigte sich angetan, und je wärmer es wurde, desto kürzer wurden ihre Röcke. Er ignorierte es, blieb freundlich-distanziert. Ich komme meines Sohnes wegen, hatte er mit einem knappen Blick auf ihre Beine bemerkt, macht er Fortschritte? Gehen Sie regelmäßig mit ihm zum Kinderarzt? Gelegentlich akzeptierte er einen Kaffee oder ein Glas Wasser, und einmal hatte er sich neben sie gesetzt, während sie Leon fütterte. Das sei jetzt fast wie in einer Familie, hatte sie da gesagt, und er hatte geantwortet: Eine Familie wollten Sie doch nicht, Sie wollten ein Kind und jemanden, der dafür zahlt, und wie das geht, haben Sie Ihrer Freundin nachgemacht. Frau Krantz hatte eine Weile geschwiegen, dann heraus gestoßen: Roxana ist für mich gestorben, sie hat einen Mann kennen gelernt und jetzt will sie ihn heiraten, er hat ziemlich viel Asche und ist zwanzig Jahre älter als sie. Es schien ihr nahe zu gehen. Er wollte nicht darauf eingehen, und ohnehin war es Zeit zu gehen. Da hatte er sich hinübergebeugt und nach dem kleinen Händchen gegriffen, und sofort waren die Fingerchen um seinen Daumen gekrallt und ließen ihn nicht mehr los. Na du, hatte er gelacht, ich kann nicht bleiben, und eine Weile das Händchen mit seinem Daumen hin und her geschwenkt, bevor er sich befreite und über das Köpfchen strich. Haare waren da nicht mehr, ein zarter heller Flaum kitzelte seine Handfläche.

"Das machen alle Babys so", meinte Luisa später, als er ihr beim Abendessen davon erzählte, "ein Reflex, bevor sie anfangen, gezielt zu greifen, nach Spielzeug zum Beispiel, du solltest ihm mal ein Stofftier mitbringen und beobachten, wie er reagiert."

"Du kennst dich ja bestens aus", stellte er fest.

"Na, was glaubst du wohl", sie legte ihr Besteck beiseite und sah ihn an, "ich war fast achtzehn, als mein Bruder geboren wurde, da kriegt man schon mit, wie ein Baby sich entwickelt. Noch drei, vier Monate, dann kann dein Sohn sitzen, mit einem Jahr vielleicht laufen, fängt dann auch an zu sprechen." Sie wandte den Blick ab. "Mama, Papa."

Sie sagte es mit einem merkwürdigen Unterton. Dann, übergangslos: "Das Grab meiner Eltern braucht eine Sommerbepflanzung. Morgen werde ich mich drum kümmern."

Robert erinnerte sich. Der Unfalltod ihrer Eltern vor anderthalb Jahren. Rückflug von Istanbul, wo sie auf Einladung eines Studienfreundes, den es dorthin verschlagen hatte, eine Woche verbracht hatten. Beim Landeanflug auf den Flughafen Amsterdam war die Maschine abgestürzt, neun Tote, darunter ihre Eltern. Luisa hatte nicht geweint, jedenfalls nicht in seinem Beisein, aber in der Folgezeit hatte sie oft von ihrer Mutter gesprochen, wie sie die große Familie versorgt und ihre eigenen Interessen klaglos zurück gestellt hatte, zurück stellen musste. Nur ihre Erschöpfung habe sie nicht immer verbergen können, und Luisa hatte ihr, wenn nötig, gegen den dominanten Vater zur Seite gestanden, den Herrn über Urlaubsziele, Einkäufe, Anschaffungen, Essenszeiten, Schlafenszeiten. "Er mochte zum Beispiel nicht, dass sie früher als er zu Bett ging, sie sollte neben ihm sitzen bis zur letzten Nachrichtensendung und sich seine Kommentare zum politischen Geschehen anhören. Er brauchte Publikum, nicht nur im Beruf."

"Mama, Papa ...", wiederholte Robert, "ob Leon mich überhaupt als seinen Vater wahrnehmen wird?"

"Wenn du ihn regelmäßig siehst, wird er es wohl lernen. Es sind ja erst einmal nur Plapperlaute ohne einen Sinnbezug."

Ob sein regelmäßiges Erscheinen in der Gasselstiege ihn als Vater seinem Sohn näher bringen würde, blieb abzuwarten. Leon lernte sitzen, saß im Hochstuhl, während er gefüttert wurde; einmal hatte Robert diese Aufgabe übernommen. Bald schon fand er ihn im Laufstall krabbelnd vor, bald schon zog er sich am Gitter hoch und stand triumphierend mit wippenden Knien, und bei Roberts Besuch nach Weihnachten, Leon war elf Monate alt, kam er ihm auf wackligen Beinchen entgegen, griff nach dem neuen Kuscheltier – diesmal war es ein Hase mit riesigen Löffelohren – und sagte *Papa*.

"Sind nur Plapperlaute", meinte Gerlinde, "es hätte auch ma-ma sein können."

"Ich weiß", sagte Robert.

Leons erster Geburtstag war an einem Freitag, für Robert ein Vormittagstermin in einer Mietsache beim Amtsgericht. Am Nachmittag monatliches Treffen bei Heiko zum Bridge. Nach dem Frühstück am Sonntag darauf fuhr er in die Gasselstiege. "Ich betrete die Wohnung dieser Frau nicht", hatte Luisa seine Frage, ob sie mitkommen wolle, beantwortet, "du kannst Leon ja mal mitbringen, wenn er sicher auf den Beinen ist. Der Lauflernwagen zu seinem Geburtstag ist eine gute Idee."

Sicher. Und immerhin: Sie hatte nicht rundweg abgelehnt.

Auf sein Klingeln öffnete niemand. Er klingelte noch einmal. Nichts. Er drückte auf das benachbarte Klingelschild. Ein paar Sekunden, dann sprang die Tür auf und er stieg die Treppe hoch. Oben stand ein alter Mann, unrasiert, Hausschuhe mit niedergetretenen Fersenkappen.

"Entschuldigen Sie die Störung, Herr …", er blickte auf das Klingelschild, "… Herr Strimple, aber Frau Krantz hat nicht geöffnet", sagte Robert.

Er klingelte an der Etagentür.

Wieder nichts.

Oder doch?

Ein Baby schrie. Leon.

Wo war Frau Krantz?

Ja, sagte der Alte, er habe Frau Krantz aus dem Haus gehen sehen – wann? – so genau könne er das nicht sagen, vielleicht seine Frau …

"Rita!"

Eine Hausfrau in geblümter Kittelschürze erschien hinter ihm, graue Kräusellöckchen, Küchenhandtuch.

"Vor einer halben Stunde vielleicht", meinte sie, "aber sagen Sie Sie Ihrer Bekannten mal, sie solle den Kinderwagen anderswo parken, nicht quasi vor der Kellertür, jedes Mal muss man ihn umbugsieren, ich werde mich beim Vermieter beschweren, wenn das nicht aufhört, ist ja rücksichtslos, das!"

Robert nickte: "Werde ich. In welche Richtung ist sie gegangen?"

"Sie hat die Straße überquert, mehr weiß ich nicht, ist vielleicht auch in den Bus gestiegen, der gerade hielt. Denken Sie, ich spioniere meinen Nachbarn hinterher?" Sie schob ihren Mann beiseite und schloss die Tür, nachdrücklich.

Er ging hinunter auf die Straße, hielt Ausschau. Ein paar kickende Jungs, eine eilige Frau mit Blumenstrauß. Er ging wieder hinauf. Warten, sie war sicher nur kurz weg gegangen. Er setzte sich auf die Stufen und lauschte. Das Weinen hatte nur kurz aufgehört, um sogleich wieder einzusetzen. Ob sie den Kleinen öfter allein ließ? Früher hatte er nie bemerkt, dass so viele junge Frauen ihr Kind in einem Beutel um den Leib geschnallt mit sich herumtrugen. Hatte Luisa neulich nicht von einem Fall gesprochen, in dem es um die Klage einer Frau ging, die, ihr einjähriges Kind im Beutel vor der Brust, bei Überqueren der Straße von einem Auto gestreift wurde, hinfiel und sich einen Sehnenriss im Schultergelenk zuzog? Sie habe den Kopf des Kindes vor dem Aufschlagen auf dem Boden schützen wollen, hatte sie gesagt. Und wie war die Verkehrssituation gewesen? Er verlor sich in Grübeleien.

Eine halbe Stunde später hörte er den Schlüssel in der Haustür. Er stand auf und beugte sich über das Geländer. Frau Krantz, die sehr langsam die Treppe heraufstieg.

"Mit Ihnen habe ich heute nicht gerechnet", meinte sie und schloss die Tür auf. Sie sah blass und müde aus.

"Mit mir müssen Sie jederzeit rechnen", erwiderte er. "Warum haben Sie Leon allein gelassen? Ich höre ihn seit fast einer halben Stunde weinen."

"Mir geht's nicht gut, ich bin zur Apotheke, mir was holen, und zu der, die heute Notdienst macht, lauf ich zwanzig Minuten, und Leon wiegt jetzt fast zwölf Kilo, und an der Karre ist ein Rad kaputt. Außerdem ist er quengelig, weil er zahnt, und ich habe was zum Einreiben mitgebracht." Sie hob Leon aus seinem Bettchen und roch an ihm. "Und auch noch pitschnass und voll gekackt." Sie verschwand mit ihm im Bad.

Robert packte den Lauflernwagen, gefüllt mit Holzbauklötzen, aus. Schob ihn hin und her, nahm die Klötze heraus, weiß, orange, blau, mit Bäumchen, Tieren und Gesichtern bedruckt, ordnete sie um.

Gerlinde kam zurück.

"Heute nicht", sagte sie mit Blick auf sein Geschenk und legte Leon wieder ins Bett. "Jetzt ist Schlafenszeit, er ist müde nach der Schreierei. Und ich auch, außerdem habe ich Kopfschmerzen. Hab schon in der Apotheke ein Aspirin geschluckt."

Plötzlich fing sie an zu weinen.

"Was ist los, was ist mit Ihnen?"

"Ach …", sie wischte mit dem Handrücken über die Augen, "es ist eben gar nichts los hier. Ich fühle mich ziemlich allein gelassen, nicht, dass ich Probleme mit Leon hätte, es ist nur … es ist immer dasselbe, jeden Tag dasselbe, ich geh' kaputt hier draußen, die Leute im Haus, da ist niemand jünger als Sechzig, keine Kontakte, nichts, nur Haushalt und Kind, er ist ja süß, unser Leon, aber … - aber ich vermisse Roxana so sehr, ich muss immer an sie denken, was sie jetzt wohl macht mit diesem … diesem Macho. Es war so schön mit ihr."

Robert hob die Schultern und wandte den Kopf ab. Liebeskummer. Dem fühlte er sich nicht gewachsen, wollte auch nichts davon hören.

"Es wird schon werden, Frau Krantz." Er stand auf. "Sie werden sich ein neues Leben aufbauen. Noch ein Jahr, dann kann Leon vielleicht schon in die Kita, und Sie haben mehr Zeit für sich selbst, für Kontakte, und nach der Elternzeit können Sie wieder arbeiten, das gibt Auftrieb." Er wandte sich zum Gehen. "Ich bin gespannt auf Leons Fortschritte im Laufen."

Leons zweiter Geburtstag begann mit einem Anruf noch vor dem Frühstück. Frau Krantz am Telefon, schier aufgelöst. Sie müsse sofort nach Berlin, Roxana abholen, die könne nicht allein, Krankenhaus, Arm gebrochen, Handgelenk, Seminar. Den Klartext stellte Robert sich durch Nachfrage zusammen: Roxana, bei einem Fachseminar zum Familienrecht in Berlin, war von einem Auto angefahren worden, der rechte Oberarm war gebrochen, das linke Handgelenk angebrochen. Nach OP und fünf Tagen Krankenhaus sollte sie heute entlassen werden, das Bett war schon an eine andere Patientin vergeben, ihr Macker – O-Ton Frau Krantz – konnte sie nicht abholen, weil beruflich in den USA unterwegs. Und allein könne Roxana keine Zugreise machen mit Gepäck und so, und außerdem sei sie schwanger, wie sie gerade erst erfahren habe. Und Leon könne sie, Gerlinde, keinesfalls mitnehmen. Ob er als Vater nicht …

"Und was ist mit Ihrer Mutter?", wollte Robert wissen.

"Geht gar nicht, die hat einen Rückfall."

"Rückfall?"

"Sie trinkt wieder, seit einem halben Jahr. Ich musste sie in den Entzug bringen."

Im ersten Moment fand er keine Antwort. Frau Krantz die Tochter einer Alkoholikerin! "Das ist eine schlimme Sache", meinte er dann, "aber sagten Sie nicht, Ihre Freundin sei für Sie erledigt? Jetzt in der Not ruft sie nach Ihnen, und Sie machen Männchen?"

"Ich bin doch die einzige, die ihr jetzt schnell helfen kann, und vielleicht merkt sie jetzt auch, was das für einer ist, dieser Machomann. Bitte …", ihre Stimme klang jämmerlich.
"Ich rufe Sie an, wenn ich mit meiner Frau gesprochen habe."

Luisa zeigte sich wenig begeistert, willigte dann aber doch ein. Es ging ja nur um diesen einen Tag heute. Na gut. Sie hatte keine Gerichtstermine und konnte zuhause bleiben. Und sie tue es ausschließlich ihm zuliebe. Robert würde Leon abholen und abends wieder hinbringen. "Ist er überhaupt schon trocken, muss ich Windeln wechseln oder meldet er sich rechtzeitig?"
"Weiß ich nicht so genau, ich glaube schon, jedenfalls tagsüber. Ich werde Windeln mitbringen."

Gegen Neun war er in der Gasselstiege.

"Der Einfachheit halber könnten Sie mich zum Bahnhof mitnehmen", empfing ihn Frau Krantz. Leon, eingemummelt in eine Sternenmuster-Winterjacke und Bömmelmütze, wurde im Kindersitz festgeschnallt, eine Tasche mit notwendigen Utensilien und Verpflegung neben ihm auf den Rücksitz gestellt, der zusammengeklappte Hochstuhl im Kofferraum des BMW untergebracht, Frau Krantz nach zwanzig Minuten am Bahnhof abgesetzt.

Sein Sohn! Zum ersten Mal nur Vater und Sohn. Plötzlich fuhr er langsamer als sonst, er sprach mit Leon, wenn ihm auch nichts Besseres einfiel als *macht es dir Spaß, das Autofahren?* oder *hast du deine Spielautos auch eingepackt?*, worauf Leon krähte: "Papa Auto!" und die Hände gegeneinander schlug. In den Rückspiegel sehend kontrollierte Robert mit schnellem Blick, ob er sicher angeschnallt saß, machte ab und zu Winkewinke, und Leon machte es ihm nach. Mein Sohn, dachte er wieder und sah sich selbst zu, wie er, achtundfünfzig Jahre alt, versuchte ein Vater zu sein.

Im Aufzug hob er ihn hoch, Leon durfte die Aufwärtstaste drücken und wurde gelobt. Vor der Wohnungstür stehend richtete Robert Leons verrutschte Mütze, drückte auf die Klingel und schloss auf.

Luisa, schnellen Schrittes und schon auf halbem Weg zur Tür, stoppte.

"Na da seid ihr ja, lass dich anschauen, kleiner Mann."

Sie beugte sich hinunter und nahm ihm die Mütze ab. "Er hat deine Haarfarbe, das jedenfalls, und Locken." Sie fuhr mit den Fingern durch das Gewirr. Leon blickte zu ihr hoch und patschte mit seinen Händen darauf herum.

"Meine", sagte er.

"Hattest du Locken als Kind?", meinte Luisa zu Robert gewandt.

"Auf alten Fotos, ja, aber die gibt's nicht mehr."

Sie richtete sich wieder auf und wies mit einer Kopfbewegung ins Wohnzimmer.

"Schau mal, Leon, Papas Geburtstagsgeschenk!"

"Hast du …" begann Robert, und "ja, habe ich", sagte Luisa, "soll das Laufrad bis heute Abend warten, bis du aus dem Büro zurück bist und du Leon ausgiebig zugucken kannst, wie er damit herum fährt? Ich muss ihn doch beschäftigen den ganzen Tag. Hast du Bilderbücher dabei?"

Leon hatte nach dem Helm gegriffen, der auf dem Sattel lag. "Den setzen wir gleich auf, erst mal den Anorak aus." Sie nestelte am Reißverschluss und zog ihm die Jacke aus.

"Alles da drin." Robert stellte die Tasche ab. "Den Hochstuhl hole ich noch aus dem Auto. Ich schätze, er hat das schnell drauf mit dem Laufrad, auf dem Dreirad ist er schon ganz schön flott in der Wohnung rumgeflitzt. Stimmt's, Sohnemann?", sagte er und tätschelte seinen Kopf.

Leon entzog sich seiner Hand und griff nach dem Lenker.

"Ich habe dich nie danach gefragt, Robert. Vor zwei Jahren hast du von Verantwortungsgefühl gesprochen, ein anderes Gefühl hattest du nicht, hast du damals gesagt. Ich habe den Eindruck, dass sich das geändert hat." Sie griff nach dem Lenker. "Warte, Leon, gleich machen wir das zusammen, ich helfe dir."

"Alleine, alleine!", schrie er.

Robert beugte sich hinunter und umfasste seine Schulter. "Komm, du bringst mich jetzt zur Tür, ich muss zur Arbeit und komme heute Abend zurück, dann zeigst du uns, wie toll du fahren kannst, ja?"

"Alleine, alleine!", schrie Leon wieder und schob sich mit den Füßen voran, Robert im Schlepptau.

An der Tür drehte Robert sich um.

"Dein Eindruck trifft zu, Luisa. In der Anfangszeit nach Leons Geburt bin ich höchstens einmal im Monat in der Gasselstiege gewesen. So ein Baby ist zwar dein eigen Fleisch und Blut, aber nur ein Bündel Mensch, das viel schläft, gefüttert und gewindelt werden muss. Eher nichts für Väter, zumal in meinem Alter. Aber wenn dieses kleine Wesen zum ersten Mal deinen Finger festhält und dich dabei ansieht und lächelt, und mögen es auch nur Reflexe sein, dann, ja dann ..." er zögerte, "dann entwickelst du doch ... nach und nach ... so etwas wie ein Gefühl für dieses Kind. Es wird zu deinem Kind und du suchst in ihm nach dir selbst."

"Und was ist mit der Mutter?"

Leon stieß mit dem Vorderrad gegen die Wohnungstür, einmal, zweimal, dreimal. Er schaute hoch zu Robert. "Papa, Tür?!"

Robert legte seine Hand auf die Klinke.

"Ich vermeide es, an sie zu denken. Ich stelle mir vor, du wärst die Mutter."

Er öffnete die Tür.

"Kurz nach Fünf bin ich zurück."

Den ganzen langen Büroalltag über ließ Robert sich ablenken von den Gedanken an Luisa und Leon. Ihre Reaktion auf seine letzte Äußerung hatte er nicht abgewartet, nicht abwarten wollen, er wollte sie mit diesem Satz allein lassen. Deshalb hatte er den Hochstuhl, nachdem er ihn aus dem Auto geholt hatte, nur in der Diele abgestellt, einem Disput wollte er aus dem Weg gehen.

Nie hatte sie eine Mutter sein wollen, aber sich doch gleich in die Situation eingefunden, als gehöre ein zweijähriges Kind zu ihrem Alltag. Leon hatte seinen Kopf, soviel hatte er in den letzten Monaten bei seinen Besuchen schon beobachtet. Trotzphase, normal, hatte Frau Krantz gesagt, als er vor zwei Wochen schrie und tobte, weil er seine Jacke nicht anziehen wollte, obwohl die Temperaturen draußen um die null Grad waren. Sie hoffe, hatte sie weiter gesagt, dass diese nervtötende Phase beendet sei, wenn er Anfang des nächsten Jahres in die Kita komme, dann sei auch ihre Elternzeit zu Ende und sie wolle wieder arbeiten. Dabei hatte sie ihn angesehen. Keinesfalls in unserer Kanzlei, hatte er gedacht.

Gegen seine Gewohnheit klappte er pünktlich zu Büroschluss die Aktendeckel zu. Trotz seiner immer wieder abschweifenden Gedanken war er vorangekommen mit Hinrichsens Anfrage zum Baurecht auf Mallorca. Ein deutscher Bauunternehmer sollte nicht selbst die Bauleitung in Spanien übernehmen. Üblicherweise würde der Aparejador das machen.

Beim Durchqueren des Entrées sprach Frau Jonsch ihn an.

"Ein Herr Hinrichsen hat soeben angerufen, er könne den morgigen Vormittagstermin wegen eines Krankheitsfalles nicht wahrnehmen. Ich habe den Termin auf den Nachmittag sechzehn Uhr dreißig verschoben."

"Geht klar", erwiderte er, "Sie sind die Herrin der Termine. Jedenfalls hier. Zuhause ist es meine Frau."

"Oh ja, die unterdrückten Männer", gab Frau Jonsch zurück und warf einen Blick gen Decke.

Zuhause fand er Leon putzmunter vor, auf dem Laufrad in der Diele kreiselnd, Luisa, leicht gestresst, in der Küche.

"Hast du schon mal einen ganzen Tag mit diesem Kind verbracht? Ein Unruhegeist! Von eins bis zwei hat er geschlafen, und seither hält er mich wieder auf Trab. Bilderbücher gucken, Vorlesen, auf dem Laufrad ist er jetzt so wendig, dass er nicht mehr vor die Möbel donnert. Mit seinen Bauklötzen kommt er Gott sei Dank allein gut zurecht." Sie füllte Wasser in den Schnellerhitzer. "Ich mach uns jetzt erst mal einen Tee."

"Na, Leon, dann zeig mir mal, was du kannst."

Robert hängte seinen Mantel in den Garderobenschrank und ging voran in den Wohnraum.

Mit über den Lenker gebeugtem Kopf stürmte Leon Robert hinterher, an der Teppichkante schlug es ihm das Vorderrad weg, er fiel nach rechts, das Rad nach links. Eine Schrecksekunde lang rührte er sich nicht. Luisa, hinter ihm, beugte sich hinunter. Er stieß ihre Hände weg.

"Bums emacht. Alleine!", schrie er, rappelte sich hoch, lief hinüber zu seinem Rad, richtete es auf und saß schon wieder auf dem Sattel. Robert und Luisa sahen sich an, sie hob die Brauen, er den Daumen, sie nickte und lächelte. Robert ließ sich auf die Couch fallen.

"Das hast du gut gemacht! Weiter!", rief er, "nicht aufgeben!"

"Weiter ... weiter ... weiter", wiederholte Leon unablässig. Der über den Lenker gekrümmte kleine Körper, die zusammen gezogenen Augenbrauen und der geradeaus auf den Boden gerichtete Blick signalisierten Konzentration, während seine Beine in der bunten Kinderhose vor und zurück wirbelten, immer schneller und große Kreise auf dem Parkett drehten.

"Ob ein Rennfahrer in ihm steckt?", mutmaßte Luisa.

"Er testet sich", mutmaßte Robert.

"Keineswegs", korrigierte Luisa, "soviel weiß ich noch von meinen jüngeren Geschwistern. Mit zwei Jahren hat Felix noch von sich selbst in der dritten Person gesprochen. In diesem Alter können Kinder sich noch nicht als ein Ich wahrnehmen, sich also auch noch nicht selbst testen."

"Dann nehme ich an, es wurmt ihn, dass er umgekippt ist, und nun will er beweisen, wie gut er es kann." Robert griff sich eines der Bilderbücher, die auf dem Couchtisch lagen.

"Auf dem Bauernhof", las er und klopfte auf den Platz neben sich, "komm her, Leon, Bilder gucken."

Leon stoppte abrupt mit beiden Füßen und ließ das Rad fallen. Behände krabbelte er auf die Couch. Dann auf Roberts Schoß. "Gucken, Papa, Leon auch gucken."

Da gab es viel zu gucken. Haus, Scheune, Stallungen, Tiere, Menschen bei der Arbeit, drinnen, draußen, Felder und Gärten, Baume und Pflanzen, Maschinen und Gerätschaften. Da gab es auch viel zu erzählen, und Leon erzählte drauf los, was er schon kannte. Tiere und Fahrzeuge interessierten ihn am meisten. "Wau Wau", sagte er und stupste mit dem Finger auf einen Hund, dessen Kopf aus der Hundehütte lugte. "Ja, stimmt, Leon, das ist ein Hund und der macht wauwau." Leons Finger rutschte weiter übers Papier zu einer Schafherde auf dem Feld: "Da! Hund! Macht wauwau!" – "Das ist ein Schäferhund, der hilft dem Schäfer auf die Schafe aufzupassen." Robert versuchte sich im Blöken, doch es gelang ihm nicht so recht, und er musste lachen. Leon machte es ihm nach, und Robert lachte noch mehr wegen des Missverständnisses. "Nein, Leon, Schafe lachen nicht, die haben nichts zu lachen, aus ihrer Milch machen die Menschen Käse und aus ihrem Fell Wolle. Aber davon erzähle ich dir später. Jetzt schauen wir uns mal die Fahrzeuge an."

Luisa kam mit Teekanne und Tassen.

"Ich nehme meinen Tee mit ins Arbeitszimmer. Muss noch was erledigen für morgen, ein Fall für den Weißen Ring, Vergewaltigung einer jungen Frau, etwas kompliziert. Ihr beide seid ja gut miteinander versorgt."

Mit einem Zwinkern verschwand sie.

Weiter mit dem Leben auf dem Bauernhof. Bis Robert auffiel, dass Leon immer häufiger mit den Fäusten in den Augen herumbohrte.

"Bist du müde, willst du ins Bett?" Blöde Frage, fuhr es ihm durch den Kopf, hier gibt es gar kein Bett für Leon.

"Papa bleiben, keine Heia."

Nun gut. Robert klappte das Buch zu, ohne Protest zu ernten und legte beide Arme um Leon. Das schien ihm zu gefallen, er ruckelte sich zurecht, sein Kopf landete auf Roberts Schulter, er lag ganz still und schlief fast sofort ein. Das war eine Einheit, wie Robert, bisher immer nur zu Stundenbesuchen in der Gasselstiege und nie allein mit ihm, sie noch nicht erlebt hatte, sonst immer nur in Gegenwart von Frau Krantz, in einer Situation, in der er vorrangig seine Verantwortung wahrnahm. Diese hier nun war neu und völlig anders, sie war zugewandt und zutiefst beruhigend. Ein kleiner atmender Körper an seiner Herzseite, ein warmer Druck in seiner Schulterbeuge, seine Arme, die alles umfassten. Er schloss die Augen, vermied jegliche Bewegung und genoss die Stille und seine Empfindungen.

Er fuhr hoch, etwas hatte ihn berührt.

"Na, ihr beide, da seid ihr ja zusammen eingeschlafen." Luisa stand da und lachte. "Ich hoffe, nicht aus Langeweile."

"Wie spät ist es?" Robert versuchte, auf seine Uhr zu sehen, ohne den linken Arm aus der Umfassung zu lösen. "Ich vermute, Leon müsste um diese Zeit ins Bett, deshalb ist er so schnell eingeschlafen ..."

"… und du gleich mit ihm." Sie blickte zur Uhr: "Halb sieben, du magst recht haben. Er sollte noch etwas essen, bevor du ihn zurückbringst." Sie ging in die Küche. "Ein warme Milch und ein Butterbrot mit Frischkäse."

"Frau Krantz meldet sich, wenn ihr Zug da ist. Dann nehme ich sie vom Bahnhof aus gleich mit nach Hause."

Luisa fuhr herum und zog die Brauen hoch. "Nach Hause?"

Er zuckte mit den Achseln. "Entschuldige. In die Gasselstiege natürlich."

Kurz nach acht ging das Telefon, Frau Krantz. Ihr Zug laufe gerade im Bahnhof ein, sie werde am Taxistand warten.

Es war dunkel, es nieselte, und er konnte sie nicht sofort ausfindig machen, während er an der Reihe der wartenden Taxen entlang fuhr. Er umrundete den Kreisel und wiederholte seine Suche. Schließlich entdeckte er sie Arme schwenkend auf der gegenüberliegenden Straßenseite.

"Ich musste Roxana noch ins Taxi verfrachten", entschuldigte sie sich etwas atemlos, während sie sich auf die hintere Rückbank neben Leon setzte, "wir haben lange gewartet; als wir ankamen, war noch kein einziges Taxi da." Sie umarmte Leon. "Na, mein Kleiner, was hast du heute gemacht?"

Leon, zum zweiten Mal aus dem Schlaf gerissen für die Rückfahrt, war nicht mitteilsam. "Papa fahren", murmelte er, "Leon müde."

"Wir sind gleich da und dann geht' s ab in die Heia", sagte sie und streichelte seine Wange. Und schloss gleich an: "Roxana hat sich sehr gefreut, dass ich sie abgeholt habe, und als ich ihr ins Taxi geholfen habe, hat sie gemeint, wir könnten uns ja mal wieder treffen, oder sie würde mich besuchen."

"So so, das freut mich für Sie", kommentierte Robert. Was der Mutter gut tat, würde auch seinem Sohn gut tun.

Vor der Nr. 463 angekommen hob Robert Leon aus dem Sitz, der sofort die Arme nach seiner Mutter ausstreckte und sich an ihren Hals klammerte. Robert sah zu und meinte, wieder den kleinen Körper in seinen Armen zu fühlen wie noch vor wenigen Stunden. Er fragte sich, was Frau Krantz in diesem Moment empfinden mochte. Für sie war es keine neue Erfahrung, und vielleicht war sie in Gedanken eher noch bei ihrer Freundin. Er öffnete den Kofferraum und Frau Krantz erfuhr, was Leon mit "Papa fahren" gemeint hatte: Ein Laufrad lag da neben dem Hochstuhl.

Bei Roberts Besuch eine Woche später – er hatte es für gut befunden, Leon öfter zu sehen statt wie bisher in größeren Abständen – sagte Frau Krantz, sie habe Kontakt aufgenommen mit der Kita in der Gasselstiege 43a, die läge am nächsten. Man könne sich über die Internetseite anmelden, werde aber erst zur Besichtigung eingeladen, wenn man zuvor dem Jugendamt die Gründe für eine Ganztagsbetreuung mitgeteilt hätte. Die brauche Leon allerdings erst nach Ende ihrer Elternzeit, doch wäre es zur Eingewöhnung praktisch, ihm jetzt schon für vier oder fünf Stunden einen Platz zu sichern, dann könne sie auch halbtags arbeiten. Anderswo ja, entgegnete Robert, sie wisse ja wohl, wegen der geringen Mitarbeiterzahl keinen Anspruch auf Halbtagsarbeit in der Kanzlei zu haben.

"Ja, ja, natürlich kenne ich die Gesetze", meinte Frau Krantz. "Gestern habe ich in der Münsterschen eine Anzeige von der Rechtsanwaltskanzlei Sebert gelesen, die suchen eine Steuerfachgehilfin. Vielleicht klappt das, es ist nicht weit und ich kann mit dem Fahrrad hin. Später, nach der Elternzeit, bin ich dann wieder Vollzeit bei Ihnen, der Prinzipalmarkt ist doch etwas anderes als die Westhoffstraße."

"Bewerben Sie sich beim Kollegen Sebert", empfahl Robert. Zu ihrer Absicht, *Später* betreffend, äußerte er sich nicht.

Auf der Rückfahrt fiel ihm siedend heiß ein, dass er seiner Mutter immer noch nicht geantwortet hatte. Sie hatte vor zwei Tagen eine Nachricht auf dem Anrufbeantworter hinterlassen. Sie sei zurück von ihrem – wie sie sagte: Welt-Kultur-Trip – und wolle ihn und Luisa endlich wieder einmal besuchen und erzählen, ein paar Tage in Münster bleiben und alte Freunde aufsuchen. Im April oder Mai vielleicht.

Was würde sie wohl zu Leon sagen? , fragte er sich. Immer noch nicht, bei keinem der spärlichen Besuche in den beiden letzten Jahren hatte er ihr eröffnet, dass sie in den Status einer Großmutter aufgerückt war. Es war keine Gelegenheit gewesen, hatte er sich vor sich selbst entschuldigt, sie immerzu unterwegs in Kultur, auf Reisen, und Leon kein Thema für ein Telefonat. Der wahre Grund, gestand er sich jetzt ein, war die Scham über die Situation, in die er sich gebracht hatte. Und insbesondere Luisa. Die Scham war überwunden, wenn er seinen Sohn ansah; die Situation glaubte er im Griff zu haben.

"Du musst mich nicht am Bahnhof abholen", hatte seine Mutter gesagt, "ist ja nur eine Stunde mit dem Auto, und außerdem kann ich dann mein Bettzeug mitbringen. Das entlastet Luisa."

Unmittelbar nach seinem Anruf hatte Robert diesen Besuchstermin Frau Krantz mitgeteilt: Er würde Leon am Samstagmittag abholen, am Abend zurückbringen, vielleicht auch erst am Sonntagabend. Frau Krantz schien erfreut, Freizeit für Privates?

Am Freitagnachmittag gegen fünf Uhr stand seine Mutter vor der Tür, mit kleinem Koffer und großer Handtasche.

"Das Bettzeug ist noch im Auto", sagte sie und ihn umarmend: "Blendend siehst du aus, mein Sohn! Ein Mann in den besten Jahren." Und er, mit einem Zwinkern: "Und du, Anna, eine Frau in immer noch den besten Jahren! Wie machst du das?"

Ein Glas Champagner zur Begrüßung, Kaffee für Robert, Tee für Anna und Luisa, Kuchen und Gebäck. Später ein Abendessen, Gemeinschaftsarbeit von Robert und Luisa. Beim Nachtisch, Erdbeerparfait mit Pistazienkruste, meinte Robert beiläufig: "Morgen haben wie einen Überraschungsgast zum Mittagsessen."

"Wen?", wollte Anna wissen.

"Wird nicht verraten."

Eigentlich kannte er nicht das, was man Lampenfieber nennt. Habe ich auch nicht, sagte er sich, während er nach dem Schlüssel in der Manteltasche kramte. Leon, neben ihm, zappelte herum und wollte wissen, warum er zwei Omas hatte. Schon unterwegs im Auto hatte Robert ihm erklären müssen, was eine Oma ist. Offensichtlich hatte Frau Krantz den Kontakt mit ihrer Mutter vermieden, jedenfalls, seit sie wieder im Entzug war. Oder Leon kann sich nicht erinnern. Ab wann überhaupt können Kinder sich an etwas erinnern? Ob Luisa seiner Mutter in der Zwischenzeit vorbereitende Andeutungen gemacht hatte?

Er schloss die Wohnungstür auf.

"Warte", sagte er zu Leon, "ich helfe dir gleich mit deinem Anorak."

Er zog seinen Mantel aus und hängte ihn in die Garderobe.

"Nanu!" hörte er seine Mutter sagen, Neugier klang in ihrer Stimme. Er drehte sich um: Leon, in Anorak und Pudelmütze, stand schon im offenen Durchgang zum Wohnraum.

Später schalt er sich fast, seiner Mutter die Existenz ihres Enkels zwei Jahre lang verschwiegen zu haben. Leon hatte seine Großmutter sehr schnell um den Finger gewickelt; eine Oma, das war etwas Neues. "Keine Mama", sagte er, "eine O-Mama, Papas Mama, Mama hat auch eine Mama, aber is nich da, wo is Mamas Mama? Viele Mamas", er hüpfte im Kreis herum und erfand einen Plappergesang, "Omama, Mama, o Mama, o Papa …", er stutze, " … kein Opapa, Papamama …", er stoppte vor Luisa und tatschte ihr aufs Knie: "Du auch Mama." Das Laufrad wurde aus dem Auto heraufgeholt, und Leon führte seine Künste vor. Beim Mittagessen saß er auf dem neuen Treppenhochstuhl. Für Besuche, die in Zukunft wahrscheinlich öfter sein würden, hatte Robert befunden, sei es praktisch, selbst einen solchen zu haben. Schlafen wollte Leon nach dem Essen nicht.

"Oma bleibn", sagte er, und Oma erlag dem Charme der bettelnden Kinderaugen. "Wenn er müde wird, schläft er auch beim Spielen ein, und jetzt spielen wir. Was möchtest du spielen?"

"Mmm …", er drehte sich zu Robert um, "Papa, Lötze?"

Robert leerte die Tasche mit Spielsachen auf dem Teppich aus: Zwei Bilderbücher, Bauklötze, Plastiktiere, Kuscheltiere.

Und dann konnte er sich nur noch wundern.

Seine Mutter in ihrer Rolle als Oma. Sie im Sessel, Leon neben ihr an dem niedrigen Couchtisch, zappelnd vor Ungeduld, eifrig Klötze herbeischleppend, die nach Farben sortiert, hin und her geschoben und aufeinander gestapelt wurden; eine Wohnung für die kleinen Plastiktiere entstand, der Hund lag in seiner Hütte unter einem rotgewölbten Klötzchendach zwischen zwei schmalen Bausteinen, die Katze auf einer gelben Holzbank, für das Schwein wurde ein brauner Stall gebaut. Das Krokodil brauchte Wasser. Luisa holte eine blaue Papierserviette, und es bekam einen Teich hinter dem Stall.

"Ist das nicht gefährlich, so nah am Schweinestall", gab Robert zu bedenken.

"Lötze, noch Lötze, viele Lötze", rief Leon und baute eine blaue Wand rund um den blauen Teich. Wohin nun mit dem Elefanten?

Zeit für das Wimmelbuch vom Zoo. "Wenn ich wieder mal hier bin, gehen wir zusammen in den Zoo", versprach Anna. Luisa blickte zu Robert und zog eine Braue hoch, ein Fragezeichen, kontrastierend zum Lachen in ihren Augen.

Später, beim Nachmittagstee, der am Couchtisch eingenommen wurde, während Leon auf dem Teppich seine Spielzeugautos ineinander krachen ließ, ließ Robert sich die Meinung sagen. Warum sie nicht schon früher von ihrem Enkel erfahren habe, wollte Anna wissen — sie schien verärgert — sie habe solange gewartet und schließlich die Hoffnung aufgegeben.

"Du weißt, warum", erwiderte Robert, "ich nehme an, Luisa hat dich vorbereitet, während ich weg war, um Leon zu holen. Jedenfalls schließe ich das aus deiner mäßig überraschten Reaktion, als Leon plötzlich im Wohnzimmer stand."

"Ach, mein Sohn …", Anna klang milde, " … du und ich, wir wissen beide nicht, ob dein Vater vielleicht auch noch einen anderen Sohn hat außer dir, oder eine Tochter. Er war ein gut aussehender Mann, und wahrscheinlich hatte er die eine oder andere Affäre, mit oder ohne Folgen, wer weiß das schon. Ich habe nie etwas davon mitgekriegt, er war sehr diskret, und ich hätte es auch nicht wissen wollen. Bei seiner Beerdigung jedenfalls habe ich einige Leute gesehen, die ich nicht kannte." Sie legte die Hände ineinander. "Dein Leon ist ein aufgeweckter kleiner Kerl, temperamentvoll, und er hat seinen eigenen Kopf. Du solltest ihn nicht dieser … wie heißt sie noch, deine Angestellte? also seiner Mutter und ihrer alleinigen Fürsorge überlassen. Du solltest das Sorgerecht beantragen."

"Die Mutter muss einverstanden sein", warf Luisa ein, "aber ich habe meine Zweifel, ob Frau Krantz sich das Heft aus der Hand nehmen lässt. Allerdings könntest du es auch, siehe BGB Pararaph 1626, gegen ihren Willen durchsetzen, wenn es dem Kindeswohl nicht widerspricht."

"Das ist vorrangig, ich weiß. Ich weiß aber nicht, ob ich das kann, ein Vater sein. Man kann soviel vermasseln, das ist ja kein Beruf, den man gelernt hat."

"Learning by doing", erwiderte Anna.

Gegen achtzehn Uhr rief Frau Krantz an: Wann sie zuhause sein solle, um Leon in Empfang zu nehmen. Heute käme er nicht mehr, antwortete Robert.

In dieser Nacht schlief Leon in einem der beiden Betten im Gästezimmer. Da er am späten Nachmittag zwischen Kuscheltieren und Spielzeug auf dem Teppich eingeschlafen war, wollte er natürlich zur Regelzeit nicht ins Bett, und als die Oma gegen neun Uhr ein Machtwort sprach, musste sie sich kurz in das andere Bett legen und versprechen, die ganze Nacht bei ihm zu bleiben. Und eine Geschichte vorlesen. Die vom tapferen Schneiderlein wollte er hören. Doch ein Märchenbuch gab es hier nicht. Also erzählen. Aber wie ging das Märchen noch? Anna und Robert erinnerten sich nur an Siebene auf einen Streich, an sieben Fliegen auf einem Brot, erschlagen vom Schneiderlein. Luisa wusste etwas mehr, nur den Ausgang des Märchens nicht mehr. Nur gut, dass Leon eingeschlafen war, bevor Anna irgendetwas hätte erfinden müssen.

Es dauerte eine geraume Zeit, bis der Türöffner summte. Robert, Leon auf dem rechten Arm, die Spielzeugtasche über der linken Schulter, musste zweimal klingeln, ehe er hinein konnte. Oben fand er die Wohnungstür offen stehend. "Komme gleich", hörte er Frau Krantz. Er setzte Leon ab, half ihm, den Reißverschluss seines Anoraks zu öffnen, dann zog er seinen Mantel aus und hängte ihn an den Haken. Im Wohnzimmer stehend wartete er eine Weile, dann setzte er sich. Leon kramte das Zoobuch aus der Tasche und kletterte auf seine Knie: "Papa gucken." Er hörte Frau Krantz im Nachbarzimmer telefonieren. Dem Klang ihrer Stimme nach zu urteilen gab es Probleme.

Er schlug das Buch auf.

Nebenan knallte der Hörer auf die Gabel.

Kurz danach stand Frau Krantz im Zimmer. "Ach Leon", sagte sie, "komm zu Mama, Kleiner."

Leon schüttelte den Kopf: "Papa Efan guckn und da … ", er stieß den Zeigefinger ins Buch, "gaaanz viele Muhmuh." Er blickte fragend zu Robert auf.

"Das sind Büffel, von denen erzähle ich dir später."

"Leon will aba etz!"

"Nein, später."

Leon stieß das Buch weg und rannte zu seiner Mutter: "Mama, gucken!" Sie hob ihn auf den Schoß und drückte ihn an sich. "Und ich dachte, du willst auch nichts mehr von mir wissen." Ihre Stimme klang weinerlich.

"Auch nichts mehr? Hatten Sie Erfolg mit Ihrer Bewerbung beim Kollegen Sebert?"

"Nein, der sucht eine Kraft, die bleibt, und das kommt für mich nicht infrage. Ich werde schon etwas anderes finden, oder ich verlängere die Elternzeit, ich weiß nicht." Sie brach in Tränen aus.

Die Situation war ihm unangenehm und wenig förderlich für das, was er besprechen wollte.

"So kenne ich Sie nicht, Frau Krantz, Sie sind doch eine sehr zielgerichtete Person." Er stockte einen Moment, "Berlin" hatte sich in Erinnerung gedrängt. "Denken Sie nach", fuhr er fort, "bevor Sie eine Festanstellung bei Sebert ausschlagen: Ihr Gehalt wird so sein wie bei mir. Und außerdem wäre es für Leon gut, wenn Ihr Arbeitsplatz nah bei der Wohnung und bei der Kita liegt."

Er überlegte kurz, dann ging er das Risiko einer Ablehnung ein.

"Außerdem könnte ich Ihnen einen Teil der Verantwortung abnehmen und mich mehr um Leon kümmern." Wie genau er das machen würde, sollte, könnte, wusste er jetzt nicht, es hing auch von Luisa ab. "Vielleicht hilft Ihnen das, mir scheint, Sie haben Probleme."

Sie setzte Leon ab, der sofort wieder zu seinem Vater rannte und die Arme hochreckte, ging kurz ins Bad und kam mit einer Packung Tempo-Tücher zurück.

"Es ist ja nicht Leon, der mir Probleme macht", begann sie, "obwohl…", sie schüttelte den Kopf, "es geht Sie ja eigentlich nichts an, aber mein Leben geht gerade irgendwie in die Brüche."

Sie schwieg. Robert sagte nichts, bloß nicht drängen! Leon zappelte auf seinem Schoß und wollte sein Bilderbuch angucken. "Schau mal, deiner Mama geht's grad nicht gut, wir gucken später wieder." Der Kleine hüpfte herunter und begann, in der Spielzeugtasche zu kramen.

"Gestern war er…" sie nickte in Leons Richtung, "ja nicht da und ich konnte den ganzen Tag mit Roxana verbringen, sie hatte mich zum Essen eingeladen, und danach sind wir mit dem Auto zum Münstersee raus, ihr Macker hat ihr einen Smart geschenkt" – sie verdrehte die Augen – "und dann waren wir spazieren und im Gasthaus Brescheuer zu Kaffee und Kuchen und haben uns alles erzählt. Dann waren wir auch noch im Kino; weil Leon über Nacht ja bei Ihnen geblieben ist, hatte ich Zeit. Nach dem Film hat sie mich nach Hause gebracht, ist auch noch mit nach oben gekommen, und … ja …"sie zögerte, "danach habe ich immer noch gedacht, es wird wieder so wie früher", sie zog ein Tempo aus der Hülle, "war aber nicht. Als sie ging hat sie mir eröffnet, dass das heute vielleicht das letzte Mal war mit uns, vorläufig jedenfalls, weil sie wegzieht mit ihrem Macker nach Düsseldorf, in sein Haus, könnte da an der Uni auch weiter studieren. Sie weiß aber noch nicht genau, ob sie das wirklich will. Das alles war dann also ein verdammter Abschiedstag. Zu feige … auf die letzte Minute … lässt mich den Tag mit ihr verbringen … und dann …", sie drückte das Tempotuch auf ihren Mund und rannte aus dem Zimmer.

Das war nun keine gute Nachricht und machte sein Vorhaben schwerer durchsetzbar. Roxana bedeutete ihr viel, und ohne sie war zum jetzigen Zeitpunkt allein Leon ihr Lebensmittelpunkt. Vermutlich würde sie dann das Sorgrecht nicht mit ihm teilen wollen.

Nach zwei Minuten war sie zurück.

"Entschuldigen Sie", sagte sie, stand unschlüssig da und sah Leon zu, der seine Stofftiere in den bunten Kästchenformen des Flickenteppichs arrangierte, "ich hab kaum geschlafen."

"Nun setzen Sie sich erst mal wieder", meinte Robert, "Ihre Freundin hat sich ja noch nicht entschlossen, Münster zu verlassen. Vielleicht können Sie sie umstimmen."

"Wie das?"

"Wenn Sie mehr Zeit mit ihr verbringen? Es sieht ja doch so aus, als sei sie noch nicht überzeugt, dass ihr Macker, wie Sie ihn nennen, der richtige für sie ist. Hat sie nicht auch einen kleinen Sohn?"

"Tobias? Der ist drei Jahre älter als Leon und kommt nun bald in die Schule. Der will von so einem Kleinen nichts wissen, nennt ihn Hosenscheißer. Die vertragen sich nicht."

"Sie müssen ihn ja nicht mitnehmen. Wenn auch ich das Sorgerecht habe, wäre ich bereit, mich um Leon …", er stockte, dann fügte er hinzu: "… um unser Kind zu kümmern, während Sie bei Ihrer Freundin sind."

Er hatte sich einen Ruck gegeben, eine Tatsache auszusprechen, vielleicht machte ihr dieses Zückerchen eine Zustimmung leichter. Eine streitige Verhandlung beim Jugendamt galt es zu vermeiden. Er setzte noch eins drauf: "Sie könnten auch mal ein paar Tage Urlaub machen, vielleicht ein verlängertes Wochenende, da Leon ja nun bald in die Kita gehen wird."

Frau Krantz schien unschlüssig.

"Ich weiß nicht, werde mal drüber nachdenken."

Dann, während sie wieder Leon zusah, der jedem Stofftier ein farblich passendes Klötzchen zuordnete: "Werd mal Roxana fragen, wie die das mit ihrem Tobias gemacht hat."

Vierzehn Tage später war alles über die Bühne gegangen. Frau Krantz hatte zugestimmt. Ihre Freundin habe ihr dazu geraten, auch, weil der sorgeberechtigte Vater eher bereit sei, etwas zu finanzieren, zum Beispiel für die Ausbildung. Was der Vater von Tobias nicht gemacht habe, wegen seiner Frau, die ja nichts von dem Kind wissen durfte. Blieb jetzt nur noch die Frage, wie es sein würde, sollte Frau Krantz tatsächlich in Urlaub fahren und Leon nicht nur ein gelegentliches Besuchskind sein. Luisa schien zunehmend entspannter. Er dachte an das Wochenende mit seiner Mutter Anfang Mai, es hatte so etwas wie Familiengefühle in ihm wach gerufen, und Luisa schien es ähnlich erlebt zu haben. Jedenfalls hatte sie ihn, wenn auch nur indirekt, bekräftigt, das Sorgerecht zu beantragen.

Sie waren spät zu Bett gegangen an jenem Abend, Anna und Leon schliefen schon im Gästezimmer, und er hatte mit Luisa noch bei einem letzten Glas Wein gesessen. "Da hast du 'was Nettes zustande gebracht, mein lieber Robert", hatte sie gesagt, "ich mag ihn, deinen Leon, schade nur …", der Rest des Satzes ertrank in ihrem Weinglas.

In jener Nacht hatten sie miteinander geschlafen, losgelöst schwebend in der unendlichen Gegenwart.

Als hätte sie dieses Erlebnis des vollkommenen Verschmelzens unangreifbar gemacht, waren sie nach Annas Abreise einer Meinung gewesen, Roberts Vaterschaft nicht länger geheim halten zu wollen, weder vor Mitarbeitern noch sonstiger Öffentlichkeit. Eine passende Gelegenheit würde sich bieten.

Und die kam schon bald. Frau Krantz wollte ein verlängertes Pfingstwochenende mit Roxana verbringen, wieder an der holländischen Küste in Domburg, wo sie die kleine Pension von vor drei Jahren wieder gemietet hatten. Sie würden nur zu zweit sein,

Tobias bleibe bei Roxanas Mutter, während der Macker – sie verdrehte wieder die Augen – auf irgendeiner Geschäftsreise rum gondele.

Leon also fünf Tage zu Gast. Nicht so einfach das. Andererseits: Eine Probezeit fürs Vater-Sein. Und Luisa? Um sie zu entlasten, dachte Robert sich ein Programm aus, das er auch ohne sie bewältigen konnte. Zoo oder Aquarium, Freibad wäre auch gut. Das Bad in Stapelskotten sollte ideal für Kinder sein, viel Raum zum Plantschen, mit Rutsche im Kinderbecken, wie Frau Siebenthal mal erzählt hatte, als ihr Peter noch klein war.

Am Freitagmorgen holte Robert Leon in der Gasselstiege ab und fuhr mit ihm in die Stadt. In den größten Spielzeugladen in den Münster-Arkaden.

"Ein Spiel für einen aufgeweckten Fastdreijährigen", sagte er zu der Verkäuferin und wies auf Leon: "Mein Sohn."

Die Verkäuferin beugte sich zu ihm hinunter. "Was spielst du denn gern?"

Leon wusste nichts zu sagen. Er drehte sich im Kreis, so etwas schien er noch nicht gesehen zu haben. "Da kuck mal!", rief er und rannte in die Spielecke, in der Plastiktiere in Großformat aufgebaut waren.

"Aber von denen hast du doch schon so viele, Leon."

"Komm her, ich zeig dir mal was", sagte die Verkäuferin, "da du schon viele große Tiere hast, wie wärs dann mit den ganz kleinen?"

Sie leerte eine Schachtel auf dem Tisch aus, viele bunte Memory-Kärtchen mit Krabbeltieren.

"Ich wette, die kennst du nicht!"

Und ob er sie kannte! Nicht alle, aber viele. Den Keefa, die Pinne, SummSumm, den Mettaling, die Amei. Das Spiel war schnell erklärt und einfach, das Memorieren der Positionen dagegen nicht. Fand jedenfalls Robert und wunderte sich über Leon, der mit Feuereifer dabei war und weniger Schwierigkeiten zu haben schien als er. Zuhause wurde das neue Spiel gleich ausgepackt, und Luisa konnte am Abend, nach einem langen Tag bei Gericht, erleichtert feststellen, wie entspannend ein Memory mit einem Fastdreijährigen sein kann.

Den Samstag verbrachten sie zuhause. Es war heiß, und Robert hatte auf der Terrasse ein Mini-Plastikbecken aufgestellt und mit Wasser gefüllt. Leon badete mit seinen Plastiktieren, plapperte unentwegt mit ihnen, jagte auf seinem Laufrad durch sämtliche Räume, saß auf dem Terrassenboden mit Papier und Filzstiften und malte. "Wassa", sagte er und legte das Blatt, randvoll mit blauen und roten Linien, auf Luisas Schoß. Dann das Bilderbuch vom Zoo. Wassertiere. "Morgen gehen wir ins Aquarium", sagte Luisa, "da gibt' s ganz viel Wasser mit Tieren, die du noch nie gesehen hast."

Fische kannte er, Schlangen auch, aber Rochen? Das sollte ein Fisch sein? Die Nase auf den Rand des Beckens gedrückt sah er einem Babyrochen zu, der seine Kreise in der wässrigen Arena zog. Mit einem Mal hob er seine rechte Seite und klatschte mit der Flosse auf die Wasseroberfläche, rhythmisch, immer wieder. "Guck mal", sagte Leon "dea pitz Wassa", und wischte sich die Tropfen aus dem Gesicht. Der kleine Rochen richtete sich steil auf und zeigte seine Unterseite, oben das japsende Maul unter kreisrunden Augen, sein Scheißloch öffnete sich und spuckte Exkremente aus. "Kaka", kommentierte Leon, "ba ba!"

Auch der Pfingstmontag war ein heißer Tag. Nach dem späten Frühstück war die Frage: Zoo oder Freibad?

"Wir teilen uns das", war Luisas Meinung, "ich habe heute noch einiges für die morgige Verhandlung vorzubereiten, aber morgen Nachmittag könnte ich mit Leon in den Zoo. Und du kannst heute mit ihm ins Freibad."

Das wurde anstrengend, wie Robert feststellte, man konnte Leon nicht aus den Augen lassen. Ein Unruhegeist, neugierig, der alles selbst machen wollte, am liebsten allein herum gelaufen wäre, mit Begeisterung die Rutsche ins Planschbecken herunter sauste, noch mal und noch mal. Schwimmflügel, die Robert in Shop neben der Kasse kaufen konnte, wollte er zunächst nicht anlegen, ließ sich aber dann überreden mit der Aussicht, ins größere Becken mit der längeren Rutsche und den älteren Kindern zu dürfen.

Natürlich wollte er schwimmen können, doch mit den Flügeln am Arm war es mehr ein Paddeln, und das gefiel ihm nicht. Also die Flügel wieder ab, und Robert musste ihn halten und anleiten. Der Kleine war ehrgeizig, das gefiel Robert. Später gab's ein Eis, auf dem Spielplatz lockten Baumstämme zum Balancieren, eine Wippe und mehrere Schaukeln, Leon turnte im Kletternetz herum, erkundete das Spielhaus, steckte seinen Kopf durch jedes Fenster. Einmal winkte er Robert zu. Ansonsten vergaß er seinen Vater.

Robert saß auf einem Baumstamm am Rand des Spielplatzes und sah ihm zu. Er verstand mit einem Mal, warum Luisa sich zu Beginn ihrer Ehe gegen Kinder entschieden hatte. Die Karriere, die sie angestrebt und auch gemacht hatte, wäre so nicht möglich gewesen. Wahrscheinlich nicht. Kinder waren immer da, die gingen nicht mehr weg, man musste sich kümmern. Unentwegt. Wie sie es an ihrer Mutter erlebt hatte. Andererseits ...

Jemand tippte auf seine Schulter. "Was machen Sie denn hier?" Frau Siebenthal.

Na gut, das war der Moment.

"Sehen Sie den Kleinen da? Der mit den roten Badehosenstreifen?" Er wies auf Leon, der sich im Kletternetz nach oben hangelte. "Mein Sohn. Heute ist Vatertag für mich."

Frau Siebenthal riss die Augen auf und sah ihn verblüfft an. Dann zu Leon. Und wieder zu Robert, Unsicherheit im Blick. Hinter ihrer Stirn arbeitete es. Dann lächelte sie zaghaft, als wüsste sich nicht, wie sie reagieren sollte.

"Gratuliere, Herr Dr. Liberti, das ist eine Überraschung."

"Ja, die war er auch für mich, für uns", korrigierte er sich. "Aber jetzt ... ", er machte eine nachdenkliche Pause, dann fügte er hinzu: "Jetzt ist daraus eine Überzeugung geworden, dass es gut ist. einen Sohn zu haben." Er stand auf. "Und Sie? Sind Sie auch mit Ihrem Sohn hier?"

"Ja, schon, aber Peter ist hier mehr mit seinen Freunden zusammen als mit mir, den sehe ich nur, wenn er hungrig oder durstig ist." Mit einer Kopfdrehung wies sie auf Leon. "Wie heißt er denn?"

Den Namen nannte Robert ihr, nicht aber den Namen seiner Mutter, der Frau Siebenthal sicher mehr interessierte. Mochten sie sich im Büro das Maul zerreißen, es war ihm egal.

Am nächsten Abend, nach dem Zoobesuch, war Leon kaum zu bremsen. Was er alles gesehen hatte! Seine Plastiktiere und auch noch andere, aber sooo groß! Er kletterte über den Stuhl auf den Esstisch und reckte die Arme in die Höhe. Das Zoobuch musste her und an jedes Tier, das er im Zoo gesehen hatte, wollte er einen Bleistiftkringel malen. Und noch einen und noch einen. Nach zehn korrekt gezählten Kringeln hüpfte er in den Zahlen herum, "wie ein Känguru", lachte Luisa, "das die Zahlen in seinem Beutel herum herum schleudert, alles fliegt durcheinander."

Das fand Leon lustig und malte ein großes Ei, oben auf dem Ei einen kleinen Kreis mit zwei Punkten drin für die Augen und in das untere Ei ein verwackeltes Viereck, da hinein malte er eine Eins, daneben eine Zwei und daneben eine dickbauchige Drei, die auf dem Rücken lag.

"Was du alles kannst!", lobte Luisa, "und wo sind die anderen? Der Beutel ist ja schon voll?"

Er schaute auf das Blatt, dann spreizte er die Finger seiner linken Hand, tippte sie mit dem rechten Zeigefinger nacheinander ab und zählte, indem er stumm die Lippen bewegte. Was nun?

Robert sah amüsiert zu: Sein Sohn, Zungenspitze im Mundwinkel, vornüber gebeugt auf dem Stuhl kniend, die Kinderfaust mit dem wackelnden Bleistift zwischen durchgedrücktem Zeigefinger und Daumen, dann wieder an den Fingern abzählend. Bis er den Stift auf den Tisch knallte. "So! Fettich!" Er sprang vom Stuhl, schnappte sich sein Dreirad und trat wie wild in die Pedale. Jede Teppichrunde wurde laut verkündet. Ob er jetzt über die Zehn hinaus richtig zählen konnte?

Luisa schien das nicht abwarten zu wollen. "Bist du denn gar nicht müde?"

Er schüttelte den Kopf und grunzte.

Sie sah auf die Uhr. "Wird er schon", meinte sie zu Robert, "wenn er zu Abend gegessen hat."

Mit einem Leberwurstbutterbrot lockte sie ihn in die Küche, dazu ein Glas kalte Milch, danach gab's noch einen halben Apfel und später im Bett eine Einschlafgeschichte, die von den Bremer Stadtmusikanten.

Am späten Vormittag des Dienstags musste Luisa zu Gericht.
"Ob ich der jungen Frau helfen kann, ist ungewiss."
Sie saßen beim Frühstück, Leon auf einem Kissenstapel-Stuhl zwischen ihnen.
"Sie ist Auszubildende bei der Agravis Raiffeisen und mehrfach von ihrem Ausbilder belästigt worden, der hat ihr bei Tisch die Hand auf den Oberschenkel gelegt. Unter der Tischplatte natürlich. Sie, eigentlich ganz taff, hat daraufhin die Haut auf seinem Handrücken mit Daumen und Zeigefinger gepackt und kräftig verdreht, und das tut weh. Am nächsten Tag hat er's wieder gemacht, sich aber vorher einen Handschuh übergestreift. Reine Veräppelei, das auch noch. Sie hat's ihrem Vorgesetzten gemeldet, der hat ihr aber nicht geglaubt und ist der Sache nicht nachgegangen. Na klar war sie wütend, so wütend, dass sie eine Mail an ihre Kolleginnen geschickt hat. Das machte natürlich die Runde und ihr wurde mit Kündigung gedroht, falls sie die Anschuldigung nicht zurücknähme, und zwar öffentlich in einer Mail an alle. Hat sie begreiflicherweise nicht gemacht. Folge: Kündigung."
"Sie hätte sich vor der Kündigung an die Antidiskriminierungsstelle wenden sollen."
"Ja, dann wäre es vielleicht nicht so weit gekommen. Heute wird die Kündigungsschutzklage verhandelt. Mal sehn."
"À propos Kündigung."
Auf dem Umweg über Luisas Fallgeschichte hatte sich ihm etwas in Erinnerung gedrängt.
"Frau Krantz hat angedeutet, nach Ablauf der Elternzeit wieder Vollzeit arbeiten zu wollen. Das kommt natürlich nicht in Frage. Während der Elternzeit dürfen wir nicht kündigen, auch nicht durchblicken lassen, dass wir das vorhaben."

Luisa stimmte ihm zu. "Raffiniert wie sie ist, würde sie einen Antrag auf Verlängerung der Elternzeit stellen."

"Ganz recht. Möglich auch, dass sie am ersten Tag zur Arbeit erscheint, sich dann aber krankschreiben lässt. Ihrer Ärztin traue ich das zu. Wir sollten ihr die Kündigung am Abend vor Arbeitsantritt in den Briefkasten stecken. Außerdem …" er rührte in seiner Kaffeetasse, "… ist es vielleicht gut, die Kanzlei in der Westhoffstraße zu kontaktieren – du kennst den Kollegen Sebert?" – Luisa nickte – "und, für den Fall, dass Frau Krantz sich doch noch für die Stelle interessieren sollte, eine Empfehlung aussprechen. Sie sollte ein stabiles Umfeld haben, Leons wegen."

Luisa nickte. Sie deutete auf Leon, der mit seinen Löffel sprach, während er ihn aufrecht um seinen Teller herum marschieren ließ. "Wann bringst du ihn zurück? Sehe ich ihn noch heute Abend?"

"Weiß nicht. Frau Krantz wird anrufen, wenn sie wieder zuhause ist, so gegen Sechs."

"Was machst du heute mit ihm?"

"Terrassenprogramm. Ich hab Akten da, die ich hier bearbeiten kann, er hat seine Spielsachen, ich wird ihm auch mal was vorlesen … so in der Art etwa …"

Kurz nach Sechs war er mit einem putzmunteren Leon in der Gasselstiege, der, voll von dem Erlebten, seiner Mutter gleich alles erzählen wollte. Die aber, so schien Robert, hörte kaum hin. Ab und zu ein "Ja?" – "Das hat dir gefallen?" oder "Wie schön", während sie in der Küche ein Brot für ihn strich. Leon wollte Leberwurst. Die sei nicht da, entgegnete sie unwirsch, und als er schrie "Leon will aba!", wurde sie laut: "Du isst, was da ist!" Leon flüchtete zu seinem Vater und reckte die Arme hoch: "Aam!"

"Stress gehabt?", wollte Robert wissen.

"Ich will nicht drüber reden", sagte sie, "der Schreihals muss jetzt erst mal ins Bett."

"Nein!", schrie Leon, "eine Schichte!"

Wenn du das jetzt machst, dachte Robert, und ihm hier in dieser Wohnung eine Geschichte vorliest, dann ist das wie Familie: Mutter in der Küche, mit dem Abendessen beschäftigt, Vater mit

Märchenbuch und Sohn auf dem Schoß im Sessel. Leon ist dein Sohn, aber das hier ist nicht deine Familie.
"Ich geh dann jetzt", sagte er.
"Nein! Papa bleiben!", weinte Leon und lief hinter ihm her.
Das Weinen begleitete ihn drei Stockwerke hinunter durch' s Treppenhaus.

Ein paar Tage später rief Frau Krantz an. Man habe ihr für Leon on einen Halbtagsplatz in der Kita zugesagt, ab dem zweiten Halbjahr, also schon ab dem kommenden Monat. Die Unterlagen könne er bei seinem nächsten Besuch einsehen und unterschreiben. Mit einem Halbtagsjob bei Sebert habe es leider nicht geklappt, die wollten eine mit voller Stundenzahl, und dann auch auf Dauer. Das nun wolle wiederum sie nicht.
Robert stöhnte. Das würde ein böses Erwachen für sie werden. Arbeitslos zum Ende der Elternzeit, Unterhaltszahlung beendet, da Leon im nächsten Februar drei Jahre alt wäre. Einzig für ihn hatte sie dann noch Anspruch auf seine Zahlungen. Wenn sie den Job bei Sebert nicht haben wollte – mehr als sie empfehlen konnte er nicht, drängen wollte er sie nicht. Luisa fiel ihm ein: *raffiniert, wie sie ist ...*

Am Samstag darauf brachte er den unterschriebenen Vertrag selbst in die Kita und nahm Leon gleich mit.
"Praktisch", hatte Frau Krantz gesagt, "diese Kita – lustiger Name: Pustekuchen! – hat auch samstags geöffnet, finde ich gut."
"Vielleicht weniger gut für die Kinder", hatte er geantwortet.
Jetzt galt es, klare Verhältnisse auch für die Betreuer in der Kita zu schaffen:
Er war Leons Vater.
Sein Sohn trug seinen Namen.
Die Mutter des Kindes war nicht seine Frau und er lebte nicht mit ihr zusammen.
Er hatte volles Sorgerecht.

Die Kita brachte viel Neues für Leon, viele Kinder, viele Spielsachen, Erzieherinnen mit Regeln, an die er sich zu halten hatte. Wenn sie ihn mittags abhole, habe er schon gegessen, sagte Frau Krantz, so könne sie den Vormittag für Besorgungen oder Arztbesuche nutzen, Fitnessstudio sei machbar, sie denke auch an Fortbildungskurse der VHS, in Englisch zum Beispiel. *Schön, schön,* meinte Robert. In Absprache mit Luisa hatte er es sich zur Regel gemacht, Leon an jedem zweiten Wochenende für wenigstens einen Tag abzuholen.

Luisa schien sich an diese Besuche zu gewöhnen, nicht nur das. Sie kaufte Spielzeug, Bilder- und Hörbücher, Malzeug und Stifte, einmal brachte sie eine Kinder-Eisenbahn mit, für die sie im Lauf der Monate immer neues Zubehör erstand.

"Ist doch das liebste Spielzeug für euch Männer", hörte Robert sie sagen und wunderte sich. Da stand seine Frau, die nie Kinder haben wollte, und sah schmunzelnd zu, wie er sich, bäuchlings auf dem Teppich liegend neben seinem Sohn, dessen Mutter sie nicht war, mit Wägelchen, Schienen, Lokomotiven, Bäumchen, Haltesignalen, Häuschen und Figürchen vergnügte.

Wenige Wochen später.

Hinrichsen hatte kurzfristig um einen Termin gebeten, es gebe immer noch Probleme in der Spaniensache. Donnerstag um Zwei war er da. Frau Jonsch servierte zwei Espresso im Besprechungszimmer, Robert schlug die Akte auf. Sein Handy klingelte. Ein kurzer Blick auf's Display, dann stand er auf und ging mit einer gemurmelten Entschuldigung in sein Arbeitszimmer.

"Könnten Sie bitte Leon abholen?" Frau Dankert, eine der Erzieherinnen der Kita. "Frau Krantz ist nicht gekommen, ich habe sie auch nicht erreichen können, und ob oder wann sie die Mailbox abhört, kann ich natürlich nicht abwarten. Also bitte …"

Was blieb ihm übrig? Luisa war unabkömmlich auf einer Sitzung des Kulturausschusses, und wenn Hinrichsen an Beratung gelegen war, würde er halt eine halbe Stunde warten müssen. Und danach? Wohin mit Leon?

Der freute sich, als Robert ihn abholte: "Papa Auto fahren!" Frau Dankert dagegen schien leicht verärgert.

"Bitte legen Sie Leons Mutter ans Herz, ihn doch bitte pünktlich abzuholen. Das ist jetzt das erste Mal, dass sie überhaupt nicht gekommen ist, zu spät war sie schon ein paar Mal."

Das zu klären, war die eine Sache. Die andere: Was nun mit Leon? Es gab keine Alternative: Er musste mit in's Büro. Klare Verhältnisse jetzt auch hier. Frau Siebenthal hatte sicher schon rumerzählt, dass der Chef einen Sohn hatte. Frau Jonsch würde sich kümmern müssen, bis er mit Hinrichsen durch war. Hatte sie nicht selbst schon einen Enkel?

Luisa war erstaunt, als Leon ihr beim Nachhausekommen entgegen lief.

"Nanu? Mitten in der Woche zu Besuch?"

"Ich musste ihn mitbringen, es ging nicht anders", erklärte Robert. "Die Kita rief heute Nachmittag an, mitten in der Mandantenbesprechung. Frau Krantz hatte ihn nicht aus der Kita abgeholt, und ich habe sie bis jetzt nicht erreichen können. Also musste ich hin. Dann zurück in die Kanzlei, mit ihm natürlich. Na ja, du kannst dir denken … Aber wir waren uns ja einig, ihn nicht länger verstecken zu wollen, außerdem: Frau Siebenthal kennt ihn ja schon." Mit einem Blick zu Leon: "Nun zeig mal Luisa, was die liebe Frau Jonsch mit dir gebastelt hat."

Leon hatte alles auf dem Esstisch aufgereiht: ein Schiffchen aus gefaltetem Papier, ein Hundegesicht, ein Katzengesicht, ein Himmel-und-Hölle-Froschmaul mit aufgemalten Augen, aus blauem Papier einen Schmetterling. "Kuck", sagte er, sprang vom Stuhl, setzte sich einen Hut aus Zeitungspapier quer auf den Kopf und stolzierte mit steifen steifen Beinen und schlenkernden Armen auf und ab. "Leon is ein Naplun", sagte er.

Robert und Luisa sahen sich an, dann platzten sie heraus. Dass der kleine Kerl den Namen des großen Imperators zwar verstümmelt aber dennoch erkennbar behalten hatte, war erstaunlich. Zu Frau Jonsch als Babysitterin eine Entdeckung. Papierfalten für

Kleinkinder mit Informationen über Größen der Weltgeschichte verbinden.–bemerkenswet!

Während Leon Himmel-und-Hölle-Klappmäuler in unterschiedlichen Größen faltete und Luisa das Abendbrot vorbereitete, rief Frau Krantz an. Es ginge ihr schlecht, sie sei am Mittag außerstande gewesen, Leon abzuholen, jetzt aber wieder besser drauf.

"Ich bringe ihn heute nicht mehr", sagte Robert, "er schläft hier. Sie können ihn morgen Mittag in der Kita abholen. Pünktlich bitte, verlangt Frau Dankert."

Nach dem Abendessen wollte Leon nicht ins Bett. Nur mit der Aussicht auf eine neue Geschichte brachte Luisa ihn dazu, sich ohne Geschrei und Gezappel beim Ausziehen helfen zu lassen. Sie musste sich zu ihm in das große Bett legen, dann gab es das Märchen vom Hans im Glück. Es war ein kurzes Märchen und Luisa musste es zweimal lesen. Robert machte ein Handyfoto, "Leon im Glück", meinte er.

"Noch mal", verlangte Leon.

"Jetzt wird geschlafen!"

Luisa stand auf. Leon streckte die Arme nach ihr aus und fing an zu weinen.

"Isa bleiben, nich weggehen."

"Aber ich bin doch da, nebenan im Zimmer."

"Nich dunkel machen …"

"Gut, ich mache die Tür nicht fest zu, dann hast du ein bisschen Licht, okay?"

"Was is okay?"

"Okay ist: Alles in Ordnung. Schlaf gut."

"Okay."

In der Nacht stand er plötzlich an Luisas Bett. Robert machte Licht.

"Was machst du hier, warum schläfst du nicht?"

"So alleine, Mama suchen."

"Deine Mama ist hier nicht, aber Luisa ist da und ich bin da."

"So alleine, ich immer alleine, immer dunkel, Mama weg."

"Na, komm her, leg dich hier hin." Robert klopfte auf die Matratze. Leon kletterte über Luisa, sie deckte ihn zu. Er zitterte. Nach fünf Minuten war er eingeschlafen.

"Diese Frau, seine Mutter, lässt ihn des Nachts allein. Du musst mit ihr reden, Robert."

Frau Krantz stritt es ab, als er sie am nächsten Tag anrief. Zunächst jedenfalls. Dann: Ja, einmal sei sie, nachdem er eingeschlafen war, weg gegangen, kurz nur, um die Ecke sozusagen, ins Café Garbo, habe sich dort mit einer jungen Frau getroffen, die sie im Englischkurs kennen gelernt hatte. Die sei ganz nett, allerdings kein — sie stockte, er hörte wie sie die Luft einzog. "Ich muss mich zurecht finden", sagte sie schließlich, "habe gedacht, es würde mit der Zeit einfacher werden, mein Leben hier und ohne Roxana. Nach dem Wintersemester zieht sie nach Düsseldorf."

"Tja", Robert zuckte mit den Schultern, "tut mir leid für Sie. Ich kann Ihnen nur raten, sich bei Sebert zu bewerben. Und passen Sie gut auf Leon auf, lassen Sie ihn nicht allein, weder tagsüber noch des Nachts!"

"Du kannst ihr nicht trauen", sagte Luisa, "sie steckt in einer Krise, schon eine Weile, fürchte ich. So zielstrebig, wie sie das Schwangerwerden angesteuert und damit ihr Leben total verändert hat, so zielstrebig wird sie an dieser Roxana hängen bleiben wollen. Die habe ich ja nur zweimal gesehen, einmal im Da Franco in der Mittagspause, wo sie kurz auftauchte, für einen Kaffee. Eine hübsche Person, Frau Krantz hat sie fast angehimmelt. Das andere Mal war es vor dem Da Franco, mit Buggy und Hinrichsen, ich hab dir davon erzählt."

Wie Recht Luisa hatte, konnte er wenig später auf dem Weg zu einem Vormittagstermin beim Amtsgericht feststellen. An der Ampelkreuzung bei der Universität musste er warten. Auf der linken Seite jenseits der Kreuzung sah er eine Frau in einem extrem kurzen Rock, sie lief ziemlich schnell und er wunderte sich, wie sie auf so hohen Absätzen so schnell laufen konnte. Bis er sie erkannte: Frau Krantz, die es sehr eilig hatte. Sie stoppte abrupt und umarmte eine vor ihr gehende Frau, indem sie ihr die Arme von hinten um die Schultern legte, das heißt, sie versuchte es, doch die Frau entzog sich ihr. Roxana? Nach Luisas Beschreibung musste sie es sein. Die Ampel sprang auf Grün, und im Anfahren sah er sie einen neuerlichen Annäherungsversuch abwehren. Sollte er Mitleid haben mit Frau Krantz? Er runzelte die Stirn. Sie hatte nun erreicht, was sie wollte und mit ihrer Freundin gleich gezogen, doch ihre Liebe verloren. Jedenfalls sah es so aus. Im Weiterfahren wunderte er sich über sich selbst: Mitleid mit einer Angestellten, die ihn reingelegt hatte? Er entspannte sich und fügte in Gedanken dem *Reingelegt* Anführungszeichen hinzu, das schuldete er seinem Sohn. Er sollte sich mehr um ihn kümmern.

Man sprach ihn nicht darauf an, doch er registrierte Blicke, in denen er versteckte Neugier las. Schon Hinrichsen hatte ihn so angesehen, als er Leon mit ins Büro brachte, obwohl der Neugier ebenso viel Überraschung beigemischt war. Da Robert wusste, dass auch Hinrichsen außerehelich zu seinem Sohn Tobias gekommen war, hatte sich bei ihm eher so etwas wie ein Gefühl von kumpelhafter Übereinstimmung gerührt.

Frau Jonsch und Frau Burscheid waren mit Sicherheit schon von Frau Siebenthal informiert worden, sie wirkten weniger überrascht. Eher angetan von Leon. Frauen und kleine Kinder. Was die große Gesellschaft betraf: Inzwischen ging er davon aus, dass die Neuigkeit die Runde gemacht hatte. Eine Erleichterung für ihn, er musste sich nicht um Geheimhaltung bemühen.

Auch Luisa ging inzwischen gelassen mit der Tatsache um, dass ihr Mann ein Kind mit seiner Angestellten hatte – so konnte er jedenfalls im Büroalltag feststellen. Nach mehr als zwei Jahren schien es ihr endlich wieder richtig gut zu gehen, auch der Badeunfall Himmerich belastete sie nicht mehr. Der Kontakt zu Renate war, wenn auch nur sporadisch, so doch unbelastet, der Kontakt zu ihren Geschwistern nach dem Unfalltod der Eltern auf gute Wünsche zu Festtagen reduziert. Erbstreitigkeiten, Uneinigkeit, böse Worte, Neid – Luisa hatte verzichtet. Einzig die persönliche

Briefpost ihrer Eltern hatte sie für sich beansprucht, Dokumente einer Liebe, die sich im Laufe von sechs Schwangerschaften für ihre Mutter in Resignation gewandelt hatte.

Luisa wollte keine Kinder. Und nun?

Nun war Leon da.

Es war seltsam, aber es schien Robert, als habe Leon Luisa verändert, der sachlich und nüchtern denkenden Anwältin eine weiche Komponente hinzugefügt.

Wenn Leon zum Wochenende da war, spielte oder bastelte sie mit ihm oder las ihm vor, und es war, als habe sie etwas entdeckt, von dem sie selbst überrascht schien. Ihr Blick hatte sich verändert, mit dem sie Leon beim Spiel zusah, wenn das, was sich in ihm abspielte, in seinem Gesicht zutage trat, Nachdenken, Unsicherheit, Freude, Ratlosigkeit, Ärger. Manchmal wurde er wütend, wenn etwas nicht geklappt hatte mit dem neuen Baustellenspiel. Dann beruhigte sie ihn und lobte ihn für das, was er schon geschafft hatte. Dieser neue Blick war eine Mischung aus Neugierde und Zuwendung.

Er hütete sich, dieses Neue Muttergefühle zu nennen, noch nicht einmal in Gedanken. Aber so etwas Ähnliches musste es sein. Ein paar Mal holte sie Leon des Samstags selbst von der Kita ab, wenn Frau Krantz meinte, sie brauche mal wieder ein kinderfreies Wochenende, und einmal war sie ihr dort auch begegnet.

"Sie kam", erzählte Luisa, "um eine Tasche mit Spielkram zu bringen, die sie am Morgen vergessen hatte, völlig überflüssig, wir haben inzwischen genug davon bei uns. Ich habe sie ja nun mehr als zwei Jahre nicht gesehen, sie sah nicht gut aus und hat auch eher an mir vorbei gesehen, und ihr Glückliche-Mutter-Getue hatte sie auch nicht mehr drauf. Hast du eine Ahnung, Robert, was sie an diesen Wochenenden ohne Leon macht? Hat sie eine neue Beziehung?"

"Ich fürchte nicht, schlimmstenfalls stalkt sie Roxana, und das kann nicht gut gehen."

Am nächsten Morgen wollte Leon zunächst nicht aufstehen. Er hatte die Decke hochgezogen bis zum Kinn, als Robert ins Zimmer kam, erstaunt, dass er, obwohl wach, nicht aufgestanden war, um zu ihm ins große Bett zu kriechen wie immer, wenn er da war. Das war noch nie vorgekommen. Robert meinte: "Na gut, wir machen jetzt Frühstück, und du kommst dann zu uns in die Küche, da kannst du helfen."

Nach zehn Minuten kam er, die Schlafanzughose in der Hand, pitschnass. Er weinte. "Will das nich, ich nich böse."

"Ach du je", meinte Luisa, "gib her, bis heute Abend ist sie wieder sauber und trocken."

Das war seit einem Jahr nicht mehr vorgekommen. Es passte aber zu seiner Angst im Dunkeln; die Tür zum Zwischenflur, in dem ein kleines Licht brannte, musste des Nachts einen Spalt breit offen bleiben. Und trotzdem war er in den letzten Wochen mehr als einmal des Nachts gekommen. Kam es immer noch vor, dass Frau Krantz ihn allein ließ? Eine neue Liebschaft?

Am nächsten Morgen, nachdem Robert Leon in die Kita gebracht hatte, rief er Frau Krantz an. Die Mailbox teilte Abwesenheit mit, der Teilnehmer werde über den Anruf per SMS informiert.

Gegen Zwölf kam der Rückruf. Ihre Stimme klang ungehalten. "Ja, was ist?"

Den fast aggressiven Tonfall im Ohr zwang er sich, sachlich zu bleiben. Wenn er Leon am nächsten Samstag aus der Kita abhole, solle sie ihm ein Paket Windeln mitgeben.

Für einen Moment war Schweigen am anderen Ende. Dann: Kein Wunder, wenn Leon wieder einnässe, er sei schließlich nicht in der gewohnten Umgebung, und dann ... ihre Stimme wurde undeutlich, und er glaubte, im Hintergrund jemanden flüstern zu hören, ja, und dann käme so etwas schon mal ... vor ... sie fing an zu stottern: "Aber ... aber das ... gibt sich wieder."

"Mit Sicherheit kennen Sie die Gründe", erwiderte er, "ich kann sie nur vermuten, und ich warne Sie ...", seine Stimme wurde scharf, "lassen Sie ihn nicht allein, vor allen Dingen nicht des Nachts."

Er legte auf. Dieses Flüstern. Es war also jemand in ihrer Wohnung, jemand, mit dem sie möglicherweise die Nacht verbrachte, wenn Leon nicht da war. Oder: Für den sie Leon allein ließ, nach Bedarf oder Gelegenheit oder Lust und Laune. Er sollte wissen, wer sie von ihrer Verantwortung abhielt.

"Es gibt immer Nachbarn, die hinter der Gardine stehen", meinte Luisa, "an die musst du dich halten."

Üblicherweise holte Robert Leon am Samstag selbst von der Kita ab und nahm ihn mit nach Hause. Diesmal hatte er anders entschieden.

"Ein Samstagstermin mit einem neuen Klienten", hatte er Frau Krantz informiert, "ich kann Leon erst im Lauf des Nachmittags bei Ihnen abholen."

Es berührte ihn, wenn der Kleine, kaum, dass er seine Stimme hörte, ihm in dem schmalen Flur entgegen lief und sich gegen seine Beine warf. Dann hob er ihn hoch und setzte ihn auf seine Schulter: "Nun bist du größer als ich", und ging mit gebeugten Knien auf und ab: "Und so schwer bist du geworden, du isst wohl zuviel Leberwurst?"

"Au ja, Papa!", schrie Leon und wippte auf und ab, und Robert fragte sich, woher ihm die Worte kamen, Vater-Sein hatte er nie geübt, vielleicht war das doch nicht so schwer.

Frau Krantz brachte die übliche Wochenendtasche und stellte sie neben die Wohnungstür. Sie sah blass aus, dunkle Schatten unter den Augen, ungekämmt. Sie bemerkte seinen Blick und entschuldigte sich: "Muss mir noch die Haare waschen." Und übergangslos: "Runter mit dir, Leon."

Er setzte Leon ab. Sie bückte sich und zog ihm den Anorak an Mit fahrigen Händen nestelte sie an dem Reißverschluss herum, schließlich riss sie so heftig daran, dass Leon taumelte und fast umgefallen wäre.

"Halt doch still, Leon!", fuhr sie ihn an. Der Kleine verzog den Mund, als wolle er weinen. Es schien ihr Leid zu tun und sie strich ihm flüchtig über den Kopf. Leon lief zu seinem Vater und fasste nach dessen Hand. Robert griff die Tasche.

"Irgendetwas scheint Sie zu überfordern, Frau Krantz, verbringen Sie ein ruhiges Wochenende und denken Sie nach."

Sie nickte. "Mir ist schlecht", sagte sie, "ich muss mich hinlegen."

Die Wohnungstür hinter sich geschlossen, stand Robert einen Moment unschlüssig da. Eigentlich widerstrebte es ihm, Luisas Idee zu folgen, aber etwas Besseres war ihm nicht eingefallen. Er wies auf den benachbarten Klingelknopf:

"Kennst du diese Leute, Leon? Willst du ihnen mal Guten Tag sagen?"

Leon nickte brav. "Dann drück mal drauf." Robert hob ihn hoch, Leon drückte, Robert setzte ihn ab, Geräusche hinter der Tür, ein unwilliges *ja ja, komme schon,* dann wurde sie geöffnet. Frau Strimple in der ihm schon bekannten Kittelschürze.

"Nanu?", wunderte sie sich und sah von einem zum andern, "heute wieder Papa-Tag?"

"Mein Sohn will Ihnen nur Guten Tag sagen und ich auch, ich sehe Sie ja nicht so oft und in gewisser Weise bin ich ja auch Ihr Nachbar."

"Naja", meinte sie, "Nachbar hin, Nachbar her, die wechseln …", ihr Blick zuckte zu der anderen Tür, "aber du …", sie wandte sich Leon zu, "… du freust dich heute auf deinen Papa, oder?" Sie steckte die Hände in die Schürzentaschen. "Wissen Sie", wandte sie sich an Robert, "es ist gut, dass Sie auch mal etwas mit ihm unternehmen. In letzter Zeit haben wir ihn nachts schon mal weinen gehört, die Wände sind hier nicht gerade schalldicht und die Schlafzimmer liegen in der Mitte der Etage nebeneinander, da kriegt man schon so einiges mit − zwei Zimmer, Küche, Bad ist wenig Platz für wenn man …", sie verdrehte die Augen, "… und dann noch mit einem kleinen Kind im selben Zimmer … na, Sie wissen schon, was ich meine."

"Ich weiß, was Sie meinen, aber das Sexualleben von Frau Krantz geht mich nur etwas an, wenn mein Sohn darunter leidet."

"Ich will ja nichts gesagt haben, aber da kriegt er ja Sachen mit, die nicht gut sind für ein kleines Kind. Ich hab Augen im Kopf und sehe, was los ist mit … mit dieser Frau. Denken Sie bloß nicht, dass mich das interessiert, aber soviel kann ich Ihnen verraten: Männerbesuch hat sie jedenfalls nicht."

"Sie meinen Freundinnen? Haben Sie die gesehen?"

"Pfffh, nennt man das so? Im Treppenhaus hab ich mal eine gesehen, so hippymäßig – nee, heute sagt man wohl Punk zu so was – na also, ich halt mich da lieber raus, geht mich ja nichts an." Sie tat einen Schritt zurück. " Schön'n Tach noch."

Viel mehr als seine Vermutung bestätigt wusste Robert nun auch nicht. Immerhin: Punk, das wies auf Kontakte in ein Milieu, zu dem Frau Krantz seines Wissens bislang keinen Zugang hatte. Möglicherweise kannte Frau Strimple sich aber auch nicht aus mit dem, was Punk war, vielleicht gehörte für sie schon ein Tattou in diesen Bereich.

"Wir sollten das sehr genau im Blick behalten", meinte Luisa, nach-nachdem Leon seine Geschichte bekommen hatte und im Bett war. "Ich verstehe, dass Frau Krantz nicht allein bleiben will, und diese Roxana stammte ja wohl aus einem guten Milieu. Und jetzt? Wen holt sie sich in ihre Wohnung? Du weißt, besonders die ersten Jahre sind prägend für die Entwicklung."

"Da bleibt nur die Kontrolle." Robert seufzte. "Ich werde wohl mal nachmittags oder abends ohne Vorankündigung bei ihr aufkreuzen müssen. Oder du machst das", und auf ihr energisches Kopfschütteln eingehend: "... auch schon mal, gelegentlich nur."

"Ich? Keinesfalls!" Ihre Stimme wurde scharf. "Hast du vergessen, was sie uns antun wollte? Was sie *mir* antun wollte? Glaube nicht, dass sie es nur ihrer Roxana gleichtun wollte, nein, sie wollte uns auseinander bringen und sie wollte mich treffen, und hat das sehr geschickt unter Komplimenten versteckt, mit denen sie mich geradezu bombardiert hat: *Ach, Sie sehen ja wieder so toll aus heute in diesem Kleid* und ... ach ja... ", Luisa kniff die Lider zusammen und drehte die Schultern: "*Ihre Haare sind einfach Klasse*. Ich konnte es nicht mehr hören, die Bewunderung von dieser Frau war mir nur noch unangenehm. Und während der Schwangerschaft hat sie sich eine Art von triumphalem Gebaren mir gegenüber zugelegt, und da erst ist mir klar geworden, dass sie es auf mich abgesehen hatte." Sie stand auf und begann gestikulierend hin und her zu gehen. "Was habe ihr getan? Was wollte sie mir zeigen? Wie man es schafft, ein

Kind zu kriegen?" Sie wandte sich ab und wischte mit einer schroffen Bewegung durchs Auge. "Ich will sie nicht sehen!"

"Tränen?" Robert stand auf. "Dieser Zusammenhang ist mir nie in den Sinn gekommen, und du hast mir nie davon erzählt. Kann sein, dass du Recht hast." Er ging zu ihr und legte die Arme um ihre Schultern.

"Und ob ich Recht habe!" Sie drehte sich ihm zu. "Eine Angestellte macht ihrer Chefin ständig übertriebene Komplimente, Einschleimerei! Ich habe es auf Dauer wie eine Verletzung meiner Privatsphäre empfunden. Letztendlich war es vielleicht auch Neid, der dahinter steckte. Und da musste sie mir natürlich zeigen, dass sie etwas zustande bringt, das ich nicht habe oder nicht kann – wer weiß, was in ihr vorging."

"Ich habe dich bewundert für die Ruhe, die du in all dieser Zeit bewahrt hast. Kein böses Wort, obwohl ich die innere Entfernung schon wahrgenommen habe, und sich einiges in unserem Leben verändert hat. Aber wir kommen klar damit."

"Du meinst Leon?" Sie lächelte. "Wenn ich ihn sehe, so quirlig, wie er ist, wissbegierig, neugierig, manchmal querköpfig, auch gewitzt, dann vergesse ich, wer seine Mutter ist. Er ist liebenswert, und du bist der Vater, das zählt."

Er zog sie an sich. "Ich liebe dich."

In dieser Dezembernacht sagten sie es sich ohne Worte.

Weihnachten rückte näher und damit die Frage nach dem Festtagsprogramm. Mit oder ohne Leon? Eine Frage, die Robert an einem frühen Donnerstagnachmittag zum Anlass für einen unabgesprochenen Besuch in der Gasselstiege nahm.

Er klingelte.

Es dauerte eine Weile, dann eine unwillige Stimme: "Ja?"

"Liberti, ich möchte etwas besprechen."

"Passt mir heute eigentlich nicht."

"Es geht um Leon."

Schweigen, dann summte der Türöffner.

Oben stand die Wohnungstür offen, in dem engen Flur stieg er über einen Plastikbeutel mit Abfällen und einen überquellenden

Papierkorb, ein Putzeimer mit Schrubber versperrte den Durchgang. Frau Krantz, im Wohnzimmer und in einem Outfit, den sie wohl des Nachts zum Schlafen trug, schob Bettzeug auf der der Couch zusammen. Sie bewegte sich langsam, wirkte benommen. Leon hockte inmitten seiner Legosteine auf dem Teppich, auch im Nachtzeug.

"Papaaa!" Er rappelte sich hoch und lief zu ihm.

"Ich habe ihn heute nicht in die Kita gebracht", sagte Frau Krantz, "es geht mir schlecht, ich konnte einfach nicht." Und mit einer gemurmelten Entschuldigung: "Ich zieh mir eben was an, bin gleich wieder da."

Robert setzte sich, Leon kletterte auf seine Knie. Auf dem Tisch lag eine leere Tablettenschachtel. Er schaute genauer hin. Duloxetin. Ein Antidepressivum?

Für einen Moment war er ratlos. Leon, auf seinen Knien vor und zurück wippend, verlangte nach Aufmerksamkeit: "Papaaa! Häuser bauen, du auch!"

Frau Krantz kam zurück, Jeans und Pullover, Gummi um ihren dünnen Pferdeschwanz. Robert wies auf das Medikament.

"Sie sind in ärztlicher Behandlung? Seit wann?"

Sie zögerte. "Fünf, sechs Wochen, ich weiß nicht genau."

"Ist es besser geworden?"

Sie zuckte mit den Schultern.

"Was sagt der Arzt?"

Sie ließ sich auf die Couch fallen.

"Was soll er schon sagen? Die Ärzte verschreiben was, den Rest muss ich selber machen, sagt er. Wie denn? Ich kann nicht, ich kann kaum aufstehen morgens, schlafe nicht."

"Und wie schaffen Sie das dann mit Leon?"

Sie hob die Hände. "Wegen ihm muss ich ja funktionieren. Der Arzt meint, ich soll mich stationär behandeln lassen. Will ich aber nicht."

Robert überlegte. Seinen Sohn konnte er keinesfalls einer depressiven Frau Krantz überlassen. Er stand auf und setzte ihn wieder auf den Boden zu seinen Legosteinen.

"Ich rufe jetzt Ihren Arzt an, er soll Ihnen sofort eine Überweisung ausstellen. Sie müssen gesund werden, bevor Sie sich wieder um Leon kümmern …", und ihren protestierenden Blick wahrnehmend: "Oder soll ich das Jugendamt einschalten? Wollen Sie das wirklich?" Er zog Leon vom Boden hoch. "Ich nehme ihn mit, jetzt gleich."

Eine Weile sagte sie nichts, saß apathisch da. Dann raffte sie sich auf, kramte nach der Telefonnummer ihres Arztes und begann, Leons Sachen zusammen zu packen, während Robert telefonierte.

"Was gab es eigentlich zu besprechen?", wollte sie wissen. Robert stand schon im Flur, die voll bepackte Reisetasche über der Schulter, während sie versuchte, Leon in den Anorak zu helfen. "Alleine!", wehrte er sich. Sie ließ von ihm ab, stand mit hängenden Armen da.

"Hat sich erledigt", meinte Robert, "es ging um Weihnachten." Sie tat ihm leid. "Wegen Leon müssen Sie sich keine Sorgen machen, Frau Krantz, ich werde das mit der Kita regeln. Unter diesen Umständen kann er sicher den ganzen Tag bleiben."

Es war dann doch eine größere Umstellung des Tagesablaufs, als er vermutet hatte. Morgens frühstücken, Leon in die Kita bringen. Tagsüber Aktenarbeit, Mandanten, Gerichtstermine. Abends Leon abholen. Erst wenn er im Bett war nach Abendbrot und der obligatorischen Geschichte war Zeit zum "Ausatmen", wie Luisa treffend ihr Befinden beschrieb. Einige Male noch gab' s nächtlichen Besuch von Leon in ihrem Schlafzimmer, doch nach einer Woche schlief er die ganze Nacht durch .

Weihnachten, das Familienfest, kam und ging, Sylvester kam und ging in' s Neue Jahr, und alles war etwas anders als bisher. Anna wollte ihren Enkel besser kennen lernen und erwies sich zum Jahreswechsel, den Robert und Luisa bei Heiko und Irina verbrachten, als kompetente Babysitterin.

Natürlich ging es bei den Sylvestergesprächen auch um die Erfahrungen mit den privaten Veränderungen. *Was wäre, wenn …*, hat-

te Heiko wissen wollen und von einer Situation gesprochen, in der es notwendig werden könnte, Frau Krantz das Sorgerecht ganz zu entziehen. Robert hatte mit den Schultern gezuckt und Luisa angesehen. Und Luisa hatte mit den Schultern gezuckt.
Und gelächelt.

In der vorletzten Januarwoche kam Nachricht von Frau Krantz. Es gehe ihr gut, in zwei Tagen, am Freitag, werde sie aus der Klinik entlassen und sie freue sich auf Leon. Ihre Mutter werde ein paar Tage zu ihr kommen und sei auch gespannt auf ihn, sie habe ihn ja seit über einem Jahr nicht gesehen, und dann würde sie seinen dritten Geburtstag gemeinsam feiern
Roberts Gefühle waren gemischt.
Wie würde Leon nach nun fast zwei Monaten die Rückkehr verkraften? Und wie würde Frau Krantz sich wieder einfinden in ihr Leben, nun endgültig ohne Roxana? Das Wintersemester war zu Ende, Roxana würde wegziehen aus Münster, war vielleicht schon umgezogen.
"Bring du ihn allein hin", hatte Luisa auf seine Frage, ob sie Leon mit ihm zusammen zurück bringen wolle, geantwortet, "ich will Frau Krantz nicht sehen, ich will ihre Mutter nicht sehen, ich will die Wohnung nicht sehen. Sieh du nur zu, wie Leon reagiert."
Der schien seine Mutter nicht vermisst zu haben. Jedenfalls lief er nicht mit einem freudig überraschten Mamaaa! auf sie zu. Robert hatte ihm erklärt, warum er ab jetzt wieder in seinem eigenen Bett schlafen könne, doch ihm schien, dass Leon die Umstände nicht begriffen hatte. Er stand steif da und sah von seiner Mutter zu der fremden Frau neben ihr, die ihn erwartungsvoll ansah; seine Mutter streckte die Arme nach ihm aus, er lief an ihr vorbei zu seinem Spielzeug in der Ecke unterhalb des Fensters. Frau Krantz folgte ihm und setzte sich neben ihn auf den Boden.
"Was ist denn mit dir, Leon? Ich bin wieder da!"
Sie nahm ihn in die Arme. Er nahm es hin ohne sie anzusehen. Von der anderen Frau, der Oma, die er nicht kannte, ließ er sich nicht anfassen. Beim Wort *Oma* sah er Robert an, verständnislos, schien ihm, dann wandte er sich wieder seinem Spielzeug zu.

Ein paar Worte noch zu Frau Krantz, ihre wieder gewonnene Gesundheit betreffend, dann verabschiedete Robert sich. Bloß jetzt keine emotionale Abschiedsszene mit einem weinenden Kind! Leon war mit seinen Legosteinen beschäftigt und sollte nicht gestört werden. Doch seine Mutter sollte ermutigt werden, richtiger: ermahnt werden.

"In vierzehn Tagen wird Leon drei Jahre alt und hat nun auch einen festen Platz für die Ganztagsbetreuung in der Kita, und Sie sind gesund und können wieder ganztags arbeiten. Noch einmal: Bewerben Sie sich bei dem Kollegen Sebert. Ich habe mit ihm gesprochen und Sie empfohlen."

Frau Krantz öffnete die Wohnungstür.

"Herr Dr. Liberti, Sie kennen meine Präferenzen."

Er stutzte. Woher nahm sie mit einem Mal diese Wortwahl? Eine Art Zurückweisung, ausgehend von einer plötzlich erreichten höheren Warte, auf der sie glaubte, alles im Griff zu haben? Wollte sie nicht sehen, dass ihre alte Arbeitsstelle nicht mehr verfügbar war? Er zuckte mit den Schultern, deutlicher konnte er nicht werden.

Auf dem Weg die drei Stockwerke hinunter, kam etwas in ihm hoch, das er nicht einordnen konnte. Es fühlte sich nicht gut an, Leon zurück zu lassen. Schuldgefühle, oder so was. So, als hätte er ihn allein in einer fremden Umgebung ausgesetzt.

Wie immer wollte er Leon zum darauf folgenden Wochenende abholen. Am Freitag kam eine WhatApps-Nachricht von Frau Krantz, Leon sei nun lange genug bei seinem Vater gewesen und müsse sich wieder in seine normale Umgebung einfügen, das ständige Hin und Her tue ihm nicht gut.

Robert sah sich die Treppe aus dem dritten Stock herunter steigen und erinnerte sich an seine Schuldgefühle. Er hatte ihn allein gelassen.

"Ich will es mal ganz sachlich ausdrücken, Robert", meinte Luisa, "stell dir ihre Situation vor: Sie hatte eine Depression, kommt nach wochenlanger Therapie nach Hause zurück, ihre Freundin, Ursache der Depression, ist weg, ihr Kind, in der Zwischenzeit anderswo untergebracht, fremdelt, fühlt sich nicht wohl in dem alten Zuhause, ist trotzig, weint, lehnt alles ab, was sie von ihm will. Sie will es zurück gewinnen. Da kann sie es nicht wieder dorthin lassen, wo es ihr entfremdet wurde. So denkt sie jedenfalls. Sie hofft, es wird sich mit der Zeit ..."

Er unterbrach sie: "Und was machen wir jetzt? Abwarten? Was ist mit meinem Sorgerecht?"

"Das konkurriert mit ihrem Sorgerecht." Sie hob die Schultern. "Vielleicht mal vierzehn Tage ohne Leon, und dann, zu seinem Geburtstag besuchst du ihn oder holst ihn her. Vielleicht braucht sie diese Chance, diese kurze Zeitpanne, Kinder fügen sich ja auch wieder, wenn man sich liebevoll um sie kümmert."

Nichts geschah weiter in nächsten zwei Wochen. Kein Anruf. Keine WhatsApp. Den Gedanken, selbst anzurufen, verwarf er, kaum, dass er ihn gedacht hatte. Ganz gleich was Frau Krantz sagen würde, ob Leon sich nun eingewöhnt hatte oder nicht: Eine Notwendigkeit zum Handeln würde sich für ihn daraus nicht ergeben.

Notwendig war jetzt, die Kündigung auszusprechen.

Am Vorabend von Leons drittem Geburtstag, einem Freitag, warf er sie eigenhändig in ihren Briefkasten im Haus Nr. 463 in der Gasselstiege. Er fühlte sich schlecht in dem Gedanken an Leon.

Eine irgendwie geartete Reaktion auf die Kündigung hatten Robert und Luisa schon erwartet. Im besten Fall die Nachricht, dass Frau Krantz die Stelle bei Sebert antreten würde.

Doch sie ließ nichts von sich hören.

Ein Anruf in der Kanzlei Sebert hatte am Montag Klarheit gegebracht: Nein, eine Frau Krantz habe nicht angerufen.

Am Samstag hatte Robert ihr eine WhatsApp geschickt, wann er Leon holen könne. Keine Reaktion.

Am Sonntag fuhr er ohne Vorankündigung mit seinem Geschenk, einer Auto-Rennbahn, in die Gasselstiege. Er klingelte. Nichts. Noch einmal. Nichts. Er drückte auf den benachbarten Klingelknopf. Oben stand Frau Strimple schon in der offenen

Tür, diesmal in Rock und Pullover. Nein, Frau Krantz sei weggefahren mit dem Kleinen und mit ihrer Mutter – wann? – ja, gestern Morgen und mit dem Bus, und ja, natürlich wisse sie nicht, wohin! Wieso er als Vater nicht wisse, was mit seinem Sohn sei! Sie sah ihn herausfordernd an.

"Diese Frau hält nichts von Nachbarschaft", fügte sie hinzu und strich ihren Rock glatt, "dabei könnte man ja auch schon mal helfen und auf den Kleinen aufpassen, wenn sie abends weg ist."

Robert hätte gern Genaueres gewusst über die Abendgestaltung von Frau Krantz. Die Situation war ihm unangenehm, im Treppenhaus stehend aus einer geschwätzigen Person Informationen herausholen, die seinen Sohn betrafen. Luisa hätte das sicher geschickter angefangen. Sollte er seine Karte da lassen? Es gab sonst niemanden, von dem er erfahren konnte, wenn Leon wieder da war.

"Momentan ist es schwierig, Frau Krantz telefonisch zu erreichen", sagte er, griff in die Innentasche seines Mantels und zog eine Karte heraus, "wäre es Ihnen möglich, mich zu kontaktieren, wenn sie wieder da ist?" Er gab sich einen Ruck, eine Anerkennung konnte nicht schaden: "Sie sind doch eine aufmerksame Nachbarin."

Frau Strimple drehte die Karte in der Hand.

"So so, Sie sind Anwalt", bemerkte sie mit spitzen Lippen, "interessant."

Was sie interessant daran fand, konnte Robert nur vermuten. Vielleicht, wie eine wie Frau Krantz es geschafft hatte, einen Anwalt zum Vater ihres Kindes zu machen.

Das Telefon blieb stumm. Die ganze nächste Woche über. Auch die darauf folgende Woche. In der Kita sagte man Robert, Leon sei seit vier Wochen nicht da gewesen, ein Kontakt mit Frau Krantz nicht zustande gekommen. Das war beunruhigend. Wo konnte sie sein?

Frau Strimple hatte sie mit Leon und mit ihrer Mutter in den Bus einsteigen sehen. Wo wohnte die Mutter? Offensichtlich sollte sein Sohn ihm entzogen werden. In der Personalakte von Frau

Krantz war ihr Geburtsort mit Haselünne angegeben. Möglicherweise wohnte ihre Mutter immer noch dort. Ja – er erinnerte sich an diesen seltsamen Ortsnamen. Frau Krantz hatte ihn nach Leons Geburt im Zusammenhang mit dem Besuch ihrer Mutter erwähnt. Ein Ort, an dem Hase und Fuchs sich Gute Nacht sagen, hatte er gedacht.

Ganz so abgelegen schien er dann doch nicht zu sein, wie seine Recherche ergab. Die ältesten Teile stammten aus dem Mittelalter und die Fahrzeit betrug anderthalb Stunden. Blieb zu hoffen, dass die Adresse der Mutter unter dem Namen Krantz im Einwohnermeldeamt registriert war.

Sie war es: Christine Krantz. Eine Telefonnummer fand er nicht. Sein nochmaliger Kontaktversuch über' s Handy blieb erfolglos.

"Du musst dort hinfahren", drängte Luisa. "Nehmen wir einmal an, Frau Krantz war noch nicht wirklich über ihre Depression hinweg, oder sie hatte infolge der Kündigung einen Rückfall und fühlte sich allein gelassen. Was glaubst du, wie sie auf Leon und seine Bedürfnisse reagiert? Eine Depression

Er fuhr hin. Am Abend, zu einer Zeit, zu der Dreijährige ins Bett gehören und Mütter zu Hause sind. Dieckstraße 101, ein Miethaus, drei Stockwerke. Sein ungutes Gefühl beim Druck auf die Klingel in der zweiten Etage mit dem handgeschriebenen kaum leserlichen Namensschild bestätigte sich: Die Haustür blieb geschlossen. Damit hatte er rechnen müssen, aber unverrichteter Dinge wieder zurückfahren? Er schaute zu den Fenstern hoch, im zweiten Stockwerk waren sie dunkel. Sein Blick suchte die Straße ab, doch bevor er eine andere Klingel betätigen konnte, stand eine Frau neben ihm und hatte einen Schlüssel in der Hand.

"Kann ich Ihnen helfen? Zu wem möchten Sie denn?"

Die sehe sie kaum, sagte sie, nachdem er den Namen Krantz genannt hatte. Anscheinend sei diese Frau viel unterwegs, neuerdings sei noch eine da, offensichtlich auch ein Kind, jedenfalls höre man es oft weinen, gesehen habe sie es aber noch nicht.

Eine gute Nachricht und eine schlechte zugleich. Hier an Ort und Stelle konnte er nichts weiter unternehmen, aber immerhin wusste er nun, wo Leon war und wie vorzugehen war.

Am nächsten Tag benachrichtigte er das Jugendamt, schilderte die Umstände und sprach von einer möglichen Notlage seines Sohnes. Wenn nicht anders möglich, müsse die Polizei tätig werden und bei der Adresse nachforschen, er wolle seinen Sohn bei sich haben, jetzt endlich, nach sechs Wochen. Das ginge nicht von heute auf morgen, wurde ihm beschieden, das Kind sei ja doch bei seiner Mutter und man könne es ihr nicht wegnehmen, einfach so. Eine solche Antwort hatte er fast erwartet. Sie erboste ihn, hatte er doch die Umstände mit Krankheit, Therapie, Kündigung und Arbeitslosigkeit detailliert angegeben. Ämter neigen zu langsamen Reaktionen, da konnte nur Druck beschleunigend wirken.

"Das Kindeswohl ist entscheidend, nicht mein Wunsch. Sollte meinem Sohn etwas zustoßen, weil sie verspätet reagieren, werde ich Sie verklagen."

Fünf unruhige Tage nach diesem Telefonat endlich eine Nachricht. Es habe diese Zeit gebraucht, weil die Polizei erst gestern von Bewohnern der Dietzstraße 101 erfahren konnte, dass jemand unter der fraglichen Adresse anwesend war. Auf Einlassverlangen habe niemand geöffnet, aber da man ein Kind habe weinen hören, wurde die Tür aufgebrochen. Die Mieterin der Wohnung sei anwesend gewesen, sturzbetrunken und nicht ansprechbar, die Mutter des Kindes abwesend. Das sei jetzt in der Obhut des Jugendamtes in Haselünne. Ob er es selbst dort abholen wolle oder …

"Selbstverständlich tue ich das heute noch, fahre gleich los."

"Und ich komme mit", sagte Luisa, "Leon braucht jetzt emotionale Sicherheit und jemanden, der neben ihm hinten im Auto sitzt während der Fahrt." Sie hob ihr Handgelenk und sah auf die Uhr. "Jetzt ist Mittag. Frau Jonsch soll unsere Termine für heute Nachmittag absagen."

Zwei Stunden bis Haselünne, Wochenendverkehr.

Sie fanden Leon in einem der Amtsräume des Jugendamtes, eine Mitarbeiterin kümmerte sich um ihn. Er machte einen leicht verstörten Eindruck, saß auf seinem Stuhl und blickte nur auf, als

Robert und Luisa eintraten, kein freudig überraschtes Papa-Geschrei. Er ließ sich in den Arm nehmen, die Jacke anziehen, in den Kindersitz festschnallen.

"Papas Auto", sagte er.

"Und mit dem fahren wir jetzt nach Hause."

Luisa, dicht neben ihm sitzend, legte die Arme um ihn.

"Soll ich dir eine Geschichte erzählen, Leon? Die von Hänsel und Gretel? Die hatten sich im Wald verirrt, und dann haben sie auch wieder nach Hause zurückgefunden."

Als Luisa zu Ende erzählt hatte, war Leon in seinem Sitz eingeschlafen.

Das Wochenende gehörte Leon. In den ersten beiden Nächten wollte er nicht allein im Zimmer sein, und Luisa schlief neben ihm in dem anderen Bett. Am Montag brachte Robert ihn in die Kita, und es schien ihm, als erinnere Leon sich wie erwachend an die Kinder, mit denen er gespielt hatte.

"Er wird vergessen", meinte Luisa, "ab jetzt sind wir seine Familie."

Luisas Statement war der Auftakt zu dem Verfahren, mit dem Frau Krantz das Sorgerecht entzogen wurde. Nicht ohne deren anfänglichen Widerspruch. Leon sei nicht allein gelassen worden, ihre Mutter sei bei ihm gewesen, wenn sie selbst nicht da sein konnte. Sie habe sich, da ihr gekündigt wurde, eine neue Arbeitsstelle suchen wollen. Ja, und auch müssen. Und zwar in Haselünne, weil sie dort bei ihrer Mutter wohnen könnte. Das wäre billiger, sie bekäme jetzt doch nur noch Unterhalt vom Vater des Kindes, der auch ihr ehemaliger Arbeitgeber wäre, und deshalb wollte sie nicht mehr in Münster in seiner Nähe wohnen.

"Es gibt viele Kanzleien in Haselünne, ich habe sehr gute Zeugnisse."

"Und bei welchen haben Sie sich beworben?"

"Kann ich im Moment nicht sagen, der Schock sitzt mir noch im Nacken."

Die Nachfrage in sämtlichen Kanzleien war negativ, von einer Frau Krantz hatte niemand etwas gehört.

Die vorübergehend wieder nüchterne Christine Krantz sagte, ihre Tochter sei nicht nur tüchtig sondern auch sehr fürsorglich, das habe sich schon gezeigt, als sie noch ein Kind war, und um ihr einen unbeschwerten Tag mit ihrer Freundin in Düsseldorf zu gönnen, sei Leon an diesem einen Tag mit ihr allein in Haselünne geblieben.

Das half nun alles nichts. Im Gegenteil: Es machte deutlich, dass Frau Krantz nicht verlässlich für ein Kind sorgen konnte. Sollte sie wieder in eine Depression verfallen, könne man nur hoffen, dass sie nach einer weiteren Therapie in der Lage sein würde, sich ein neues Leben aufzubauen.

Die Nachricht, dass Leon ab sofort zur Familie gehörte, ja, dass man überhaupt erst jetzt von Familie reden konnte, wurde immer, wenn die Rede darauf kam, mit Zustimmung begrüßt. Robert und Luisa hatten die Kanzleiangestellten ganz unformell in den Aufenthaltsraum gebeten und Leon als ihren Sohn präsentiert. Luisa hatte ihn adoptiert, er war nun auch offiziell ihr Sohn.

Was mit Frau Krantz sei, wollte Frau Jonsch wissen.

"Sie ist nicht mehr in der Lage, dauerhaft für ein Kind zu sorgen", erwiderte Robert, "private Umstände, die sie als Schicksalsschlag empfindet, haben sie in eine Depression getrieben und allem Anschein nach kann sie sie nicht überwinden."

Eine andere Nachricht wenig später schlug ein wie eine Bombe.

Frau Dr. Luisa Liberti-Krohn, siebenundvierzig Jahre alt und im dritten Monat schwanger!

"Na ja", sagte sie zu Robert, der nicht glauben wollte, was ihm da seine Frau, die nie Kinder haben wollte, lächelnd eröffnete: "Mitte Januar habe ich noch gedacht: Etwas früh für die Menopause, Mitte Februar fand ich meine Annahme bestätigt. Aber dann hat sich mein Körper verändert und ich bin zum Arzt. Was für eine Überraschung!"

"Und ich weiß, wem wir das zu verdanken haben."

"Ich auch", erwiderte sie. "Leon hat meinen Widerstand gebrochen. Wir werden in einigen Monaten jemanden brauchen, der uns bei der Betreuung hilft. Kinder und Kanzlei: Schwierig! Was hältst du von Frau Jonsch?"